사랑이
채우다

사랑이
채우다

심윤경 장편소설

문학동네

차 례

1

어둡고 꼬불꼬불한 지하주차장 출입로를 뱅뱅 돌아 자동차는 지상으로 올랐다. 세단처럼 승차감이 좋아 전 세계적으로 가장 많이 팔렸다는 고급 SUV였다. 이면도로에서 삼차선 대로로 합류하면서도 자동차는 차량 흐름을 살피지 않고 무작정 끼어들었다. 대로에서 직진하던 트럭은 동물적 반사신경으로 용케 우리 차를 피했으나 아마 엄청난 급제동이 있었을 것이다. 그는 우리를 향해 격렬하게 경적을 울리며 분노를 표출했다. 나는 뒤를 돌아보지 않았다. 오로지 자동차 앞유리창을 뚫은 햇살에 심사가 불편하다는 듯 얼굴을 찌푸리며 고개를 살짝 젖혔다.

"한국은 아직 멀었어요. 저 새끼 운전 매너 좀 보세요. 빵빵거리고, 뒤로 바짝 달라붙고, 하이빔 켜고, 창문 내리고, 식은땀 난다니까요.

제가 이런데 여자분들은 오죽하겠습니까? 아주 저질들이라니까요."

좀 전에 우리를 살려준 생명의 은인을, 한창환은 간단히 야만인으로 평가절하했다. 야단스럽게 빵빵거리는 트럭과 헤어질 때까지 그는 가벼운 콧노래를 부르다가 급하게 차선 변경을 하더니 갑자기 길가에 차를 세웠다. 옆 차선을 달리던 퀵서비스맨은 물고기처럼 유연하게 우리를 피해갔지만 나는 앞유리창에 코를 박을 뻔했다.

"커피 한잔하실래요? 날이 더우니까 아이스 아메리카노? 김이사님은 단 걸 좋아하시니까, 프라푸치노?"

좋다 싫다 말할 틈도 없이 한창환은 차에서 뛰어내렸다. 잠시 내가 차에서 내리기를 기다리는 듯했으나 나는 앞만 바라보고 있었다. 그는 쉽게 포기하고 혼자서 스타벅스로 달려갔다. 5월. 아파트단지 산울타리마다 들장미가 쏟아지는 아름다운 계절이었다. 잠시 후 돌아온 한창환은 양손에 커피를 든 채 자동차 문을 열고 SUV의 높은 운전석에 올라타느라 잠시 고난을 겪었다. 내가 컵을 받아주었으면 하는 눈치였지만 나는 모른 체했다. 공주는 아랫것의 편의를 봐주지 않는 법이다. 그는 빈 컵이 아직 자리하고 있는 컵홀더를 정리하느라 좀더 수선을 떨었다.

"이젠 한국도 좋아졌어요. 스타벅스도 있지, 던킨도 있지. 제가 미국 갈 때만 해도 서울에 아무것도 없었거든요. 이젠 없는 게 없어요."

고맙다는 인사 없이 텁텁한 프라푸치노를 한 모금 넘기면서 나는 창밖으로 눈길을 던졌다. 스타벅스, 던킨 도넛, 피자헛, KFC. 그의 말대로 다국적 프랜차이즈의 알록달록한 간판들이 거리를 점령하고 있었다. 이것들이 없던 시절이 과연 대한민국 역사에 존재했던가 싶었다.

"부자 나라예요. 지하철역 앞에 서 있으면 루이뷔통 가방을 이 초에 하나씩 본다잖아요. 하지만 짝퉁이 구십 퍼센트일걸요. 지하상가에서 파는 도넛, 그거 다 짝퉁입니다. 던킨 비슷하게 써놨는데 잘 보면 동킨이에요. 글쎄 짝퉁 스타벅스도 있더라고요. 로고만 초록색이면 다 스타벅스인 줄 아나. 하여튼 여긴 짝퉁 천국이야. 없는 게 없어."

나는 무릎에 놓인 샤넬 핸드백을 쓰다듬었다. 얼마 전 재단 법인카드로 그어버린 명품백이었다. 법인카드로 그어버린 샤넬백은 아무 뒤탈 없이 손안에서 나긋나긋했다. SUV는 해수기침을 하듯 크게 한번 쿨렁거린 후 다시 출발했다.

황해재단에서 받은 첫 급여명세서에는 오백만원대의 금액이 찍혀 있었다. 정 산부인과의 보육실 직원으로 받던 월급보다 네 배 이상 뛰어오른 금액이었다. 그걸 들고 엄마랑 나는 춤이라도 출 것처럼 기뻐했다. 두번째로 입금된 급여는 구백만원이 넘었다. 나는 뭔가 잘못되었다고 생각해서 한창환에게 급여명세서를 들고 갔다. 그는 놀라지 않고 전문가답게 몇 가지 금융용어를 섞어가며, 첫 달에는 몇 가지 수당이 지급되지 않았기 때문에 금액이 적었던 것뿐이라고 차분하게 설명했다. 졸지에 나는 성민보다 많이 버는 고액연봉자가 되었다. 그렇게 나는 북한이탈주민 지원사업재단인 황해재단의 김혜나 이사가 되었다.

재단에 다니게 된 후 처음 맡게 된 일은 황해도 해안 일대에서 벌어지는 해산물 밀거래를 통해 새로운 탈북 루트를 개척하는 프로젝트였다. 이쪽 일에 맹문이었던 나는 처음엔 그게 말이 되는 이야기인 줄 알았고 레지스탕스 영화의 주인공이라도 된 듯 흥분했다.

이런 일의 복잡한 맥락을 알아듣게 설명해준 사람은 탈북자 출신 사무직원인 최영해였다. 재단의 공문서 작성이나 금전 출납 등을 담당하는 그녀는 심란한 표정으로 묵묵하게 실무를 처리할 뿐 조금도 흥분하거나 기대를 거는 기색이 없었는데, 설명을 듣고 보니 그것은 황해재단 때문에 제삼차세계대전이 발발했다고 역사에 기록될 만큼 위험천만한 이야기였다. 장산곶과 산둥반도 사이의 거리는 불과 이백삼십 킬로미터였다. 굳이 황해재단이 끼어들지 않아도, 중국과 남북한의 최정예 해군 병력이 항시 긴장감 속에서 대치하고 있는 곳이었다. 한마디로 현실성이 전혀 없는 허황된 프로젝트였다. 왜 이런 말도 안 되는 프로젝트를 추진하느냐고 되물었더니 최영해가 쓴웃음을 지으며 대답했다.

"회장님이 황해도 출신이라서 그런가봅니다."

국내 입국 탈북자의 약 팔십 퍼센트는 함경도 출신이었다. 국경과 가깝고, 두만강의 강폭이 좁다는 지리적인 이점 덕분이었다. 반면 박진석 회장의 고향인 황해도는 주요 탈북 루트와 지리적으로 멀어 상대적으로 탈북하기 어려운 곳이었다. 기왕이면 고향 사람들을 돕고 싶어하는 박회장의 인지상정을 포착한 약삭빠른 한 재중국 사업가가 끼어들면서 황해재단의 분위기는 이상하게 변질되기 시작했다.

남북 간 협력이 경색된 현실을 고려하면 재단은 기존 주요 탈북 루트인 함경북도 국경과 연변 일대의 탈북자 입국을 돕거나 기존에 입국한 탈북자의 국내 정착을 지원하는 방향으로 운영될 수밖에 없었다. 정권이나 국제정세란 늘 변하기 마련이니 그렇게 시기를 저울질하다가 남북한 해빙무드가 찾아오면 그때 직접 대북투자나 방문사업을 추진해도 안 될 것이 없었다.

그러나 황해재단의 이사들은 현실성이 떨어지는 박회장의 황해도 해상 탈북로 구축 환상을 말리지 않고 오히려 살살 부추겼다. 함경도와 황해도는 북한이라는 한 나라에 속해 있을 뿐, 이웃이라고 하기에도 먼 사이였다. 바로 그 점을 악용해 황해재단 이사들은 박회장의 관심사가 현실적인 쪽으로 돌아오는 것을 한사코 방해했다. 우리나라에 지역감정이 있듯이 그쪽에도 그 비슷한 게 있어서, 박회장은 요런 교활한 수법에 쉽게 잘 넘어갔다. 재단이 벌이는 국내사업은 수용소 체험수기 공모전이나 북녘땅 사진 전시회 같은 피상적인 행사로 흘러갔다.

"이런 돈으로 탈북자 자녀들에게 학습도움센터나 만들어주면 얼마나 좋겠습니까. 긴급구호기금이 있으면 수용소에서 죽게 된 사람들을 여럿 살릴 수 있을 텐데. 할 일이 얼마나 많습니까."

내심을 잘 드러내지 않는 최영해가 딱 한 번, 한숨을 섞어 말했을 뿐인데 나는 무엇에 찔리기라도 한 것처럼 움찔했다. 황해재단에서 근무한 지 석 달이 지나고 나서야, 나는 황해재단의 주요사업이 탈북자 지원사업보다는 재단이사 생계지원사업에 가깝다는 사실을 깨달았다. 그걸 깨달은 날 나는 속으로 에라 씨발, 을 외치며 백화점에서 법인카드로 샤넬백을 질렀다. 아무 문제도 일어나지 않았다. 나는 짝퉁 사회재단의 짝퉁 이사였다. 진짜는 샤넬백뿐이었다.

"김이사님은 계속 신혼처럼 지내시나봐요. 아이도 없고. 잘 생각하셨어요. 주말에 한번씩 보는 게 더 좋죠? 반가우니까 더 뜨거울 거 아니야. 그래서 김이사님이 안 늙나봐요. 우리 이사님 피부 좀 봐. 이십 대라고 해도 믿잖아. 완전 팽팽하잖아. 아이를 안 낳아서 그런가? 김이사님 부러워요. 나도 그렇게 살고 싶은데. 아오, 나도 뜨거운 정열이 있는데."

두 개의 차선을 가랑이 사이에 끼고 철없이 출랑거리는 자동차처럼, 한창환의 화제는 사생활 침해와 성희롱 사이를 자유롭게 오갔다. 아이 없는 주말부부라는 나의 상황에는 외로운 중년 남자들을 유혹하는 어떤 자극적인 요소가 있는 모양이었다. 작년에는 정욱연이 미친 놈처럼 달려들더니 이제는 한창환이 입질이었다.

"저도 처자식이 있지만, 한집에 살아도 그냥 남처럼 살아요. 성격이 안 맞아도 어지간해야죠. 자식 때문에 헤어질 수는 없으니까, 그냥 하는 수 없이 사는 거죠. 정신적인 교감도 없고 육체적인 교감도 없고, 그냥 남남처럼 산다니까요. 애들 생각해서 다 포기했다고 생각하지만…… 휴, 이렇게 사는 것도 이젠 힘드네요. 누구랑 마음이라도, 좀 나누었으면."

갑자기 코맹맹이 소리를 하면서 그가 내 쪽을 흘끗 곁눈질했다. 나는 마음속으로만 대답했다. 택시. 택도 없다, 시발놈아. 물안개. 물론 안 되지, 개새끼야.

황해재단 김혜나 이사의 실상은 이랬다. 한창환의 노골적인 추파와 말도 안 되는 탈북지원사업의 자괴감 때문에 날마다 욕만 늘었다. 초과근무수당을 모두 포함해 월 급여 백사십만원이었던 정 산부인과 보육실은 사실 직장이 아니었다. 천국이었다. 그곳에서 내가 했던 모든 일은 모두 정욱연을 향한 사랑의 퍼포먼스였다. 내 사랑을 전기에너지로 전환할 수만 있었다면 인류는 공짜로 백만 년간 불을 켰을 것이다. 이곳 황해재단이야말로 나의 실질적인 첫 직장이었다. 숨넘어가게 멋진 남자, 집어삼키고 싶은 애인이 없는 곳에서 지겹고 창피한 일을 하는 것, 나는 이제야 비로소 '직장생활'의 참된 의미를 배워가는 중이었다. 하루하루가 지옥 같았지만, 다녀야만 했다. 선택의 여지는 없었다. 이상한 일이었다. 지갑에 아빠의 신용카드를 다시 꽂았는데도 옛날로 돌아갈 수 없었다.

한창환이 아메리카노를 쭉 들이켜더니 다시 말을 걸었다.

"김학원씨는 잘 지내죠?"

"네, 잘 있어요."

"이제 철 좀 들었나? 학원씨도 인생공부 좀 해야죠. 어린애 같은 친구라서요."

작은오빠가 수감된 지 오 개월이었다. 그는 구치소에서 교도소로 이감된 뒤 기결 4급 수용자라는 새로운 신분을 얻어 인생 '열공'중이었다. 지난주 엄마는 감기몸살로 앓아누웠고 작은올케는 갓 난 조카가 장염에 걸렸다고 해서 나 혼자 접견을 가게 되었다. 김학원은 내가 혼자 오는 걸 제일 좋아하기 때문에 아주 기뻐할 거라고 생각했다. 그런데 접견장에 온 김학원은 뜻밖에 얼굴이 어두웠다.

"왜? 무슨 일이 있어? 왜 그래?"

"너 내 편지 안 읽는구나?"

처음엔 나도 작은오빠의 편지를 열심히 읽고 답장도 했다. 날씨가 풀리니까 새끼들이 드러운 냄새를 풍긴다, 아직 초여름도 아닌데 벌써 이러니 여름을 어찌 넘길지 모르겠다는 하소연을 듣고서는 눈물까지 찔끔 나왔다. 하지만 이제는 편지를 읽기는커녕 우편함만 쳐다봐도 열불이 치뻗쳤다. 김학원이 재소자들에게 내 주소를 뿌리는 바람에 내 우편함은 항상 미어터질 지경이었다. 과거에 저지른 죄를 깊이 뉘우치고 있다, 혜나씨를 친동생처럼 소중하게 여기고 사랑한다, 출소하면 꼭 한번 만나고 싶다는 내용들이었다.

"편지? 말 잘했다. 니 친구들한테 편지질 좀 하지 말라고 해! 출소해도 안 만나준다고 해! 안 읽어! 아무것도 안 읽으니까 편지 보내지 마!"

"성민이가 왔었어."

가슴이 쿵 내려앉았다. 옛날부터 성민과 작은오빠는 앙숙이었다. 이제는 나하고도 멀어진 마당에 성민이 구치소까지 찾아와서 작은오빠를 접견할 줄은 꿈에도 몰랐다. 아무렇지 않은 척하려 했지만 얼굴이 떨리고 혀뿌리가 굳었다.

"성민이……? 뭐라고 그래?"

"걔가 나한테 할 말이 뭐겠니. 당연히 욕하지. 다 나 때문이라고. 나 때문에 너 바람났다고."

"……"

"벽을 치더라고. 욕하다가 울더라. 욕하고 울기만 하다가 갔어."

나는 말없이 아크릴벽만 바라보았다. 사람들의 손자국이 많이 남아 있는 더러운 벽이었다.

"성민이가 왔다 간 다음부터 계속 마음이 이상하더라고. 너도 알잖아. 난 성민이를 싫어했잖아. 너희 둘 헤어지는 게 낫겠다고 생각했거든. 그런데 성민이가 여기 와서 우는 걸 보니까 갑자기 너무 불쌍하다는 생각이 드는 거야. 성민이한테 너무 큰 죄를 지은 것 같은 거야. 어떡하지. 이제 와서 돌이킬 수도 없는데. 내가 성민이한테 편지를 보내긴 했지만, 글쎄, 내가 사과해서 성민이 기분이 풀릴 리도 없고……"

성민은 접견실의 아크릴벽을 치며 울었다. 그의 소꿉친구, 지난 십년 동안 사소한 싸움도 없이 재미있게 살아왔던 그의 아내 김혜나가 어느 날 미치광이처럼 바람이 났기 때문이었다. 아무런 이유도 조짐도 없던 일이었다. 처남이 미친놈처럼 사고를 쳐도, 처가 살림이 기울어도, 마누라가 술을 고래처럼 퍼마셔도, 그는 아무것도 불평하지 않았다. 성민이 화를 냈던 건 그가 오창으로 떠난 후 내가 한 번도 그를 찾아가지 않았기 때문이었다.

내가 정욱연과 키스했다고 술주정을 해댄 그 다음날도 성민은 전복죽을 사들고 왔다. 그 전복죽은 어떤 맛이었을까? 모든 것이 너무 이상했다. 나는 발광하는 위장과 싸우며 힘겹게 그 죽을 몇 숟갈 떠넘기고, 성민은 내 맞은편에 앉아서 하늘을 향해 주먹을 휘두르며 철없는 것도 정도껏이라고 고래고래 소리를 질러댔어야 옳았다. 하지만 지구는 지난 사십억 년 동안 군소리 없이 굴러다녔던 그 안정된 궤도와 흐름을 완전히 까먹은 것이 분명했다. 핀볼처럼 이리 튀고 저리 튀는 지구 위에서 시간과 공간은 정신없이 비틀리고 뒤엎어져 널을 뛰었다. 내가 성민의 따뜻한 죽을 맛볼 틈도 없이, 바로 다음 장면은 지금 이 접견실의 아크릴벽 앞이었다.

어쩌다 이렇게 되었을까? 어디서부터 잘못되었을까? 이것도 모두 작은오빠 잘못이라고 덮어씌울 수만 있다면 얼마나 좋을까? 하지만 성민을 배신한 건 김학원이 아니라 김혜나였다. 무엇으로도 그 사실을 바꿀 수 없었다. 나는 답답했고 두려웠고 기가 막혔다.

"그럼 어떡해. 성민이 어떡해. 이제 와서 어떡해."

"야, 김혜나, 너 여기까지 얼마나 힘들게 왔는데, 이제 와서 마음 흔들리는 거 아니지? 인생은 원래 그런 거야. 모든 떡을 다 먹을 수는 없는 거라고. 욱연이 형이랑 성민이랑 다 데리고 살 수 있으면 좋겠지만, 안 되는 걸 어떡하니? 괜히 쓸데없는 미련 갖지 마. 성민이한테는 나중에 내가 또 괜찮은 여자 하나 소개시켜주지 뭐. 성민이 보니까 정말 안되긴 했더라고. 이제 곧 현실을 받아들이겠지 뭐."

접견시간은 덧없이 짧았다. 할 말은 태산 같은데 무슨 말부터 해야 할지 알 수 없었다. 나는 가슴이 터질 것만 같았다.

"나는 어떡하지? 나 정욱연이랑 싸웠어."

"그게 무슨 대단한 일이라고. 그럼 너는 형이랑 한 번도 안 싸울 줄 알았니? 욱연이 형 고집 세. 내가 메디블루오션 투자하라고 그렇게 말했는데도 끝까지 안 하잖아. 지독한 인간. 그때 형이 한 번만 밀어줬으면 지금 내가 이러고 있지는 않을 텐데. 걔네들 지금 뭐하나 모르겠다."

"우리 연말까지 안 보기로 했어."

"연말? 올해 연말? 지금이 몇 월인데? 야, 너 미쳤어? 이제 겨우 5월밖에 안 되었잖아! 무조건 잘못했다고 빌어! 니가 지금 그 형한테 대들 처지니?"

"나더러 빌라고? 정욱연한테 빌라고? 내가 왜 빌어? 내가 뭘 잘못했는데?"

"아 정말 미치겠네! 야! 무조건 비위를 맞춰야 해! 지금 끝나면 아무엇도 아니야! 너 혹시 박진석 믿고 그래? 재단이사 됐다고 간땡이 부어서 개기는 거야? 내가 정말 미치겠어! 엄마랑 너 때문에 미치겠다고! 야! 황해재단 이사 그거 개뿔도 아니야! 박회장 그 새끼가 마음 바꾸면 하루아침에 파리목숨이야! 지금까지 대머리가 그렇게 날려버린 인간이 몇인지 알아? 엄마도 그 새끼 구슬려서 혼인신고를 해야 해! 그래야 안전하지 그까짓 첩자리, 아무것도 아니잖아! 박회장 이 개새끼, 너랑 엄마랑 둘 중 하나라도 이사 등기를 해줄 것이지! 등기 이사라도 되면 모를까 지금 재단에 자리 하나씩 준 건 아무것도 아니라고! 그냥 제 마음 내킬 때까지 용돈 몇 푼 쥐여주는 것뿐이라고!"

"왜 싸웠는지 물어보지도 않아? 이야기를 듣지도 않고 무조건 빌라고 해? 그런 법이 어디 있어?"

"들으나 마나 다 필요 없어! 무조건 돈 없는 놈이 비는 거야! 너 지금 욱연이 형이랑 싸울 때가 아니야! 열나게 꼬리쳐서 이혼시키고 정부인 자리 꿰차야지! 너나 엄마나, 연애만 하다가 쫑나면 개털 되는 거, 너 그것도 몰라? 무조건! 무조건이야! 빌어! 빌어야 해! 네가 싹싹 빌어야 한다고! 알았어? 지금 이 자리에서 약속해! 욱연이 형한테 오늘 당장 빌겠다고 약속하라고!"

마이크가 꺼지고 작은오빠가 끌려나간 뒤에도 나는 닫힌 문을 향해 '택시'와 '물안개'를 목이 터져라 외쳐대고 있었다. 무조건 빌라니, 택도 없다, 시발놈아. 우리가 왜 싸웠는지 물어보지도 않냐, 개새끼야. 접견시간이 끝났는데도 엎어져서 나갈 생각을 하지 않는 나 때문에 결국 교도관이 들어왔다. 이 공간에서 정신줄 놓는 사람들이 한둘이 아니라서 그런지 교도관은 나에 대해 인내심을 가져주었지만, 나는 팔뚝에 얼굴을 파묻고 엎어져 고개를 들지 않았다. 이대로 세상이 끝나버렸으면 좋겠다고 생각했다.

"김이사님, 왜 그래요? 김이사님, 나 좀 봐요. 야, 이거 이사님 심상 치 않다. 무슨 일 있어요? 야, 이거 큰일 났네. 왜 그래요? 나한테 말 해봐요, 네?"

세상은 그대로 끝나지 않았다. 내 손에는 얼음이 녹아 밍밍해진 프 라푸치노가, 내 곁에는 탐욕스럽게 몸을 기울이는 한창환이 있었다. 머릿속 어디선가 으지직 소리가 났다.

"아무 일 없어요. 운전이나 똑바로 하세요."

"김이사님, 이거 정말 섭섭하다. 난 정말 김이사님이 남 같지 않아 서 그러는데."

선진 시민의식의 중심, 모든 프랜차이즈의 고향, 미국에서 연마했 다는 한창환의 운전실력은 방콕이건 뉴델리건 어디서건 통할 수 있었 다. 그가 오늘까지 목숨을 부지한 건 오로지 대한민국 운전자들의 번 개 같은 순발력 덕분이었다. 그의 차는 상식 없이 끼어들고 예고 없이 멈추었다. 본인 말로는 운전을 좋아해 굳이 수동차량을 고집한다는데 기어 조작을 거지같이 해서 언덕에서는 빌빌거리고 평지에서는 그르 렁거렸다. 클러치 타이밍도 형편없어서 기어를 바꿀 때마다 차가 통 통 튀었다. 작은오빠의 지도편달에 힘입어 수동차량으로 운전을 시작 했던 나는 그의 어이없는 운전을 용서할 수 없었다. 그의 SUV는 고무 줄놀이를 하는 어린아이처럼 양쪽 바퀴 사이에 차선을 두고 경쾌하게 팔딱팔딱 뛰어다녔다. 어딜 가나 주차는 당연하다는 듯이 장애인구역 에 했다.

"김이사님, 솔직히 말해봐요. 무슨 일 있잖아요. 우리는 공동운명체예요. 날 믿고 말해봐요. 다 들어준다니까요. 말하다보면 좀 후련해져요. 날 믿으라니까요."

한창환의 사정거리 안에 내가 이만큼 근접한 일은 한 번도 없었다. 그는 이 기회를 놓칠 생각이 없었다. 나는 만방 박진석의 사랑하는 의붓딸이었다. 그의 눈에 김혜나는 외로운 칠십 센티미터 월척 붕어였다. 나를 유혹하건 약점을 잡건 둘 중 하나는 해낼 작정이었다. 나는 그를 혐오했다. 하지만 박회장의 총애하는 의붓딸이 되는 대가는 그와 한 직장에 근무하는 것이었다. 이렇게 업무동행을 핑계삼아 나를 차 안에 가두고 취조하는 시간을 확보하는 게 한창환의 지상목표였다. 실무에 어두워 한창환을 떼어낼 수 없는 무능함이 내 비극이었다. 무슨 일이건 함께 다닐 수밖에 없었다. 노후한 제방이 바야흐로 으그적으그적 둔한 파열음을 내기 시작했는데, 나는 그를 피할 길이 없었다.

"그러지 마세요. 아무 일 없다고 했잖아요. 개인적인 일이에요. 이야기하고 싶지 않아요."

"김이사님, 오피스 허즈번드라는 말 몰라요? 김이사님, 내가 바로 오피스 허즈번드예요. 우리는 집에 있는 남편이나 와이프보다 더 많은 시간을 함께 보내는 사이예요. 부부 같은 사이라니까요. 자, 나를 믿고 말해보세요. 도대체 무슨 일이냐고요?"

지랄. 붕괴 직전에 내가 마지막으로 생각한 건 바로 그 단어였다. 아주 지랄.

"일 년만, 일 년만 시간을 줄 수 있겠니?"

정욱연은 내 눈치를 보면서 그렇게 말했었다. 내 얼굴이 일그러지자 재빨리 말을 바꾸었다.

"아니, 연말까지만. 지금부터 칠팔 개월 정도야. 딱 그거면 돼. 내년부터는 불임치료만 할게. 야간분만, 일반부인과 진료, 일반분만까지 모두 없앨게. 불임만 하면 여섯시 땡 퇴근이야. 응급도 없고 야간도 없어. 약속할게, 혜나야. 응?"

"왜요? 왜 당장 그만두지 못하고 연말까지 더 해야 하는데요?"

"〈인생은 아름다워〉 때문에."

그 빌어먹을 미니 다큐멘터리의 제목을 듣자 가슴에 뜨거운 것이 울컥 치밀었다. 살인적인 업무량을 줄이고 인간답게 살겠다는 약속은 이미 석 달째 지켜지지 않고 있었다. 자기 말로는 뭔가 일을 줄였다는데 일상은 하나도 달라진 것이 없었다. 여전히 말라깽이에 툭하면 코피를 흘렸다. 임금님의 합궁일을 정하듯 날 받고 시 받아 신중하게 택일하는 우리의 데이트는 주말을 포함해 일주일에 한두 번이었다. 회식이나, 회의나, 방송이나, 진통을 시작한 산모나, 야간특별분만이 없는 날을 고르고 골라서 겨우겨우 잡을 수 있는 최대한의 여유시간이었다.

그렇게 어렵사리 시간을 내도, 응급분만까지 모두 피할 수는 없었다. 어둠 속에서 서로의 벗은 몸을 쓰다듬으며 행복한 가수면상태로 빠져들려는 순간 전화벨이 울리면, 그는 번개를 맞은 들판의 여윈 소처럼 펄쩍 튀어올라서 일 분 만에 옷을 챙겨입고 사라졌다. 연인이 생겼는데도 하다못해 응급분만조차 당직의사에게 맡기지 않는 남자였다. 정욱연의 집에는 선물로 받은 술병이 천장까지 쌓여 있었다. 그런 밤이면 나는 아무거나 손에 잡히는 대로 한 병 꺼내 그것이 위스키든 코냑이든 뭐든 간에 깨끗이 비우고 싶은 충동에 시달렸다.

"그걸 왜 찍어요! 찍지 말아요! 안 찍겠다고 하면 되잖아요!"

"혜나야, 그런데, 나, 하고 싶어."

그의 시선이 나를 묶었다. 음성은 여전히 부드러웠지만, 완강한 힘이 느껴졌다. 나에게 언제나 다정한 모습만을 보여주었지만, 그는 사람들에게 '교주'라 불리는 남자였다. 그는 천천히 말을 이었다.

"나, 병원 문 연 지 올해로 십칠 년째야. 너도 알다시피, 그동안 정말 쉬지 않고 달렸어. 모두 다 잘했다고 할 수는 없지만, 혼신을 다했던 것만은 사실이야. 언제까지나 그럴 수 없다는 걸 알아. 이제는 쉴 때가 되었다는 것도 알아. 널 만났으니까 이제는 아쉽지 않아. 단지, 내가 원하는 방식으로 마무리할 수 있는 기회를 줘. 방송에 나가고 싶다거나 환자들이 더 늘어나기를 바라는 게 아니야. 내가 지난 세월 살아왔던 모습을 하나의 정리된 기록으로 남기고 싶어서 그래. 이런 식으로 마무리할 수 있는 기회가 왔다는 거, 정말 행운이라고 생각해. 그래서 그런 거야. 정말 마지막으로 하고 싶은 일이야. 혜나야, 나를 좀 이해해줄래?"

뭐든지 말을 했다 하면 그게 정말 진심인 것처럼 보이는 게 이 남자의 가장 큰 문제였다. 헛소리를 해도 심금을 울렸다. 일중독자의 전형적인 미루기 수법이라는 생각은 조금도 들지 않았다. 내가 그렇게 치를 떨고 있었음에도, 십칠 년의 미친 세월과 그 세월에 대한 그의 회한과 경의는 꽉 잡은 그의 두 손을 통해, 진지한 다갈색 눈을 통해 나에게 그대로 전달되었다. 스핑크스나 타지마할을 떠올리게 하는 이 믿을 수 없는 남자에게는 사실 미니 다큐멘터리 이상의 가장 아름답고 가치 있는 마무리를 추구할 자격이 충분했다. 나도 홀딱 반하지 않을 수 없는 형식미의 극치였다.

"미안해, 혜나야. 너한테 정말 미안해. 하지만 약속할게. 이건 정말 마무리야. 촬영하는 데 한 이십 일 정도 걸리고, 편집하는 데 일주일쯤 걸리나봐. 방송은 한두 달쯤 뒤에 되겠지. 방송이 나가자마자 그만둘 수는 없잖아. 방송을 보고 찾아오는 사람들도 있을 텐데, 그 사람들을 우롱할 수는 없잖아. 방송이 나갔으니 최소한의 사후서비스는 해야지. 연말까지 남은 몇 달만 이전처럼 유지하고 내년부터는 병원 시스템을 완전히 바꿀게. 약속할게."

연말. 내년. 불현듯 나는 최면에서 깨어났다. 그가 응급콜을 받고 뛰쳐나간 텅 빈 집에서 혼자 술병을 쳐다보던 새벽이 다시 떠올랐다. 연말이 아니라 하루도, 단 하루도 이렇게는 살 수는 없었다.

"연말까지? 연말까지 계속 이렇게 살겠다고요? 미쳤어요? 내가 그 꼴을 어떻게 봐요?"

"혜나야, 네 마음 이해하겠는데, 너도 나를 좀 이해해주면 안 될까? 내가 마지막으로 이 일만은 포기할 수 없는 거, 이해해줄 수 없니?"

"난 당신이랑 아무 사이도 아닐 때부터, 당신은 원장님이고 나는 보육실 직원이던 때부터 당신이 이렇게 사는 꼴을 도저히 못 보겠다고 생각했던 사람이거든요? 지금부터 연말까지 계속 이렇게 살겠다고요? 아니, 다큐멘터리를 찍으면 더 바빠질 거 아니에요? 지금 나더러 그걸 이해하란 말이에요?"

"마무리라고 했잖아. 그 일만 끝나면 모두 정리하겠다고 했잖아."

"마무리 좋아하시네! 꼭 다큐멘터리를 찍어야 한다는 법이 어디 있어요? 다른 방법으로도 얼마든지 마무리할 수 있잖아요! 연말이 지나서 또 무슨 핑계를 댈지 누가 알아요? 지금까지도 일을 줄이겠다고 말만 해놓고 하나도 줄이지 않았잖아요! 내가 당신 말을 어떻게 믿어요?"

심야에 분만을 끝내고 침침한 은신처 속으로 조용히 잠겨드는 그의 모습을 상상하기만 해도 나는 미칠 것 같았다. 하고 싶은 이야기가 너무 많았다. 약물의 힘을 빌려서야 겨우 유지해왔던 맹렬한 과로를 이제 약물 없이 해내겠다는 게 말이 되느냐고 묻고 싶었다. 당신 때문에 어이없이 깨뜨려버린 내 멀쩡했던 결혼생활에 대해서 생각해봤느냐고 묻고 싶었다. 하지만 그런 이야기들이 좋은 대화의 주제일 리 없었다. 그런 이야기를 조리 있게 할 만큼 내 정신상태가 한가롭지도 않았다. 다큐멘터리라니, 그 아름다운 마무리에 대해 내가 마지막으로 생각했던 단어가 바로 이것이었다. 지랄.

"난 못 해요! 연말은커녕 단 하루도 더 못 해요! 다큐멘터리를 찍겠으면 마음껏 찍어요! 온 세상의 아이를 당신 혼자 다 받아요! 내 허락 따위는 필요 없잖아요! 나 말고도 당신 좋다는 여자들 많잖아요! 다른 여자 얼마든지 고르면 되잖아요! 당신 마음대로 다 해요! 연말이든 내년이든 아무 상관없으니까 당신 하고 싶은 대로 다 해요! 그리고 더이상 나한테 연락하지 말아요! 다 필요 없어요!"

그는 나를 설득해보려고 노력했다. 하지만 무슨 말을 하든지 내 머릿속에는 지랄, 한 단어뿐이었다. 바로 그 악명 높은 독재적 비타협 비이성 회로, 어느 때보다 화려한 김혜나의 '그랜드 개꼬장'의 시즌

오프닝이었다. 이럴 때 나에게는 아무 말도 통하지 않았다. 네가 필요하다는 말도, 여기까지 힘들게 왔는데 모든 것이 엉망이 될 수 있다는 말도, 지금 가버리면 우리가 앞으로 어떻게 될지 모른다는 협박도 아무것도 통하지 않았다. 그런 것들이 모두 통하지 않는 게 바로 그랜드 개꼬장이었다.

그는 연말까지, 라고 말했고, 나는 단 하루도, 라고 대답했다. 핀볼처럼 튀는 지구 위에서 연말과 하루 사이의 중간지점이란 존재하지 않았다. 정욱연은 그날 이후 나에게 몇 번 전화를 했지만, 다큐멘터리를 찍겠다는 계획에는 변함이 없었다. 내가 몇 번 냉랭하게 답한 뒤로는 소식이 없었다.

나는 그에게 전화하지 않았다. 수천 번이나 휴대폰을 집어들었지만 안타깝게 만지작거리다가 내려놓았다. 먼저 전화해서 그의 부드러운 목소리를 듣는 순간 울고불고 애원할 것이 뻔했다. 그는 정신줄 놓은 여자들을 잘 다루는 기술로 교주가 된 남자였다. 그는 다정한 얼굴과 부드러운 목소리로 울고불고하는 나를 수월하게 달래고 위로할 것이었다. 그리고 미니 다큐멘터리와 그동안 해왔던 모든 살인적인 업무들과 앙탈하는 나까지 하나도 포기하지 않고 한층 더 위태로워진 저글링을 계속할 것이었다.

나는 그에게 속지 않았다. 그는 여유 있는 미소와 침착한 몸가짐으로 세상 사람 모두를 속이는 데 성공했지만 나는 그에게 속지 않았다. 나에게 거짓말과 미친 짓은 공기처럼 익숙했다. 사람 몸에 한계가 있다는 건 간단한 진실이었다. 나는 모두 해낼 수 있다는 그의 주장을 하나도 믿지 않았다. 그는 일과 나, 둘 중 하나를 선택해야 했다. 그 사이에 타협이란 존재하지 않았다. 지랄, 아주 지랄이었다.

"우리 김이사님, 힘들었구나? 나한테 다 말해요. 내가 다 들어줄게요. 그래, 울어요. 마음껏 울어요. 내가 다 들어줄 테니까 참지 말고 울어요. 그리고 다 이야기해요. 무슨 속상한 일 있었어요?"

황해재단에 다닌 지 어느덧 삼 개월이었다. 눈발이 흩날릴 때 입사했는데 이제는 이른 더위에 반팔옷을 입었다. 모든 것이 너무 급격하게 변해갔다. 나는 정 산부인과의 보육실 직원으로 취직했고, 정욱연과 사랑에 빠졌고, 성민의 가슴에 대못을 박았고, 황해재단의 대외협력이사 김혜나가 되었고, 지금은 정욱연과 헤어졌다. 모든 것이 미친 듯이 빨리빨리 흘러갔다. 심지어 계절조차 나에게 적응할 시간을 주지 않았다.

결국 두 손에 얼굴을 파묻는 나를 보면서 한창환이 기대에 몸을 떨었다. 한창환은 아무것도 몰랐다. 우리 김씨 집안이 어떤 미치광이 유전자를 공유하는지 몰랐다. 노후한 제방이 붕괴되는 것을 몰랐다. 제방 뒤에 숨어 있던 검은 구정물이 어떤 위력을 가졌는지 몰랐다. 술도 안 마셨는데 대낮에 눈물이 쏟아질 줄은 나도 미처 몰랐다. 어쩔 수 없었다. 성민은 아크릴벽을 치며 울었고 정욱연에게서는 연락이 없었다. 내가 다 먹지 않은 프라푸치노컵을 우그러뜨려 무릎에 반쯤 녹은 탁한 음료를 쏟는 걸 보고서야 한창환은 뭔가 불길한 조짐을 느꼈다. 하지만 이미 늦었다. 나는 울면서 빽 소리를 질렀다.

"삼단으로 바꿔요!"

한창환이 깜짝 놀랐다.

"기어 삼단으로 바꾸라고요! 지금 언덕이잖아요! 푸릉푸릉 소리 안 들려요? 차가 이러는데 사단으로 계속 올라갈 거예요?"

한창환은 허겁지겁 기어를 바꾸었다. 하지만 이미 힘이 떨어진 차는 삼단으로도 허덕거렸다.

"네! 그래요! 다 말할게요! 나 힘들어요! 말이 좋아서 주말부부지 별거중이에요! 서로 연락 안 해요! 이혼할지도 몰라요! 됐어요? 이제 됐냐고요!"

한창환의 말이 맞았다. 울고 싶을 땐 울어야 했다. 소리도 지르니까 속이 좀 시원한 것 같기도 했다. 한창환이 다 들어주겠다고 했으니까 걱정할 것 없었다. 나는 마음껏 소리를 질러대기 시작했다.

"왜냐하면 내가 바람나서 그래요! 나 바람났다고요! 남편도 있고 애인도 있다고요! 남자 너무 많다고요! 이사님이랑 사귈 시간 없으니까 오피스 와이프 딴 데 가서 구하라고요! 도대체 언제까지 이단으로 달릴 생각이에요? 계속 이따위로 운전할 거예요? 김학원 몰라요? 좀 김학원처럼 운전할 수 없어요?"

한창환의 오른손이 어쩔 줄 몰라 하며 핸들과 기어스틱을 불안정하게 오갔다. 어느덧 목적지는 내비게이션의 화면 안으로 들어왔고 우리는 이제 곧 차에서 내려야 했다. 하지만 나는 울음을 그칠 생각이 조금도 없었다. 지금까지 겨우겨우 누르고 참아왔던 눈물이었다. 직성이 풀리도록 울려면 대구까지 내처 달려도 모자랐다.

"이사님이 남남처럼 살든 말든 그게 나랑 무슨 상관이에요? 내가 주말부부를 하든 말든 이사님이 무슨 상관이에요? 가만 좀 내버려두면 안 돼요? 미국에서 프라푸치노만 배웠어요? 프라이버시는 뭔지 몰라요?"

한창환은 앞유리창만 뚫어져라 바라보았다. 주차장으로 진입했는데도 기어를 여전히 삼단에 놔둬서 SUV는 병든 낙타처럼 건들건들 픽픽거렸다. 한창환이 뒤늦게 기어를 내렸지만 역시나 클러치페달을 발에서 너무 일찍 떼는 바람에 자동차는 재채기하는 것처럼 크게 펄떡거렸다. 한창환은 후진기어를 넣으면서 기어이 시동을 한 번 꺼뜨렸다.

"여긴 장애인구역이잖아요! 왜 자꾸 장애인구역에 주차해요? 난 그럴 때마다 쪽팔려 죽겠어요! 정 주차하고 싶으면 노란색 장애인 주차증이라도 하나 돈 내고 사서 붙여요! 튜닝숍에서 짝퉁 팔잖아요! 만원이면 사잖아요! 대한민국 짝퉁 천국이잖아요!"

그는 벌레 씹은 표정으로 장애인 주차구역을 빠져나왔다.

"나 이혼하면 제일 먼저 알려드릴 테니까 제발 캐묻지 마세요! 재혼해도 알려드릴게요! 우리 엄마가 박회장님이랑 식 올리면 그것도 알려드릴게요! 아! 우리 아빠는 지난주에 애 낳았어요! 이름은 아직 안 지었어요! 그것도 정해지면 알려드릴게요! 뭐든지 다 알려드릴게요! 그러니까 캐묻지 말라고요! 내가 말할 때까지 물어보지 말라고요! 알았어요?"

한창환은 다시 한번 시동을 꺼뜨린 김에 그대로 주차를 끝낸 모양이었다. 에어컨이 꺼지자 실내는 급격히 더워졌다. 숨이 막혀서 더 오래 날뛸 수 없었다.

"아직은 나, 개뿔이니까 눈독 들이지 말아요! 등기이사도 아니고 정부인도 아니라고요! 파리목숨이라고요! 아무것도 아니라고요! 남자만 많아 죽겠다고요! 아주 지긋지긋하다고요! 그러니까 관심 가지지 말라고요! 알았어요?"

우리는 방금 사선을 뚫고 국경을 넘어온 것 같은 몰골로 차에서 내렸다. 프라푸치노에 젖은 치맛자락이 달콤한 향기를 풍기며 허벅지에 척척 감겼다. 제방이 무너진 들판에는 일찍이 없었던 적요함만이 감돌았다. 태초로 돌아간 것 같았다. 이후로 한창환은 나에게 꼭 필요한 말만 했다. 가끔은 꼭 필요한 이야기마저 생략할 때도 있었다. 완전 좋았다. 진작 그랬어야 옳았다.

2

"여보세요."

"여보세요, 저기…… 김혜나씨? 김혜나씨인가요?"

나는 낯선 전화번호가 두려웠다. 처음 보는 숫자들의 조합이 액정에 떠오르면 나는 잠시 머리가 새하얗게 비었다. 어느 날 휴대폰에 낯선 전화번호가 떴을 때, 그리고 망설이는 목소리의 젊은 여자가 저기, 김혜나씨, 김혜나씨냐고 물었을 때 나는 그녀가 자신을 밝히기도 전에 이미 누군지 알았다. 온몸의 피가 머리꼭지로 치솟았고, 입안이 깔깔하게 말랐고, 뒷목이 빳빳하게 굳어졌고, 손톱이 하얘졌다.

상대방 역시 힘든 통화를 하는 중이었다. 그녀는 내가 김혜나라는 것을 확인하고도 한참 머뭇거리며 말을 잇지 못하더니 뜻밖에 이렇게 말했다.

"저기, 혹시, 전혜원, 나 전혜원인데, 혹시 기억해요?"

내가 태어났을 때, 엄마와 아빠는 철원과 학원의 뒤를 이어 혜원이라는 이름을 지었다고 한다. 하지만 출생신고를 하러 간 아빠의 머릿속에는 이미 갓 태어난 계집아이의 황금동상이 세워지는 중이었고, 전 우주적으로 특별한 이 아기에게 김혜원이라는 이름은 너무 평범하다는 불만이 머리를 떠나지 않았다. 출생신고서를 앞에 놓고 한참 고심하던 아빠는 결국 이렇게 말했다.

"김혜나! 우리 딸 이름은 김혜나예요. 거기 옥편 좀 줘봐요."

그래서 나는 전 우주적으로 특별한 김혜나였고, 어처구니없게도 혜원이란 이름을 듣고 제일 먼저 떠오른 건 바로 그 오래된 일화였다. 황망한 머릿속 기억의 갈피를 아무리 헤집어도 전혜원이라는 이름은 떠오르지 않았다.

"기억 안 나는 모양이구나. 나는 김혜나, 너 생각나는데. 친하지는 않았지만 이름이 특이해서. 우리는 같은 중학교를 나왔어. 너는 바이올린을 했지? 나는 무용."

주여. 나는 탄식했다. 동창입니까.

"나 지금 한국에 와 있어. 부탁이야, 제발 한 번만 만나줘. 나 너한테 나쁜 감정 없어. 그냥 꼭 해야 할 말이 있어서 그래. 아무 때라도 좋아. 근데 혜나야, 애들 아빠한테는 이야기하면 안 돼. 나 여기 온거, 너한테 전화한 거, 그 사람이 알면 난 정말 큰일 나. 제발 부탁이야. 내가 전화한 거 비밀로 해줘, 응? 비밀로 하고 나를 딱 한 번만 만나줘, 응?"

맙소사. 나는 손으로 이마를 짚었다. 하필 이럴 때 오다니. 만나서 무슨 이야기를 하나? 헤어졌다고 해야 하나, 사랑한다고 해야 하나?

게다가 나를 혜나야, 라고 부르는 본부인이라니. 내 머리채를 잡아채도 모자랄 이 여인은 왜 이렇게 내게 쩔쩔매는 걸까? 나의 아름다운 무용가 친구에게 정욱연은 도대체 어떤 남편이었던 걸까?

전혜원과 나는 바람이라도 피우려는 사람들처럼 수도권에서도 한참 떨어진 먼먼 강가의 한 카페에서 은밀하게 만났다. 한 떨기 백합꽃같이 테라스에 앉아 있던 그녀는 나를 보고는 얼른 일어섰다. 다 큰 아이들의 엄마라고는 믿을 수 없는 호리호리한 몸에, 화장기 없는 미모가 눈부셨다. 마주 앉아 우리는 서로를 찬찬히 바라보았다. 낡은 졸업앨범에서 보았던 옛 사진의 잔영이 서로의 얼굴 위로 아물아물 떠올랐다.

같은 반이 되지 않으면 기악과와 무용과는 서로 친해질 기회가 별로 없었다. 무용과에는 원래 예쁜 아이들이 많았지만 전혜원은 그중에서도 예쁘기로 유명했던 아이였다. 김혜나는 기악과에서 가장 사차원적인 아이로 약간 명성이 있었다. 중학교에 다닐 때 우리는 겨우 얼굴만 아는 정도였으나 왠지 서로에게 조금은 호감이 있었다. 믿기 힘들었지만, 이 어색한 자리에서도 우리는 중학교 동창이었다. 이런 일로 만난 게 아니었다면 우리는 서로를 무척 반가워했을 것이다. 실은, 이런 일로 만났는데도 아주 약간은 반가웠다.

"혜나야, 나와줘서 고마워. 그이한테 이야기는 안 했지?"

나는 정직하게 고개를 끄덕였다. 정욱연과 나는 아무 연락도 하지 않고 있었다. 전혜원은 세상에서 가장 소심한 본부인이었다. 그녀의 커다란 두 눈에 주먹만한 눈물방울이 차올랐다.

전혜원은 커다란 손수건을 꺼내들고 본격적으로 울기 시작했다. 울고 싶은 마음은 나도 굴뚝같았지만, 오늘은 왠지 울면 안 될 것 같았다. 그녀 앞에서 나는 울 자격이 없는 사람인 것 같았다. 그녀 쪽에서는 울기만 할 뿐 먼저 이야기를 꺼낼 기색이 없어서, 나는 그녀의 눈물이 조금 잦아든 틈을 타 먼저 말문을 열었다.

"나, 어떻게 알았어?"

"병원 원무과장이 우리 사촌언니야. 애들 아빠랑 나랑, 언니랑, 너희 오빠랑, 모두 같은 서클이었어. 그이가 너랑 사귀는 것 같다고, 언니가 전화했어. 여자들의 직감은 대개 맞으니까. 네 이름을 듣자마자 나는 금방 알겠더라고. 김혜나라는 이름은 흔하지 않으니까."

나는 정 산부인과의 원무과장을 떠올렸다. 병원 경영을 거의 도맡은, 키가 크고 세련된 여성이었다. 정욱연의 스케줄은 모두 그녀가 관리했다. 바로 그녀의 손에서 나는 정욱연의 전화를 넘겨받았다. 그가 밴쿠버에 있을 때였다. 정욱연은 사촌처형과 통화를 하다가 여자친구를 바꿔달라고 말하는 남자였다.

"맞는 거지? 너 우리 그이랑 사귀는 거, 맞는 거지?"

대답하기 난처해서, 나는 흐름이 보이지 않는 느린 강물만 바라보았다. 전혜원은 다시 울기 시작했다. 나는 어쩔 줄을 몰랐다. 나는 친구도 아니고 연적도 아니었다. 바늘방석이었다.

"내가 너무 못났지? 내가 이래. 혜나야, 나도 어떻게 해야 할지 모르겠어. 나 정말로 어떻게 해야 할지 모르겠어. 어쩌면 좋으니."

전혜원은 그저 울고 또 울었다. 머리채를 쥐어뜯기는 것보다는 나았지만 이러나저러나 괴로운 자리였다. 머리 깎고 중이나 되어버릴까. 나는 먼 산으로 눈길을 돌렸다.

"애들은?"

"밴쿠버에 있지. 애들은 지금 파이널 테스트 기간이야. 혹시 시간이 되더라도, 이런 일로 아이들까지 데려올 수는 없잖아. 오빠네 식구들이 가까이에 사니까 며칠은 괜찮아. 오빠 둘은 밴쿠버에 있고 언니는 뉴저지에 있어. 내가 들어온 거, 아무한테도 이야기 안 했어. 엄마도 몰라. 엄마는 혈압 때문에 조심하셔야 되거든. 이야기할 수가 없었어. 올케언니한테는 애들 아빠가 아프다고 했어. 애들을 좀 돌봐달라고 부탁해야 하니까."

그녀에게는 도무지 경계심이라는 게 없는 것 같았다. 묻지 않은 이야기까지 술술 쏟아져나왔다. 우리는 슬픈 일을 함께 나누는 친한 친구들인 것 같았다. 그녀는 전혜원, 나는 김혜나. 우리는 같은 학교에서 무용과 바이올린을 공부한 중학교 동창이었다.

울고 있는 전혜원의 야윈 어깨 너머로 강 건너편 연초록 예쁜 숲이 보였다. 일 년 중 숲의 색깔이 가장 예쁠 때였다. 가정의 달이기도 했다. 내가 성민에 대해 이야기하지 않듯이, 정욱연도 그의 아내에 대해 별말을 하지 않았다. 내가 아는 정욱연의 아내는 우물에 다듬잇돌을 내던지듯 일방적으로 캐나다행을 선언하고, 남편이 아무리 말리고 달래고 애원해도 끄떡없이 두 아이들을 데리고 떠나버린 고집 센 무용가였다. 그 무지막지한 여자와 내 앞에서 혜나야, 혜나야 하면서 엎어져 울고 있는 가녀린 여인은 전혀 일치하는 점이 없었다.

"혜나야, 정말 부탁이야. 제발, 제발. 내가 뭐든지 할게. 네가 하라는 거라면 뭐든지 다 할게. 제발, 제발, 그 사람이랑 헤어져주면 안 되겠니? 미안해. 아무리 생각해도 이 방법밖에는 생각나지 않아. 내가 정말 바보라는 거 알아. 말도 안 되는 거 알아. 하지만 나 그 사람 사랑해. 정말로 사랑해. 아무것도 다른 방법이 없어. 그 사람한테는 말하지 말고, 그냥 네가 헤어져줄 순 없을까? 우리 애들을 생각해줘. 내가 이렇게 빌게, 응? 혜나야."

나는 아연한 기분으로 간절하게 모아쥔 그녀의 두 손을 바라보았다. 칠 년을 헤어져 지낸 그들 부부 사이에 사랑이, 사랑이 남아 있을 것이라는 생각은 그 순간까지 내 머리에 단 한 번도 떠오른 적이 없었다.

"나 정말 바보 같아 보이지? 나도 내가 한심해. 정말 부끄러워. 내가 다 망쳐버렸어. 나도 알아. 그 사람이 나 미워하는 거, 그 사람한테 용서받을 수 없다는 거, 나도 알아. 하지만 그래도, 혹시라도, 네가 나를 불쌍하게 생각해준다면. 내가 정말 그 사람을 사랑해서 그랬다는 거, 알아준다면. 그 사람한테 매달려봤자 아무 소용 없겠지만 너는 어쩌면 내 말을 들어줄지도 모른다고 생각했어. 너는 같은 여자니까. 내 마음을 알아줄지도 모르니까."

그녀는 그렇게 생각했다고 한다. 정작 남편에게는 원망하는 말 한마디 못 할 테지만, 나에게 애원하면 혹시 마음이 돌아설지 모른다고 생각했다고 한다. 그녀는 그런 여자였다. 남편의 애인에게도 모진 말한마디 뱉을 줄 몰랐다. 모두 자기 탓이라고 했다. 폭포수같이 눈물을 흘리고 야윈 가슴을 쥐어뜯으며, 그녀는 나를 검은 숲으로 이끌었다. 두려운 마음으로 나는 그녀의 뒤를 따랐다. 하늘이 보이지도 않는 빽빽한 밀림 깊은 곳에, 이제는 잊혀진 사원이 있었다. 젊은 날 정욱연과 전혜원이 함께 쌓았던, 믿을 수 없이 아름다운 사랑의 유적이었다.

의대생들은 보통 공중보건의나 군의관을 지원했지만 몸이 고생하는 걸 더 마음 편하게 여기는 정욱연은 마침 돈도 떨어졌던 어느 날 현역병에 지원해서 짧게 복무하는 쪽을 택했다. 신입생 전혜원이 그 엄청난 미모로 화제를 모으며 서클에 처음 등장했을 때 정욱연은 막 군복무를 마치고 복학한 본과생이었다. 전혜원은 천생 여자라는 소리를 듣는 유순하고 천진한 성격이었지만, 한번 눈이 멀면 코뿔소처럼 앞뒤 가릴 줄 모르는 일면이 있었다. 정욱연이 아무 생각 없이 이 귀여운 신입생에게 첫인사를 건넸던 그 순간부터 이미 전혜원은 아무것도 보이지도 들리지도 않았다. 사람들이 놀려대자 민망해진 정욱연이 몇 번이나 시선을 피했는데도, 넋이 나간 전혜원은 내내 정욱연만 바라보았다.

정욱연의 핸디캡, 나이가 일곱 살이나 많고 찢어지게 가난하다는 점을 전혜원은 모두 자기 잘못이라고 바꿔 생각했다. 이제 겨우 만 열아홉 살이라니, 자신이 너무 어렸다. 아버지가 은행가라니, 자신이 너무 부유했다. 이미 결혼적령기에 이른 여자 선배들과 정욱연이 친근하게 이야기라도 나누면 전혜원은 당장이라도 정욱연이 그들 중 한 명과 결혼해버릴까봐 눈물바람이었다. 온실 속의 화초처럼 곱게만 자란 자신을 정욱연이 한심하게 생각할까봐 노심초사 애가 달았다. 그녀는 야학교사도 지원하고 빈민 문제를 토론하는 사회과학학회에도 가입하고 농촌활동 때마다 평생 호미를 허리에 차고 살아온 농민의 딸처럼 맹렬하게 일했다.

첫날부터 파다하게 소문난 전혜원의 연정에, 정욱연은 꽤 난처한 처지가 되었다. 전혜원이 싫은 것은 아니었지만 정욱연 쪽에서 진지한 관계를 고려하기 민망할 만큼 전혜원은 어렸다. 귀여운 후배 운운

하는 상투적인 표현으로 좋게 달래보려고 했는데, 그의 말이 떨어지기만 하면 당장이라도 집을 나오겠다는 바람에 기겁했다. 솔직히 네가 아깝다거나 다른 남자들도 만나보라는 말에는 불같이 화를 냈다. 시간이 흘러도 쉽게 포기할 기세가 아니라서 정욱연도 마음을 굳게 먹고, 고학하는 처지라서 연애할 여력이 없다고, 이제 서클모임도 나가지 않을 테니 더이상 따라다니지 말라고 매정하게 잘랐다. 전혜원은 애써 눈물을 참으며, 그렇다면 여력이 생길 때까지 백 년이라도 기다리겠다고 대답했다. 그래 놓고, 정욱연이 의대에서 여자친구를 사귈까봐 술만 마시면 땅이 꺼지도록 울었다.

서클에서 가장 예쁘고 부유한 여자가 가장 가난하고 나이 많은 남자를 차지하기 위해 눈물겹게 분투하는 모습은 사실 살인적으로 사랑스러웠다. 늘 여자들에게 인기가 많았던 정욱연조차 숙연해질 만큼 감동적이었다. 그래도 잊을 수 있을 거라고 생각했는데, 불행을 잊는 것과 사랑을 잊는 것은 다른 거였다. 집중력이라면 자신 있었던 정욱연의 전공서적에도 전혜원의 천진한 얼굴이 일렁거리기 시작했다. 몇 번이나 책을 덮고 고민하다가, 그는 결국 전혜원의 생일을 축하하는 서클모임에 쑥스럽게 나타났다. 그날부터 그들은 연인이 되었다.

전문의가 된 후 결혼하려던 정욱연의 인생계획은 간단하게 변경되어서, 그는 전공의 일 년차를 채 마치지도 못하고 결혼식을 올렸다. 기껏 대학에 보내놓았더니 신입생환영회에 다녀온 다음날부터 결혼하겠다고 날뛰는 막내딸에게 전혜원의 부모는 지칠 대로 지쳐 있었다. 대학이나 졸업하거든 식을 올리라는 최소한의 설득도 실패했다. 삼 년을 하루처럼 정욱연만 바라본 끝에 대학교 삼학년, 드디어 소원

하던 면사포를 쓴 어린 신부 전혜원은 그저 별을 딴 기분이었다. 그의 아내가 되었다는 생각만 해도 눈앞이 어질어질했다.

결혼한 다음날부터는 아이를 낳겠다고 난리였다. 그것만은 제발 대학을 졸업한 뒤 하라고 장인 장모와 정욱연이 또 진땀을 뺐다. 그녀는 정욱연의 날개옷을 아이들의 엉덩이 밑에 단단히 눌러놓아야 마음이 놓일 것 같았다. 아이가 없으면 독수리가 병아리 채가듯 다른 여자가 그를 훔쳐갈 것만 같았다. 전공 특성상 여자 동료들이 많은 정욱연에게는 하루하루가 지뢰밭이었다. 친한 여자 동료와 자판기 커피라도 한 잔 들고 서 있다가 전혜원의 눈에 띄면 사흘은 달래야 했다. 보통 남자들이라면 삼도화상을 입었을 과잉 애정의 분화구였지만 평생 지긋지긋 외로웠던 정욱연에게는 그저 따뜻한 온탕 같았고 들들 볶이는 것도 그리 싫지 않았다. 묘하게 손발이 잘 맞는, 함께 누워도 백 킬로그램이 넘지 않는 초경량 부부였다.

결혼 초기 삼 년 넘게 지속되었던 전혜원의 불안증은 아이들이 태어나고 정욱연이 개업한 병원에 사촌언니를 원무과장으로 앉히면서 비로소 가라앉았다. 알고 보면 정욱연은 날개옷 따위 가질 생각도 없었던 남자였다. 그녀는 정욱연이 일에 빠져 사는 것에 조금도 불만이 없었고 오히려 무척 다행스럽게 여겼다. 심지어 그녀는 남편이 가족들과 함께 보내는 시간이 적다고 느끼지도 않았다. 그녀의 남편은 남들과 똑같이 주어진 시간 안에 믿을 수 없이 많은 일을 해냈다. 농담처럼 말하듯이, 골프만 치지 않으면 시간이 남는 모양이었다. 스케줄이 적절하다 싶은 평일 저녁이면 정욱연은 아이들과 아내를 병원으로 불러서 함께 저녁을 먹었다. 원장실에 네 명이 오글오글 모여 앉아 카드놀이나 보드게임을 하기도 했다. 정욱연은 매번 무자비하게 이겨서 아이들을 울려놓고 분만실로 달려갔다.

그들은 이럴 수 있나 싶게 사랑했고 이래도 되나 싶도록 행복했다. 그들이 심각한 충돌을 일으킨 사건은 아이들 교육을 위한 캐나다 유학, 그것이 유일했다. 연애할 때 그랬듯이, 무엇에 홀리듯 빠져들면 아무것도 보이지도 들리지도 않는 전혜원이 캐나다에 푹 빠진 것이었다. 정욱연이 미친 듯이 반대했지만 전혜원은 강행했다. 그녀는 자신이 옳다고 믿었고, 결국 남편도 이해해줄 거라고 믿었다. 여러 가지 유리한 여건상, 그들은 기러기생활도 환상적으로 잘해낼 수 있을 거라고 굳게 믿었다.

전혜원은 시간이 흐르면 남편의 화가 풀릴 거라고 생각했다. 그만큼 그들의 애정이 공고하다고 확신했다. 하지만 그녀가 미처 생각지 못한 암초가 있었다. 천하의 정욱연이 결코 견뎌내지 못하는 단 한 가지는 바로 가족에게 버림받는 일이었다. 정욱연은 가족과 연락을 끊었다. 여름방학 때 아이들을 데리고 귀국해도 단 하루도 휴가를 내지 않았다. 아이들이 불평하면 미안하다고만 말했고 전혜원에게는 아예 눈길조차 주지 않았다. 그런데도 전혜원은 망설였다. 처음에는 기왕 갔으니 애들 영어나 조금 틔거든 돌아오자는 생각이었다. 하지만 영어가 웬만해지니 수학과 국어가 걸림돌이 되었다. 전혜원이 어쩔 줄 몰라 하는 사이 돌이킬 수 없는 시간이 흘렀고 남편의 냉담은 벽처럼 굳어졌다. 그들이 꾸렸던 아름다운 가정은 소리없이 침몰했다.

연말에 함께 보내는 이 주일이 이제 그들에게 남은 유일한 가족생활이었다. 한국에서는 아내를 투명인간 취급했지만, 연말의 이 주만은 그녀의 남편으로 돌아왔다. 그것이 전혜원에게 남은 유일한 희망이었다. 그림자놀이처럼 표정이 사라지고 윤곽만 남은 평평한 시간이었지만, 그녀에게는 무엇보다 소중했다.

정욱연이 밴쿠버공항의 입국장에 모습을 드러내면 전혜원은 언제나 가슴이 뛰었다. 불안을 감추기 위해 더 호들갑스럽게 반가워하며 그녀는 아이들에게 이것저것 시켰다. 그녀가 이끄는 대로 그가 군소리 없이 안방에 여행가방을 들여놓으면 그제야 그녀의 마음이 진정되었다. 남편이 게스트룸에 짐을 놓는 날이 올까봐 그녀는 언제나 불안에 떨었다. 다행히 아직까지 그런 일은 없었다.

정욱연은 늘 시차로 고생했다. 한국에 귀국할 때는 병원이라는 초강력 각성제 덕분에 별문제 없이 넘어갔지만 캐나다에 와서가 문제였다. 가족들과 일 년 만에 함께하는 첫 저녁식사부터 그는 내려앉는 눈꺼풀과 사투를 벌였다. 전혜원은 시차에 약한 그의 체질을 잘 알아서, 그가 오는 첫날이면 오후 네다섯시쯤 이른 저녁식사를 하고 일찍 잘 수 있도록 배려했다. 그는 아이들을 한 번씩 안아주고 예닐곱시쯤 고꾸라져 잠들었다. 전혜원은 아이들이 떠들지 않도록 수천 번 주의를 주며 저녁을 보냈다.

아이들이 잠자리에 든 후 전혜원은 매트리스가 흔들리지 않게 조심하며 그의 곁에 누웠다. 남편이 쉽게 잠에서 깬다는 것도 잘 알아서, 그녀는 그를 만지지 않았다. 어둠 속에 희미하게 보이는 그의 윤곽을 바라보고 그의 숨소리에 귀를 기울이다가, 그녀도 잠이 들었다. 일 년에 단 한 번, 정욱연과 전혜원이 함께 지내는 이 주일의 시작이었다.

모두가 깊은 잠에 빠진 새벽 두세시가 되면 정욱연은 잠에서 깨어났다. 저녁식탁에서 눈꺼풀을 들어올리기 힘들었던 것과 정반대로, 새벽이 되면 억지로 눈을 붙이려 해도 누워 있을 수가 없었다. 정욱연은 침대에서 빠져나와 전혜원이 깨끗하게 치워놓은 작은 테이블에 노트북을 놓았다. 서울에서 넉넉하게 챙겨온 일거리 속으로 그는 조용히 빠져들었다.

정욱연이 일에 빠진 지 한 시간쯤 지나면, 들리지 않는 알람이라도 맞춰두었던 것처럼 전혜원이 눈을 떴다. 그녀 역시 시차에 시달리는 것처럼 다시 눈을 붙일 수가 없었다. 그녀는 재빨리 주방으로 달려가서 미리 준비해두었던 재료로 샌드위치나 주먹밥을 만들었다. 이른 저녁에 자기가 뭘 씹는지도 모르면서 비몽사몽간에 식사를 하고 곯아떨어졌던 남편이 이때쯤 맹렬한 허기를 느낀다는 사실을 그녀는 잘 알고 있었다.

간단한 음식을 담은 작은 접시와 물컵을 들고 남편에게 다가가는 그 순간이 그녀에게는 그와의 진짜 재회였다. 정욱연이 입국장에 모습을 나타내던 순간보다 더 기뻤다. 그가 이 새벽의 음식만은 한 번도 거절하지 않았으므로, 이 순간만은 그녀도 한없이 가슴 설레며 그에게 다가갈 수 있었다. 그가 한 번도 그녀에게 냉담한 적이 없었던 시절, 그들의 결혼생활이 완벽하다고 동의했던 그 시절처럼 말이다.

눈은 여전히 노트북에 못박아둔 채였지만, 그는 그녀가 가져올 음식을 기다렸던 것이 분명했다. 접시를 왼손 근처에 내려놓으면 그는 지체하지 않고 하나를 집어먹었다. 그 신속한 움직임이 그녀를 안도하게 했다. 그가 음식을 먹는 동안만은 안심할 수 있다는 듯이, 그녀는 의자를 끌어당겨 그의 곁에 앉았다. 그녀는 두 팔을 벌려서 정욱연의 야윈 몸을 끌어안고 그의 등허리에 얼굴을 파묻었다. 그녀는 아무 말도 하지 않고 남편의 등허리에 얼굴을 비비는 것만으로 만족했다. 물론 참을 수 없는 눈물이 쏟아질 때도 있었다.

정욱연이 요기를 끝낼 무렵이면 그녀도 팔을 풀었다. 그녀는 그릇과 물컵을 치우고 침대로 돌아갔다. 정욱연은 그대로 노트북과 함께 아침을 맞이했다. 아이들이 일어나면 본격적인 밴쿠버 생활이 시작되었다. 한 번 볼 때마다 아이들은 일 년치씩 어김없이 자라 있었고 일 년 만에 보는 아빠에게 점점 더 할 말이 없어졌다.

가벼운 쇼핑이나 친지 방문으로 사나흘쯤 시간을 보내다보면 정욱연도 밴쿠버의 시계에 그럭저럭 익숙해졌다. 그러면 그들은 스키를 타러 가까운 리조트로 떠났다. 정욱연이 일 년 중 유일하게 스포츠로 시간을 보내는 때였다. 그는 스키를 좋아하지도 않았고 잘 타지도 못했지만 어쨌거나 열심히 했다. 영어나 스키나, 아이들과 정욱연의 격차는 해가 갈수록 벌어졌다. 아이들이 아빠에게 빠른 영어로 대답하거나 쌀쌀맞게 굴면 전혜원은 아이들을 야단치며 조바심했지만 정욱연은 별 내색을 하지 않았다.

오후가 되어 공기가 투명해지고 태양광의 각도가 알맞아지면 그는 사진을 찍기 시작했다. 이때만은 정물이 아니라 아이들과 전혜원의 사진을 찍었다. 아이들도 아빠가 찍어주는 사진을 좋아했다. 표정과 동작이 생생하게 살아 있는 사진들이었다. 그는 아이들에게 사진 찍는 법을 가르쳐주었다. 사진 덕분에 아이들과 아빠는 조금 친해졌다. 그가 찍은 사진들을 보면 전혜원의 가슴에도 맹렬한 희망이 자라났다. 애정이 남아 있지 않다면, 애정이 조금이라도 남아 있지 않다면 그녀와 아이들의 가장 자연스러운 순간과 사랑스러운 동작 들을 이렇게 잘 포착할 수는 없을 거라는 생각이 들었다. 그녀는 슬그머니 팔짱을 끼거나 말을 걸었다. 그는 팔을 빼지 않았고, 묻는 말에도 순순히 대답했다.

정욱연이 밴쿠버에 도착한 지 닷새쯤 되어가는 밤이면 전혜원은 마침내 용기를 내어 남편 곁에 바짝 붙어서 누웠다. 정욱연이 먼저 그녀의 이름을 부를 때도 있었다. 아이들은 아직 어리고 남편은 그녀에게 냉담하지 않았던 그때로 돌아간 것처럼, 그녀는 팔을 내밀어 그의 머리칼을 만지고 그의 입술에 키스했다. 그녀를 안심시키듯, 그는 순순하게 그녀의 허리를 안았다. 육 년째 떨어져 지내기는 했으나 그들은 십여 년간 함께 살았던 부부였고 무엇을 어떻게 해야 하는지 아주 잘 알았다.

밴쿠버의 집으로 돌아와 아이들이 개학 준비를 시작하면 정욱연도 귀국 준비를 시작했다. 이 무렵이면 전혜원의 눈가가 언제나 빨갰다. 귀국 전날이면 그는 이 주 동안 찍은 사진들이 담긴 메모리카드를 전혜원에게 주었다. 그 사진들을 자신의 노트북에 옮기지도 않고, 그는 빈 카메라를 들고 돌아갔다. 그리고 다시 오십 주의 침묵이 시작되었다. 지난 연초, 폭설로 밴쿠버공항이 폐쇄되었을 때도 정욱연은 집으로 돌아가지 않았다. 그는 공항에 붙은 작은 호텔에 처박혀 사흘을 보내고 서울로 돌아갔다.

그러므로 사촌언니를 통해 나의 존재를 알았을 때, 그녀는 울지도 못했다. 울지도 못할 만큼 무서웠다. 정욱연은 한번 방향을 정하면 쉽게 마음을 바꾸는 사람이 아니었다. 남편에게 항의해봤자 아무것도 달라지지 않으리라는 걸, 그가 한번 결심한 이상 그를 붙잡을 방법이 아무것도 없다는 걸 그녀는 잘 알았다. 심지어 아이들마저도 그녀와 함께 그의 고려에서 사라진 지 오래였다. 그녀의 의견이 끼어들 여지는 어디에도 없었다. 그녀는 아무 방법이 없다고 생각했다.

모든 것이 그녀의 잘못 때문이었다. 완벽했던 가정은 얼음조각처럼 산산이 부서졌다. 남편이 알면 화를 내겠지만, 그녀는 나를 만나는 수밖에 없다고 생각했다. 어차피 더 잃을 것도 없었다. 나의 아량에 한번 매달려보는 수밖에 없었다. 마침 나는 그녀의 중학교 동창이었고, 그녀의 기억 속에 나는 좀 괴상하긴 했지만 그다지 모질어 보이지는 않는 통통한 아이였다. 나를 만나 그가 자신에게 얼마나 소중한 사람인지, 그들이 한때 얼마나 행복했는지 읍소하는 수밖에 없었다. 그거라도 하지 않으면 그녀는 그대로 미쳐버릴 것 같았다.

어느새 나도 울고 있었다. 이 세상에서 전혜원을 가장 잘 이해할 수 있는 사람은 바로 나였다. 그녀가 누렸던 행복과 그녀에게 찾아온 불행에 나는 시각 청각 촉각으로 공감했다. 그를 잃은 그녀의 비탄이 내게는 남의 일로 여겨지지 않았다. 나 역시 그와 관련된 모든 것에서 멀어지고 있었다. 어느 날 전혜원처럼, 나도 그에게 아무 대답도 듣지 못하는 사람이 될지 모른다. 벌써 그렇게 되었는지도 모른다. 그는 무서운 남자였다. 전혜원에게는 아이들이라도 있었다. 우리 사이에는 아무것도 없었다.

"그럴 거면 뭐하러 캐나다에 갔어, 이 바보야. 그 사람이 가지 말라고 그랬다면서. 가지 말라고 그렇게 말렸다면서 왜 갔어?"

전혜원의 울음은 아예 통곡이 되었다. 카페 안에 드문드문 앉아 있던 사람들이 아무리 체면을 차리려고 노력해도 한 번쯤 돌아보지 않을 수 없을 만큼, 우리는 고장난 수도꼭지처럼 펑펑 울었다.

"현서가…… 현서가……"

그녀가 뭐라고 말했는데 뒷부분은 폭포수 같은 눈물에 떠내려가서 내 귀에 들리지 않았다.

"뭐라고?"

그녀가 손수건에 얼굴을 파묻고 다시 한번 말했다.

"수학을 못했어."

여전히 울음에 파묻히긴 했으나 이번에는 분명히 알아들을 만했다.

"희서는 일학년 때부터 단 한 번도 백점을 놓친 일이 없었어. 희서는 제 아빠를 쏙 빼닮았어. 애들 아빠도 어릴 때 분명히 그랬을 거야. 밴쿠버에서도 희서는 대단해. 한 번도 A+를 놓친 일이 없어. 어디셔널 크레디트까지 빠짐없이 모두 얻었어. 프라이머리 졸업식에서는 학생대표로 졸업연설을 했어."

내 귀에는 이상이 없는 것 같았다. 눈물 때문에 군데군데 흐려지기는 했으나, 전혜원의 말은 그런대로 알아들을 만했다. 청력이 고장나지 않은 것은 다행스러웠으나, 내가 듣고 있는 이야기가 도대체 무슨 맥락에서 나온 건지 해석하기 어려웠다. 분명히 우리는 정욱연을 사이에 놓고 밀고 당기는 중이었는데, 어쩌다가 갑자기 아이의 성적 이야기를 하게 된 건지 나는 귀신에 홀린 기분이었다.

"희서한테는 아무것도 가르칠 필요가 없었어. 한글도 숫자도 알파벳도 파닉스도. 그 아이는 뭐든지 잘했어. 지금도 그래. 그냥 한 번 보기만 하면 다 알아. 아빠를 그대로 빼닮았다니까. 희서는 분명히 아이비리그에 갈 거야. 학교에서는 십일학년쯤에 조기입학도 시도해보라고 하더라고. 가능성이 충분하대. 그런데 현서는 제 누나랑 달랐어. 생긴 건 제 아빠랑 똑같은데 공부머리는 하나도 닮지 않은 거야. 한글은 어찌어찌 가르쳤는데, 도대체 수학을 못하는 거야. 한 자리 숫자의 덧셈도 힘들어하는 거야. 10이 넘어가면 손가락을 써야 간신히 답을 맞히는 거야. 난 너무 놀랐어. 희서 땐 정말 안 그랬거든."

나는 어지러운 머리로 사태를 파악하려고 애썼다. 그러니까 희서는 그의 새침한 큰딸, 현서는 사진 속에서 넉살 좋게 웃고 있던 그의 작은아들인 거였다. 그 아이는 캐나다로 떠날 때 유치원생이거나 초등학교 일학년이거나 하여튼 아주 어린 나이 아니었던가? 혹시 현서라는 작은아이에게 장애라도 있다는 소리인가? 그녀는 장애가 있는 아들 때문에 캐나다에 갈 수밖에 없었다는 이야기인가?

"그래서 나는 캐나다에 가야만 했던 거야. 현서를 그대로 한국에 둘 수는 없었으니까. 희서는 한국이든 어디서든 다 잘했겠지만, 현서는 한국에서 버틸 수 없었을 거야. 그래서 그랬던 거야."

"혜원아, 내가 잘 못 알아들어서 그러는데, 지금 현서가 몇 살이지?"

"현서? 미국 나이로 열세 살이지."

"그러면, 현서가 지금은 괜찮아? 괜찮은 거야?"

나에게 아무것도 숨길 생각이 없는 전혜원이 열심히 설명했다.

"캐나다에서는 훨씬 낫지. 거기서는 수학이 그렇게 중요하지 않으니까. 아무래도 제 누나만큼은 어림도 없지만, 현서도 열심히 알아보면 괜찮은 주립대나 적당한 사립대에 갈 수 있을 거야. 난 현서한테 더 바라는 거 없어. 그 아이는 제 누나랑 다르니까. 그냥 그 정도면 되지 뭐."

아무리 생각해도 정현서는 장애아가 아닌 것 같았다. 나는 전혜원이 내 질문을 잘못 알아들은 게 아닌가 의심이 들었다.

"그럼 캐나다에 왜 간 건데?"

"현서 때문에 갔다니까."

"현서가 왜…… 아픈 것도 아니고 멀쩡한데 왜……"

"수학을 못했다니까!"

전혜원의 아름다운 눈에서 다시 눈물이 왈칵 쏟아졌다.

"세상에, 그 사람의 아들이 수학을 못하는 거야. 어떻게 그럴 수가 있을까. 하필 현서는 나를 닮은 거야. 하늘도 너무하시지, 어쩌자고 그 사람의 아들한테 내 머리를 달아놓으셨냐고! 한국에 있었으면 현서는 인 서울 대학도 못 가! 세상에, 그 사람 아들이 수학을 못해서 삼류대학에 가게 생겼다니까! 엄마로서 그렇게 내버려둘 수는 없는 거잖아? 그래서 캐나다에 갈 수밖에 없었다니까!"

나는 멍하니 입을 벌리고 듣기만 하는 수밖에 없었다.

"난 그 사람한테 너무 미안했어. 현서가 나를 닮아 수학머리가 없는 게 너무 끔찍했단 말이야. 그래서 캐나다에 갈 수밖에 없었던 거라고. 혜나야, 넌 모를 거야. 아이가 없으면 넌 모를 거야. 내 마음을 네가 어떻게 알겠니."

전혜원은 다시 폭포수같이 울기 시작했다. 나는 다시 강 건너편의 숲을 바라보았다. 칠판에 가득 찬 수학공식을 망연하게 바라보던 예술중학교 시절로 돌아간 기분이었다. 이야기를 들어도 도무지 무슨 소리인지 알 수 없었다. 어쨌거나 하나는 알 수 있었다. 전혜원이 정욱연을 사랑했다는 것. 지금도 미치도록 사랑한다는 것. 그녀가 캐나다로 떠난 이유 또한, 그녀 나름으로는, 오로지 정욱연을 위해서였다는 것.

"그 사람 무서운 사람이야. 혜나야, 그 사람 정말 무서운 사람이야. 연말에 이 주 동안 다녀가긴 했지만, 그게 다였어. 정말로 그게 다였어. 우리가 밴쿠버로 떠난 다음에 나에게 전화 한 통 안 했어. 우리가 한국에 와도 휴가 하루 안 냈어. 일요일까지 일했어. 그 사람이 나한테 엄청나게 화가 났다는 거, 알아. 내가 잘못했다는 것도 알아. 나를 미워한다는 것도 알아. 하지만 나도, 나도 어쩔 수가 없었어. 어쩔 수 없어서 그랬어. 우리 현서 좋은 대학에 보내면 다 잘될 거라고 생각했어. 그걸로 모두 용서받을 수 있을 거라고 생각했어."

나는 전혜원이 무서워졌다. 원래 무서웠지만 더 무서워졌다. 그녀는 미워할 수 없는 여자였다. 그녀의 예쁜 얼굴이나 부유함은 오히려 중요하지 않았다. 그녀의 생각이 옳건 그르건, 도무지 말도 안 되는 소리를 해도, 그녀는 모두 진심이었다. 진심으로 사는 여자였다. 숨길 줄도 위장할 줄도 모르는 진심, 그것 때문에 아름다운 여자였다. 나는 정말로 그녀가 무서워졌다.

"혜나야, 부탁이야. 제발 그 사람이랑 헤어져줘. 이렇게 말하면 이상하겠지만, 그 사람 아직도 나 사랑해. 정말이야. 그 사람이 날 죽도록 미워하는 건 사실이지만, 그래도 여전히 우리 사랑해. 난 알아. 그 사람, 우리 기다리고 있었어. 내가 미워서 말은 안 했지만, 희서랑 현서 대학 보내고 나 돌아올 때까지 그 사람은 기다릴 생각이었어. 그 사람, 그런 사람이야. 끝까지 우릴 기다리려고 했던 사람이야."

등골에 차가운 기운이 흘렀다.

그는 가족들을 기다렸을까?

나는 그가 밴쿠버의 가족들을 기다리고 있었다고는 단 한 번도 생각해본 적이 없었다. 그들이 떠난 직후부터 그는 연락을 끊었다. 전화도 받지 않고 이메일도 보내지 않았다. 아내와 아이들이 한국에 돌아와도 휴가도 내지 않았다. 오히려 일요일까지 일했다. 남이라 해도 그렇게 모질고 냉정할 수는 없었다. 이미 오래전부터 깨진 거나 다름없는 사이였다. 누구나 그렇게 생각했다.

하지만 그가 기다리고 있었다는 말도, 들어보니 틀린 말은 아니었다. 그는 죽도록 일만 했다. 내가 나타나기 전까지 아무도 만나지 않았다. 헤어지자는 말을 꺼낸 적도 없었다. 그의 집에는 아내와 아이들의 물건들이 그대로 남아 있었다. 가족들이 돌아오면 즉시 예전과 다름없는 일상생활을 시작할 수 있었다. 전혜원이 이제라도 미안하다고, 돌아오겠다고, 다시 예전처럼 살자고 말하면, 내가 아는 정욱연은, 아무 대답도 하지 않을 남자였다. 그들이 그의 집에서 살든 말든 관심 없다는 듯이 차가운 태도로, 그들을 받아들였을 것이었다.

전혜원의 말은 틀린 게 없었다. 태초부터 사랑과 미움은 한몸이었다. 정욱연은 그녀를 죽도록 미워했다. 그럼에도 불구하고, 숨쉴 틈 없는 깨알 같은 그의 스케줄, 아내를 향한 지독한 미움과 무관심과 숨막히는 냉담까지 모두 필사적인 기다림의 일부일 수 있다는 걸, 나는 비로소 깨달았다. 전혜원의 말이 옳았다. 그는 전혜원을 기다려왔다. 여전히 그녀와 아이들을 사랑했다. 내가 나타나지 않았다면 그는 끝까지 기다렸을 것이다.

정욱연이 나를 거짓으로 대한 것은 아니었다. 전혜원이 그렇듯 정욱연도 진심의 사람이었다. 게다가 그는 뭐든지 죽도록 열심히 하는 남자였다. 그는 나를 사랑했다. 육 년간 지속해왔던 기다림을 끝내기로 결심할 만큼, 그의 굴곡진 인생 내내 묵묵한 지팡이였던 일까지 버리겠다고 약속할 만큼 그는 나를 사랑했다. 죽도록 사랑했다. 하지만 그가 나를 아무리 사랑한다 하더라도 그의 가슴의 어느 일부분은 영원히 이 여자의 것이었다. 지금 그가 미니 다큐멘터리 촬영이라는 어이없는 이유로 나에게 연락을 끊은 것 또한, 전혜원과 아이들을 차마 놓을 수 없는 그의 애달픈 속마음일 수 있다는 것을 나는 이 순간 뼈저리게 통감했다.

"혜나야, 제발 네가 양보해주면 안 될까? 우리를 불쌍하게 여겨주면 안 되겠니? 내가 뭐든지 다 할게. 너 해달라는 대로 내가 뭐든지 다 할게, 응? 혜나야, 제발."

우리 식구들은 슬픈 사랑이야기라면 그저 사족을 못 썼다. 나는 정욱연을 그녀에게 곱게 돌려보내야 할 의무감을 느꼈다. 풋풋하던 대학 시절 서클에서 만나 오늘에 이르기까지 서로를 목숨처럼 사랑하지 않은 날이 하루도 없었던 이 애절한 부부가 다시 합칠 수 있도록, 내가 물러서야 옳았다. 그것이 절절한 사랑이야기를 애호하는 자의 마땅한 마음가짐이었다. 미치광이들이 꽃잎처럼 가볍게 몸을 던지는 피 끓는 충성심이었다. 이건 꿈일 거야. 현실이 아닐 거야. 손등을 쓸어보았지만 마치 연고를 바른 듯 무감각했다. 나는 멍한 기분으로 물었다.

"그래서, 이제 어떻게 할 건데? 이제 한국으로 돌아올 거야?"

전혜원이 아예 테이블에 엎어졌다.

"지금 어떻게 와! 우리가 지금 어떻게 와! 지금 오면 희서까지도 죽도 밥도 안 되는데! 그러면 우리 희서까지 내가 다 망쳐버리는 건데! 그럴 수는 없잖아! 희서가 대학 가면 그다음엔 현서 대학 보내야 하는데! 혜나야, 네가 내 심정을 어떻게 알겠니. 이러지도 저러지도 못하는 내 심정을 어떻게 알겠냐고!"

이곳은 정말 이상한 공간이었다. 살바도르 달리도 루이스 캐럴도 이런 공간에 대해서는 들은 적도 본 적도 없을 것이다.

"혜원아, 그러다 그 남자, 죽어. 더 기다리면 그 남자, 죽어."

전혜원은 대답하지 않았다. 하느님, 감사합니다! 다행스럽게도 아름다운 동창을 위해 내가 해줄 수 있는 일은 아무것도 없었다. 그러나 하나도 기쁘지 않았다. 이곳은 이상한 공간이었다. 기쁨도 슬픔도 괴상한 중력장에 휘어져 알아볼 수 없는 형태가 되었다. 테이블에 엎드린 그녀의 야윈 등이 고양이처럼 둥글었다. 하나 둘 셋 하고 셀 수 있을 만큼 등뼈가 도드라졌다. 오스스, 강바람에 다시 어깨가 시려왔다. 나는 어깨를 쓸어내리며 강 너머 숲을 바라보았다. 숲에 사는 야윈 새들이 강 쪽으로 날아갔다.

3

박회장의 은덕으로 우리는 몇 가지 호사를 누리며 살게 되었는데 청담동 '칭' VIP룸 자유이용권도 그중 하나였다. 올케들과 나는 청담동 칭에서 토요일의 브런치를 함께하고 있었다. 냉채샐러드와 샥스핀 수프, 다섯 가지 딤섬과 디저트가 나오는 '차이니스 브런치'는 청담동 칭의 인기 메뉴였다. 내가 있으면 모든 것이 무료였다. 남의 일엔 언제나 똘똘한 작은오빠 덕에 이런 사소한 무료식사권 따위는 아무것도 아니고 심지어 황해재단 이사 자리도 개털이고 진짜 안심하려면 등기 이사나 정부인이 되어야 한다는 사실을 잘 알게 되었지만, 실제로 내가 무엇인지는 중요하지 않았다. 남들이 나를 무엇으로 생각하는지가 중요했다. 나는 재벌가의 상속녀처럼 행동했다.

위장작전은 쉽게 통했다. 올케들은 나의 고귀한 신분을 의심할 생각이 없었다. 세상이 워낙 흉흉했기 때문이다. 되는 일 없는 흉흉한 세상에서는 환상이 가장 소중했다.

"그래도 이렇게 힘들 때 아가씨라도 잘돼서 얼마나 다행이야. 어머님이랑 아가씨가 아니었으면 우리 집안은 정말 큰일 날 뻔했잖아."

"형님 말씀이 맞아요. 박회장님께서 아가씨를 친딸처럼 사랑하시는 거, 그게 우리의 유일한 희망이에요."

"아가씨, 회장님께 잘해야 해. 우리 집안의 운명은 완전히 회장님 손에 달렸어. 서방님도 지금 회장님 처분만 기다리는 처지고, 해명이 애비도 지금 회장님 아니면 희망이 없어. 아가씨 어깨에 온 집안의 운명이 걸린 거야."

나는 무표정하게 해파리를 젓가락으로 감아올렸다.

"아가씨, 아버님까지 저렇게 되신 마당에…… 아가씨가 잘하지 않으면 어머님한테까지 영향이 미칠 수 있어. 아가씨, 내 말 허투루 듣지 마. 부모님의 운명까지도 아가씨한테 달려 있는 거라고. 그걸 알아야 해. 내 말 틀리는 법 없다, 아가씨."

나는 해파리를 우물우물 씹다가 꿀꺽 삼켰다.

화물업과 창고업은 아빠가 직접 트럭을 몰던 젊은 시절부터 주력해 온 사업이었다. 이십여 년 전 용마물류가 마지막으로 둥지를 튼 곳이 하남 인근이었다. 창고업은 땅만 있으면 그 땅을 짚고 헤엄치는 업종이었다. 제조업에 비해 설비투자나 유지비가 적게 드는데다 깔고 앉은 땅값은 알토란같이 올랐다. 경제 규모가 비약적으로 늘어날 때는 물론이었고 2000년대 들어 타 업종이 성장 동력을 잃어간다고 비명을 지를 때조차 창고업은 호황이었다. 무점포 인터넷쇼핑몰이 늘어나면서 물류와 배송에 대한 수요는 폭발적으로 늘어났기 때문이다.

하지만 그렇게 땅 짚고 헤엄치는 업종을 세상이 가만두고 볼 리 없었다. 곧 대기업들이 몰려와 저인망식으로 무자비하게 부지를 매입하고 창고를 지었다. 땅을 현물출자해 법인을 세우고 그 땅에 창고 등을 지어 사업을 하면 그냥 땅을 증여하는 것보다 세금을 줄일 수 있었다. 이들은 창고업으로 돈을 버는 게 목적이 아니라 땅을 확보하고 상속하는 게 목적이었으므로 가격 따위엔 신경을 쓰지 않았다. 창고업계의 가격질서는 쉽게 무너졌다. 용마물류처럼 중소규모 업체들은 오래 거래했던 품질 좋은 거래처들을 몇 년 새 모두 잃었다. 영세업체들이 무너지면 대기업은 이들을 헐값에 인수했다.

용마물류의 수익성이 악화되어도 아빠는 크게 걱정하지 않았다. 오랜 경험상 사업으로 돈을 벌지 못해도 부동산이 돈을 벌어준다는 걸 알고 있었기 때문이었다. 용마물류를 매각하고 옮겨갈 내륙 부지를 물색하러 다니기도 했다. 하지만 타이밍이 안 좋았다. 아빠가 투자한 아웃렛쇼핑몰 인근에 세계적인 체인형 아웃렛이 들어오면서 된서리를 맞았다. 두 사업이 함께 경색됨과 동시에 부동산 경기가 침체되어 토지거래가 얼어붙었다. 한번 매각 타이밍을 놓치자 금융비용이 무시무시한 속도로 불어가기 시작했다. 용마물류 내부에서는 대표이사를 해임해야 한다는 움직임까지 일었다.

작은오빠의 유명한 광기가 아빠에게서 유래했다는 건 우리 집안에선 비밀도 아니었다. 단지 아빠는 돈을 잘 벌었고 작은오빠는 쉽사리 망할 뿐이었다. 헤아릴 수 없는 모든 악행에도 불구하고 돈 버는 재주 하나로 사면받았던 아빠가, 이제 망하려 하고 있었다. 안 주는 것과 못 주는 것은 다른 일이었다. 그런 사태에는 어떻게 대응해야 하는지, 우리 가족들은 아는 바가 없었다. 일찌감치 젊은 여자와 바람나서 가족명단에서 빠져준 것만으로는 큰 위로가 되지 않았다. 아빠는 만삭의 젊은 아내를 혼자 두고 어디론가 사라져 며칠씩 연락이 두절되기 일쑤였는데, 내 앞에는 종종 모습을 드러냈다. 피부가 꺼칠하고 눈에 핏발이 섰는데, 입으로는 여전히 큰소리였다.

"넌 아직도 그 집에 계속 살아? 요새 젊은 애들은 다 반포로 이사갔던데, 넌 그 낡아빠진 아파트 지겹지도 않아? 아빠가 새로 집 사줄까? 한강이 훤하게 보이는 놈으로?"

이제 올케들은 아빠가 돌아올까봐 걱정이었다. 엄마가 가까스로 박회장이라는 왕고래를 낚았는데 이제 와서 전남편 김덕만 사장이 나타나 발목을 잡을까봐, 우리 식구라면 누구나 그게 큰 걱정이었다. 옛날부터 애지중지했던 막내딸 김혜나를 핑계로 아빠가 슬그머니 컴백할까봐, 올케들은 나를 단속하기에 여념이 없었다.

"아가씨가 처신을 잘해야 해. 내 말 허투루 듣지 마. 인정에 휩쓸리지 말고 어머님을 생각하라고. 어머님이 이제야 회장님께 사랑받고 행복을 찾으셨는데, 아버님이 다 망쳐버리게 놔둘 거야? 에잇, 이 놈의 입방정. 내가 회장님 앞에서도 이럴까봐 걱정이네. 회장님을 아버님이라고 불러야 하는데 오래 묵은 입버릇이 당최 고쳐지질 않아서……"

나는 무표정하게 냉채샐러드를 입에 넣었다. 그런데 맛이 없었다. 너무너무 화가 나도록 맛이 없었다. 내 이마에 발끈 솟아오른 실핏줄을 보고 작은올케가 큰올케의 옆구리를 쿡 찔렀다. 큰올케는 잠자코 입을 다물었다.

웨이터가 두번째 음식인 수프를 가지고 왔다. 수프 맛은 좀 낫기를 기대하며 나는 사기로 만들어진 앙증맞은 숟가락을 들었다.

"나 부인과 검진 받았다. 자궁경부암 예방주사 맞고, 근종 검사도 했는데 아무 이상 없대."

나는 샥스핀수프를 떠먹던 숟가락을 씹을 뻔했다. 큰올케 얼굴에 발그레한 홍조가 띠었다.

"되게 멋있더라…… 친절하시고…… 진짜 멋있더라…… 아가씨 좋겠다……"

나는 숟가락을 내려놓았다. 아직 나오지도 않은 다섯 가지 딤섬 맛까지 싹 떨어졌다.

"아가씨 이야기를 했더니 공짜로 해주신 거 있지. 완전 좋았어."

주여. 더 듣고 싶지 않아요. 이건 아마 꿈일 거야.

"아, 나도 늦둥이나 하나 더 낳고 싶다. 원장님이 그러는데 내 자궁 나이가 이십대라는데. 하나 더 낳을 생각 있으면 지금도 얼마든지 문제없다는데."

우리 미친 가족들 사이에서 정욱연의 존재는 아직 공식화되지 않은 채 어지러운 소문만을 양산하고 있었다. 모두들 정욱연을 만나고 싶어 안달이었지만 내가 뿜어내는 냉기류에 밀려 눈치만 보는 중이었다. 박회장도 그 점을 불만스러워했지만 남자를 다룰 줄 아는 임현명 여사는 간단하게 입을 틀어막았다.

"원래 애비들은 그런 건 모른 척하고 기다려주는 거예요. 아시겠어요?"

그래서 박회장은 원래 애비들은 그래야 하는가보다 하고 꾹 참고 있었다. 박회장은 애비라는 단어에 홀딱 넘어가서 꾹꾹 참아주었지만 다른 식구들의 열광은 억누를 수 없는 수준으로 높아만 갔다. 우리가 처한 난처한 상황이나 날카로운 갈등 들에 대해서는 아무런 고려도 없이, 그들은 들썩거리는 엉덩이를 주체하지 못했다. 기어이 큰올케가 정 산부인과로 달려갔다. 앞으로 또 누가 달려갈지 모른다. 나는 이를 악물고 웨이터에게 얼음을 잔뜩 넣은 레모네이드를 주문했다. 중식 레스토랑의 메뉴판엔 없는 음료였지만 VIP룸에서는 안 될 일이 없었다. 내가 원하면 대령해야 한다. 옆 가게에 달려가서 사오기라도 해야 할 것이다.

"형님, 정신 차리셔야죠. 지금 그런 생각 하실 때가 아니잖아요? 지금 해찬이 해명이 대학 보낼 일만 해도 큰일인데, 무슨 늦둥이 타령이세요? 유학은 안 보내실 거예요? 저야 애들 아빠가 저렇게 되었어도 그동안 꾸준히 운영해온 미술학원이 있으니까 그래도 비빌 언덕이 있지만, 형님은 다르잖아요? 형님한테 독자적인 수입이 있는 것도 아니고 아주버님 사업은 점점 더 어려워지는데, 지금이 어디 늦둥이 생각할 때예요? 저 같으면 팔 걷어붙이고 돈 벌러 나서겠어요. 아이들은 쑥쑥 자라는데, 나중에 유학도 보내고 장가도 보내고 집도 해주려면 돈 들 일이 줄을 섰는데, 형님은 대책도 없이 도대체 어쩌려고 그러세요?"

둘째를 낳은 뒤 작은올케는 몸이 많이 불어나 당당해 보였다. 속 썩이던 작은오빠가 사라져주니까 피부도 환해지고 머릿결까지 좋아졌다. 작년에 이름난 예술중학교에 여러 명을 합격시키면서 미술학원은 번창의 길로 접어들었다. 저학년을 대상으로 한 창의력 미술도 호황이었다. 수입이 꽤 쏠쏠하다고 했다. 우리 집안에서 도덕적으로나 경제적으로나 결함이 없는 유일한 인간으로서, 작은올케는 전에 없던 위엄과 권세를 획득했다.

반면 아빠가 망해가면서 큰오빠도 함께 망해가는 건 당연한 이치였다. 저축은행에서 자금을 조달할 때 작은오빠의 큰소리만 믿고 아빠의 하남 땅을 어설프게 담보로 집어넣었는데, 국회에서 이름도 무시무시한 '저축은행특위'라는 것까지 만들어가면서 저축은행들을 족치는 바람에, 만만하게 봤던 저축은행이 피도 눈물도 없이 담보권을 행사하겠다고 나섰다. 아빠와 큰오빠와 저축은행 사이에 이리저리 걸친 소송이 몇 건인지 셀 수도 없었다. 아빠가 용마물류 이사진과 싸우느라 발등에 불이 떨어지지만 않았다면 큰오빠는 벌써 아빠 손에 목이 부러졌을지도 모른다.

그래서 큰올케는 요즘 풀이 폭삭 죽어 있었다. 한 달에 교육비로 천

팔백만원을 지출한다고 큰소리치던 기세는 온데간데없었다. 늘 우습게 알았던 손아랫동서의 건방진 핀잔에도 한마디 대꾸를 못 했다.

"정말 내가 나가서 할 일이라도 있으면 얼마나 좋을까. 우리 정말 큰일이야. 어떻게 해야 할지 모르겠어. 애들은 자라고, 돈 나갈 일은 많고, 돈 들어오는 구석은 없고."

"어머, 형님, 무슨 말씀이세요? 살아남으려면 현실을 인정해야죠. 독하게 마음먹고 씀씀이를 줄이지 않으면 어떻게 되겠어요? 형님, 설마 아직도 애들 학원비 그렇게 펑펑 쓰시는 거 아니죠? 아주버님 사업이 저런데도 계속 그러시는 거 아니죠?"

"아니야 동서, 많이 줄였지. '전뇌수학'이나 '논술파워곱빼기' 같은 건 그만뒀어. 그래도 애들 대학은 보내야 할 것 아니야. 기본적인 건 안 할 수가 없으니까……"

"기본적인 게 얼마큼인데요? 설마 아직도 애들 학원비 몇백씩 쓰시는 건 아니죠?"

"동서, 나중에 태욱이 태진이 커봐. 몇백이라니까 커 보이지만 중고등학생 둘이서 학원 다니면……"

"어휴, 형님! 결국 아직도 애들 학원비 몇백씩 쓰신다는 소리잖아요!"

"나중에 동서도……"

"형님! 저는 형님이랑 생각이 달라요! 아이들이 자기주도력이 있어야죠! 정서적으로 안정되고 인생관이 뚜렷하면 부모가 시키지 않아도 아이들은 자기주도적으로 인생을 살게끔 되어 있어요! 그래서 제가 태욱이 태진이 어릴 때부터 정서교육에 그렇게 공을 들이는 거잖아요! 부모가 다 떠먹여주는 교육, 학원에서 다 만들어주는 교육, 그게 무슨 교육인가요? 저는 우리 태욱이 태진이 다르게 키울 거예요! 그래서 지금 오감만족교육, 자연체험교육에 이렇게 공들이는 거라고요! 어릴 때 자아를 확립해주는 게 나중에 학원비 몇백씩 들이는 것보다 훨씬 나으니까요!"

세상은 정말 알 수 없는 곳이었다. 작은올케가 이렇게 하이톤으로 큰올케를 몰아세우는 날이 올 줄이야 누가 알았겠는가. 게다가 내가 죽기 전에 큰올케가 눈물을 글썽이는 모습을 보는 날이 오리라고 상상이나 했겠는가. 안사돈의 장례식에서도 보지 못했던 큰올케의 눈물이었다.

"동서 정말 잔인하다. 내가 정말 이런 말까지는 안 하고 싶었는데. 나는 뭐 애들 교육비, 아까운 줄 모르나? 나도 그 돈 아껴서 노후대비하고 싶다고. 하지만 동서랑 우리는 달라. 동서는 여유부릴 수 있어도, 우리는 동서네보다 더 발버둥치지 않을 수가 없다고."

"형님, 뭐가 달라요? 우리가 무슨 여유를 부린다고 그러세요?"

"그 집은 공부머리는 있잖아! 서방님이랑 동서, 둘 다 좋은 대학 나왔잖아!"

결국 큰올케가 눈물을 찍어냈다.

"우리 집은 공부머리라고는 씨알이 말랐잖아! 해명이 애비, 삼수해서 겨우 삼류대학 갔잖아! 나도 공부 쪽은 아니었고! 동서는 다르지! 애들한테 좋은 유전자 물려줬잖아! 나도 그러면 우아하게 살겠어! 애들 들볶지 않고 자기주도학습 하라고 여유부리겠다고! 하지만 우리 집은 다르다고! 애들 머리가 다르단 말이야! 학원비 백만원 아끼면

백등 떨어지는 애들을 어떻게 놔둬? 해명이는 제 형보다 낫다고 생각해서 학원 몇 개 덜 보냈더니 성적 뚝뚝 떨어지는데, 나더러 어떻게 학원비를 줄이라고 해? 나라고 뭐 좋아서 이러는 줄 알아?"

큰올케가 그 지경이 되어도 작은올케는 자비를 베풀지 않았다.

"경제는 자신감, 교육도 자신감이라니까요, 형님. 아이들을 믿고 기다려주셔야죠. 어린 시절에 사랑을 듬뿍 베풀고 정서를 안정시킨 다음에 독서교육을 탄탄하게 시키면 끝이라고요. 저는 그래서 교육비 지출 대부분이 도서비예요. 저는 매달 백만원은 애들 책 구입비로 쓰거든요? 그다음부터는 아이들이 알아서 한다니까요? 해찬이 해명이에게도 기회를 주셔야죠. 그 아이들이 탐구할 동안 기다려주는 게 바로 자신감 있는 부모의 역할이라고요. 아무리 말씀드리면 뭘 해요. 형님은 제 말을 믿지를 않으시는걸요. 공부 잘하는 비결은 딴 게 없다니까요? 안정된 정서와 독서력, 그리고 자기주도성, 그거뿐이라고요. 아무리 솔직하게 말해도, 공부 잘하는 비결은 따로 있을 거라느니, 내숭이라느니 하시면 제가 할 말이 없죠, 뭐."

아직 글씨도 모르는 아이들의 책값으로 매달 백만원을 쓰는 작은올케에게, 우리는 아무 불만이 없었다. 이토록 사리판단이 희한하다보니 우리 작은오빠 같은 인간이랑 이혼하지 않고 꾸역꾸역 같이 살아주는 거였다. 그녀가 올바른 판단을 하게 되는 날, 김학원의 인생은 그대로 끝장이었다.

"그래, 난 자신감 없어. 우리 애들은 자기주도성 없고. 동서처럼 팔자 좋은 사람이 어떻게 이해하겠어? 우리 같은 집이 대한민국 팔십 퍼센트일걸. 요즘 애들 아빠 사업도 저 모양이고, 애들은 지지리 공부 못하고, 내가 아주 죽을 맛이야. 그냥 딱 죽고 싶은 마음뿐이라니까. 누구 한 사람 도와주는 사람도 없고. 박회장님도 아가씨는 그렇게 예뻐하시면서 우리한테는 남처럼 냉정하시잖아. 내가 그것도 모를 줄 알아? 언제나 그래. 맏이한테는 그저 의무뿐이지, 실속은 동생들이 다 차린다니까. 아가씨, 우리 좀 도와줄 수 없어? 아가씨는 연줄이 좋잖아. 혹시 좀 어떻게 안 될까? 정욱연 원장, 돈 많잖아, 응? 그만한 사이라면 어려울 때 큰오빠 좀 도와줄 수 있는 거 아니야?"

눈물이 그렁그렁한 큰올케의 시선이 나에게 돌아왔다.

"아가씨, 정원장 월급이 얼마야?"

작은올케까지도 덩달아 눈이 반짝거렸다. 스파이 영화라도 찍는 것처럼 목소리도 은밀하게 낮추었다.

"맞아요, 아가씨. 이제 부부나 다름없는데, 그 정도는 알고 있어야죠."

언젠가는 반드시 이런 이야기가 나올 거라고 예상하고 있었지만 막상 듣고 보니 위산이 역류했다. 내 표정을 보고 큰올케가 얼른 한 발 뺐다.

"아니, 하도 답답해서 해본 소리를 가지고 아가씨는 뭘 그렇게 눈을 치켜뜨고 그래? 어휴, 무서워라. 이 집안은 위아래도 없다니까. 그저 돈 있는 사람이 왕이라니까."

나는 눈빛만으로 올케들을 간단하게 제압했다. 나는 요즘 정욱연을 만나지 않는다는 사실을 실토하지 않았다. 그것은 애정의 문제가 아니라 권력의 문제였다.

"근데 아가씨, 오늘 왜 아무 말도 안 해? 얼굴도 어두운걸? 무슨 일 있어? 그 원장이랑 안 좋은 일이라도 있어?"

큰올케가 내 안색을 살폈다.

"안 좋은 일은 무슨. 그런 거 없어요. 우리 잘 지내고 있어요."

"잘 지내는 거 맞아? 싸운 거 아니고?"

"싸우긴요. 우리 안 싸워요."

작은올케도 끼어들었다.

"욱연 원장님이 살림 합치자거나 그런 소리는 안 해요?"

"합치긴요. 우리 둘 다 바빠요. 그럴 형편이 아니에요. 각자 자기 집에서 잘 지내고, 가끔 만나서 데이트해요. 그게 서로 편해요. 뒷일은 나중에 생각할래요."

나는 크게 숨을 들이마셨다. 살림을 합치기는커녕 잘하면 깨질 판이었다. 미니 다큐멘터리 사건 이후로 우리는 한 달 가까이 냉전중이었다. 전화나 문자 한 통도 주고받지 않았다. 이러다가 정말 연말까지 갈 기세였다. 그러고도 남을 남자였다. 일 년에 오십 주 동안 연락을 하지 않는다는 전혜원의 말이 귓가에 쟁쟁거렸다.

"아니야. 분명히 뭔가 있어. 아까부터 아가씨 얼굴에 그늘이 있거든. 말도 한마디도 안 하고. 음식도 깨작거리기만 하고. 무슨 일이야? 무슨 일 있지? 얼른 말해봐."

날카로운 큰올케의 눈썰미 앞에 나는 그만 참았던 한숨을 내뿜고 말았다. 정말 모르는 게 없는 여자였다. 차라리 올케들과 속풀이라도 하고 이런 문제에 태초부터 이어진 여성들의 지혜를 빌리는 편이 나을 것 같았다. 정욱연과 냉전중이라는 이야기는 권력의 속성상 너무 민감한 주제라서 끝까지 덮어두기로 마음먹고, 나는 두번째 카드를 꺼냈다.

"그 사람 와이프가 나를 찾아왔어요."

"어머! 어머! 어머! 어떡해!"

"그래서! 그래서 어떻게 됐어?"

나는 웨이터에게 레모네이드를 받아서 타는 속에 들이부었다.

"다행히, 착한 사람이었어요. 내 중학교 동창이더라고요. 친구처럼 만났어요. 나를 원망하지도 않고 욕하지도 않고, 나쁘게 대하지 않았어요. 그냥 울기만 했어요. 아직도 자기 남편 사랑한대요. 제발 헤어져달라고 애원하더라고요."

"그래서?"

"내가 뭐라고 그러겠어요. 그냥 가만있었죠."

"그게 다야?"

"그게 다예요."

큰올케의 얼굴에 진한 실망이 떠올랐다. 그녀의 상식으로는 있을 수 없는 일이었다. 큰올케가 전혜원의 자리에 있었다면 나는 지금쯤 온몸에 삼도화상을 입고 두 다리를 하늘로 올린 채 인공호흡장치를 달고 있을 것이다. 나는 전혜원의 우정과 교양에 새삼 감사했다.

"그럼 뭐가 문젠데? 그 와이프하고도 점잖게 해결된 거면, 뭐가 문젠데?"

"마음이 무거운 게 문제죠. 자기 남편 사랑한다고 그렇게 울면서 매달리는 모습을 보니까 꿈자리도 뒤숭숭하고 내가 정말 못 할 일을 하고 있나 그런 생각이 들어서 그러죠."

"그럼 어쩌려고? 아가씨가 나서서 둘이 다시 잘 살아보라고 연결해주려고? 아가씨 때문에 깨진 것도 아니잖아! 옛날부터 헤어져서 지냈다면서! 마음이 무거울 게 뭐 있어?"

나는 다시 한숨을 쉬었다. 큰올케의 말이 맞았다. 그 둘은 나 때문에 깨진 것도 아니었다. 오래전에 깨진 그릇이었다. 그럼에도 나는 마음이 무거웠다. 전혜원을 만난 뒤로 무슨 일을 해도 그랬다.

"자기 남편 사랑한다잖아요. 정말로 사랑하는 것 같더라고요. 여전히 미치도록 사랑하는 것 같더라고요. 내가 두 사람 사이에 끼어들어서 훼방놓은 것 같아요. 서로 미워하고 오래 헤어져 있었지만 나만 없었다면 회복될 수 있었을 거예요."

하지만 두 올케들은 전혜원의 사랑을 손톱만큼도 믿지 않는 눈치였다.

"사랑? 좋아하시네. 그거야 자기 남편 빼앗기지 않으려고 하는 소리지. 그렇게 돈 잘 벌고 잘나가는 남편을, 다른 여자한테 넙죽 내놓고 싶은 여자가 어디 있겠어? 배 아파서 순순히는 못 내놓지."

"맞아요, 아가씨. 아가씨가 순진해서 사랑한다는 소리에 쩔쩔매는 거예요. 우리 나이 이제 사십이에요. 지금 우리가 사랑 때문에 살아요, 어디? 우리는 지금 사랑타령할 나이가 지났어요. 알고 보면 결국, 돈이에요. 그 여자도 분명히 그럴 거예요."

전혜원의 애끓는 호소를 올케들에게 직접 보여줄 수도 없고, '대략 난감'이었다. 나이 사십이 무슨 인생의 저주이길래, 곱게 자란 이 여인들은 사랑에 이렇게 돌같이 무감해졌는가?

"언니들! 그 여자가 정욱연보다 더 부자거든요? 겨우 돈 때문에 남편한테 매달리는 거 아니거든요?"

"돈이야 많으면 많을수록 좋은 거지 뭐. 아무리 자기 돈이 많아도 그렇게 돈 잘 버는 남편을 순순히 포기할 여자는 없어."

"아가씨, 다 자식 키우려고 사는 거예요. 자식 키우려면 돈도 필요하고 아빠도 필요하니까 그런 거죠. 아가씨처럼 물러터진 사람, 딱 보니까 사랑타령 눈물바람이면 제 풀에 떨어지겠다 싶어서 그러는 거예요. 여우같이 똑똑한 여자네. 어휴, 우리 아가씨 너무 순진해서 큰일 났다."

두 올케들은 난공불락이었다. 철옹성이었다. 나는 폭발하고 말았다.

"지금 각자 자기 남편들만 생각하니까 그렇죠! 작은오빠 큰오빠 같은 남자가 아니라 정욱연이라고요! 언니들도 봤잖아요! 그 남자 알잖아요! 남자 황진이! 남자 클레오파트라! 우린 지금 정욱연 이야기를 하는 중이라고요! 그 여자는 아직도 자기 남편한테 홀딱 반해 있다고요! 알겠어요? 아직도 이해가 안 가요?"

그제야 올케들의 얼굴에 미약한 이해의 신호가 비쳤다. 나이 사십 된 여자도 아직 남편을 사랑할 수 있다는 사실을, 그녀들은 어렵사리 인지했다.

"그래도 뭐, 한쪽만 좋다고 되는 일이 아니잖아. 벌써 칠 년이나 헤어져 살았고 남편이 이제 와서 합칠 생각이 없다는데, 그 여자가 아무리 매달린들 무슨 수가 있겠어? 어쩔 수 없지."

"형님 말이 맞아요, 아가씨. 그리고 그 여자가 자기 남편을 사랑한다는 말도 우습잖아요. 그렇게 사랑하면 같이 살지, 왜 떠났대요?"

나는 여러 번 헛숨만 삼키다가 결국 설명하기를 포기했다. 말하다보면 우스워질 것 같았다. 둘째가 수학을 못하는 것이 정욱연의 명예와 직결된다고 굳게 믿었던 그 순진한 여인의 절박한 진심을 우스개로 만들고 싶지 않았다. 따로 떼어놓고 생각하면 우스개도 안 되는 이야기였다. 그 이야기는 반드시 그녀의 폭포수 같은 눈물과 한데 묶어서 들어야 했다. 그토록 아름다운 여인이 모든 자존심을 버리고 버들가지처럼 여린 몸을 비틀고 쥐어짜며 통곡하고, 두 손을 모아쥐고 매달리던 간절한 애원과 함께 들어야 비로소 제대로 이해할 수 있는 이야기였다.

나는 의자 등받이에 몸을 기대고 무릎에 놓았던 냅킨을 식탁 구석에 던져버렸다. 청담동 청의 훌륭한 브런치는 명성에 걸맞지 않게 모래알처럼 버석거릴 뿐 아무 맛도 없었다. 두 올케들은 양념국물조차 남기지 않고 싹싹 긁어먹었지만 나는 샥스핀수프 이후로 음식에 손도 대지 않았다. 등을 둥글게 말고 통곡하던 전혜원, 그녀의 모습만 자꾸 떠올라서 나는 며칠째 입맛조차 없었다. 나는 웨이터를 호출해서 다시 한번 레모네이드나 가득 채워달라고 잔을 내밀었다. 내가 손도 대지 않은 딤섬들은 올케들이 사이좋게 나누어 자기들의 접시에 옮겨담았다.

"어쨌든 정말로 사랑하는 것 같더라고요. 나도 그 사람 사랑하지만, 나하고는 비교도 되지 않을 만큼 절절하게 사랑하는 것 같더라고요. 그 모습을 보니까 무서워졌어요. 무서워서 잠도 안 올 지경이에요. 내가 그 사람이라면, 그렇게 처절하게 사랑하는 여자를 못 버릴 것 같아요. 어떻게 버리겠어요? 아이들도 있잖아요. 언니, 나 무서워요. 그 사람한테 말도 못 하고, 나 정말 무서워요. 그 여자와 아이들이 돌아오고, 그 사람 마음 바뀌면 어떻게 해요. 나한테 미안하다고 말하면 나 어떻게 해요. 나도 그 사람 정말 사랑하는데, 그 사람 떠나면 난 어떻게 해요."

나는 결국 울음을 터뜨렸다. 이거야말로 전혜원을 만난 이후로 내가 짓눌려 헤어나지 못했던 공포의 실체였다. 누구하고도 나눌 수 없는 끔찍한 미래였다. 나는 정욱연과 내가 완전히 헤어졌다고 생각하지 않았다. 우리는 여전히 사랑했다. 지금은 냉전중이지만 어떻게 해서든 화해하고 다시 만날 거라고 생각했다. 하지만 전혜원과 아이들이 돌아온다면 그건 다른 이야기였다.

나는 정욱연을 다시 만나기도 두려웠다. 정욱연을 보면 전혜원 이야기를 하게 될 것 같았고, 내가 말문을 여는 순간 전혜원의 진심은 나의 입을 통해서조차 정욱연에게 전달될 것 같았다. 나는 전혜원의 사랑에 압도당했다. 정욱연과 전혜원이 함께 쌓았던 행복, 아이들, 그 무시무시한 실체를 눈으로 확인하고 나니 모든 자신감이 봄눈같이 녹아 사라졌다. 전혜원과 겨루어 결코 이길 수 없다는 확신이 날로 강해져서, 나는 밤에 잠도 못 자고 밥도 못 먹고 평생 자랑거리였던 아기 피부에 트러블까지 생길 지경이었다.

올케들은 우물우물 딤섬을 다 먹었다. 내가 마시는 레모네이드가 개운해 보인다고, 자기들도 레모네이드를 한 잔씩 주문했다. 나는 울면서도 그녀들에게 부아가 났다.

"언니들, 정말 너무한 거 아니에요? 사람이 이렇게 우는데 만두가 넘어가요?"

"아니, 아까우니까……"

"식기 전에 먼저 이거만 다 먹고 이야기하려고 했죠……"

"그만둬요! 다 필요 없어요!"

그래, 너희들은 다 정부인이라서 좋겠다. 나는 내 앞에 놓인 빈 접시를 밀쳐버리고 엎어졌다. 내가 아무리 엎어져 울어도 내 등에는 전혜원처럼 아름다운 둥근 곡선이 생기지 않을 것이다. 등뼈는 어디 있는지 찾을 수도 없을 것이다. 나는 무엇으로도 전혜원을 이길 수 없을 것이다. 사랑도, 몸매도, 신분도. 정욱연도 그 사실을 곧 깨달을 것이다.

그녀와 아이들이 돌아오는 날, 그는 나에게 미안하다고 말하고 가족들에게 돌아갈 것이다. 여전히 아이들의 가구가 남아 있는 그의 아파트에서 그들은 언제 떠났었냐는 듯이 평화롭게 일상을 시작하고, 그녀는 내가 다리 한 짝도 집어넣을 수 없는 가냘픈 스커트 속으로 쏙 들어갈 것이다. 나는 혼자 남을 것이다.

"울지 마, 아가씨. 설마 그러기야 하겠어."

큰올케가 레모네이드로 입을 가시며 말했다.

"그래요, 아가씨. 욱연 원장님 그럴 사람 아니잖아요."

나는 올케들의 어설픈 위로가 마음에 들지 않았다. 위로를 하려면 정욱연처럼 해야 한다. 똑 부러지게, 근거 있게, 저항할 수 없게. 나는 정욱연이 그리웠다. 나를 위로해주지 않고 차갑게 연락을 끊어버린 그 매정한 남자가 참을 수 없이 그리웠다.

"그만둬요! 언니들이 뭘 알아요? 그 여자가 얼마나 예쁜지 알아요? 같은 여자라도 한눈에 반할 만큼 예쁘단 말이에요! 몸매가 어떤지 알아요? 그 여자는 무용을 했다고요! 몸매가 버들가지 같다고요! 나보다 쌀자루 하나는 덜 나갈 거라고요! 그런 여자가 돌아와 울면서 매

66

달리면, 어떤 남자라도 마음이 안 흔들리겠어요? 아이들은요! 그 아이들이 얼마나 예쁜지 알아요? 엄마 아빠가 그렇게 예쁜데, 아이들이 안 예쁠 수가 있겠어요? 그런 가족들이 몰려와서 매달리면, 그 사람인들 별수 있겠어요? 어떻게 안 돌아갈 수가 있겠냐고요!"

나는 세상의 정부인들이 모두 마음에 들지 않았다. 그녀들이 철갑처럼 두른 여유가 미웠다. 첩도 사람인데, 정부인들만 편드는 세상이 야속했다. 나는 전혜원이 입김만 불어도 날아가버릴 검불 같았다. 정부인이 아닌 나는 겨우 그런 존재였다. 나는 엉엉 울었다.

"아가씨, 걱정 마. 안 돌아와."

큰올케의 목소리는 한없이 느긋했다.

"캐나다에 벌써 칠 년이나 있었다면서. 이제 큰애가 고등학교 다닐 나이라면서. 그럼 못 돌아와. 어떻게 지금 돌아와. 애들 모두 대학 갈 때까지는 하느님이 부르셔도 못 돌아와. 내 말 허투루 듣지 마. 내 말 틀리는 거 없다."

"맞아요, 아가씨. 못 돌아오죠. 지금 어떻게 와요. 지금 오면 그 아이들 한국에서도 캐나다에서도 대학 가기 애매해요. 애들 망칠 일 있나요. 차라리 이혼을 당하고 말죠."

갑자기 올케들의 말이 근거 있게, 똑 부러지게, 저항할 수 없게 들렸다. 전혜원도 똑같은 말을 했다. 내가 어떻게 돌아오니. 내가 지금 어떻게 돌아오니. 이러지도 저러지도 못하는 내 심정을 네가 어떻게 아니.

올케들은 전혜원이 했던 말을 듣지 않고도 전혜원과 똑같은 결론을 내렸다. 지금은 결코 돌아올 수 없다. 하느님이 불러도, 이혼을 당해도. 엄마들 사이에서 그건 죽음의 계율인 모양이었다. 나는 내가 좀 전까지 통곡했던 것도 잊고 멍하니 올케들을 바라보았다. 올케들은 결연한 비밀결사대 같았다. 그녀들은 어디서 그 죽음의 계율에 손을 얹고 선서했을까?

"남편과의 관계회복이 무엇보다 중요하다고 생각한다면, 아이들을 기숙학교에 넣고 자기라도 들어오겠지. 하지만 그러지 않았잖아? 그러니까 그 여자는 돌아올 생각이 없는 거야."

"맞아요, 아가씨. 명문 기숙학교에 보낸다고 해서 다 잘되라는 법은 없거든요. 아무래도 부모 없이 아이들만 외국에 있어야 하니까, 자기관리를 잘 못하는 아이들은 오히려 안 좋을 수 있거든요. 그러니까 그 여자는 사랑이니 뭐니 말은 그렇게 해도, 결국 남편보다는 캐나다를 선택한 거라고요. 이미 예전부터요. 괜히 순진한 아가씨만 혼자 뜨거운 사랑이네 돌아오면 끝장이네 하면서 이 난리인 거예요."

그런 거였어? 기숙학교라는 게 있는 거였어?

"앞으로 오 년은 죽어도 못 돌아와. 안 돌아와. 죽으나 사나 거기서 애들 대학 보낼 거야. 아가씨는 되도 않을 걱정 하지도 마. 쓸데없는 데 신경쓰느라 아가씨는 오늘 밥도 거의 안 먹었네? 잘했어. 앞으로 살이나 빼. 그애들 대학 간 다음엔 진짜 이야기가 다르잖아. 그렇게 예쁘다는데, 그때 가서 이기려면 마음 단단히 먹어야겠다? 정욱연 원장한테 매달려서 아이나 하나 낳자고 해. 그 사람이 불임치료 잘한다면서. 아가씨, 내 말 허투루 듣지 마라. 아무래도 자식이 있어야 든든하지. 더구나 라이벌까지 있으면 아가씨도 믿을 구석이 있어야 하잖아. 나중에 헤어지더라도 양육비는 계속 받을 수 있고. 내 말 허투루 듣지 마. 내 말 틀리는 거 없다."

"맞아요, 아가씨. 쓸데없는 걱정이에요. 그 와이프랑 아이들은 절대로 못 돌아오니까, 차라리 다른 여자나 붙지 않게 잘 관리하세요. 욱연 원장님 다 좋은데, 인기가 너무 많아서 그게 좀 문제야. 인기 많은 남자랑 같이 살려면 마음고생 할 수밖에 없어요. 직업상 주변에 여자는 항상 많을 수밖에 없잖아요. 아가씨, 앞으로 평생 그 문제에 신경써야 한다? 사랑, 그건 오래가지 않아요. 이제부터 화장도 예쁘게 하고, 옷도 예쁘게 챙겨입어야 해요. 청담동 며느리들이 얼마나 세련되었는데. 밖에서 보는 예쁜 여자들한테 뒤지지 않게, 아가씨도 항상 경쟁력을 갖춰야 한다고요."

청담동 칭의 유명한 차이니스 브런치는 과일양갱 디저트로 끝났다. 과일양갱의 달콤한 맛을 음미하면서, 전혜원이 그렇게 아무것도 아닌 상대였다니, 괜히 걱정했는걸 하고 생각했다. 이제 정욱연과 냉전만 해결하면 된다. 그런데 도대체 어떻게 실마리를 풀어야 하나? 큰올케의 자궁을 봐줘서 고맙다고 인사를 하나? 일은 연말까지 줄여도 좋으니까 일단 다시 만나자고 접근하나? 미니 다큐멘터리 따위는 알지도 못한다는 듯 멀쩡한 얼굴로 찾아가볼까?

작은올케가 화장실에 간 사이를 틈타 큰올케가 나에게 은밀한 질문을 던졌다.

"아가씨, 근데 아직도 얼굴이 개운치가 않다? 아무리 봐도 무슨 일 있는 것 같다?"

나는 황급히 표정을 세탁하고 아무 일 없다고 무마하려 했으나, 이미 큰올케는 뭔가 낌새를 챈 뒤였다.

"아가씨 피부에 트러블 생겼네? 생전 그런 일 없었잖아?"

큰올케의 말은 틀리는 법이 없었다. 매처럼 눈이 매서운 여자였다. 나는 요즘 이마와 볼에 생긴 녹두알만한 뾰루지 때문에 세수할 때마다 비명을 질렀다. 평생 피부 하나만은 속을 썩이지 않는다고 자신했는데, 바야흐로 모든 것이 나를 배신했다. 큰올케의 눈빛은 코브라를 노리는 몽구스처럼 매섭고 빈틈이 없었다.

"이제 알겠다. 아가씨 머리 좋다? 제법인데? 그래도 내 눈은 못 속이거든?"

나는 더럭 겁이 났다. 부인과 검진을 받다가 무슨 이상한 낌새라도 챈 것일까? 나는 큰올케에게 '그 남자가 뭐라고 그래요? 그 남자가 언니한테 뭐라고 말했냐고요?'라고 비명을 지르고 싶은 것을 애써 참았다. 큰올케의 얼굴에 잔인한 미소가 번졌다. 나는 침착하려 노력했다.

"언니, 지금 무슨 말을 하는 거예요? 나는 하나도 못 알아듣겠어요."

"아가씨, 지금 머리 쓰다가 발등 찍었지? 지금 쩔쩔매고 고민하는 중이지? 일은 무턱대고 저질러놓았는데 이렇게 될 줄은 몰랐지? 겁나서 잠도 못 자지?"

내 입술에서 핏기가 사라지는 것을 보고, 큰올케의 얼굴에 득의가 만만했다. 화장실에서 이내 돌아온 작은올케도 우리의 심상치 않은 기류를 눈치챘다.

"지금 무슨 이야기 하시는 거예요? 예? 형님? 우리 아가씨가 무슨 일을 저질렀어요?"

큰올케는 무능한 경찰국장에게 사건 경위를 설명하는 미스 마플처럼 유쾌하고 단호했다.

"우리 아가씨 임신한 거야!"

나는 맥이 탁 풀렸다. 하지만 두 올케들은 신 오른 사람들처럼 그 파격적인 아이디어에 탐닉했다.

"어머, 어머, 그러고 보니까 아까 레모네이드 찾더라!"

"어디 그것뿐이야? 저 피부 트러블! 밥도 안 먹고! 맞지? 그렇지? 아가씨, 깜쪽하게 아이부터 덜컥 가졌지? 그런데 둘 다 이혼도 하기 전에 갑자기 본처가 들이닥친 거야! 요새 세상이 어떤 세상이야? 그 여자가 인터넷에 뺑긋하기만 해봐! 병원이고 재산이고 다 날아가게 생긴 거야! 그러니까 정원장, 마음 변했지? 그렇지, 아가씨? 그 여자가 순순히 포기한다는 게 말이 안 되잖아?"

"어머! 어머! 아가씨, 정말 그런 거예요? 아가씨, 욱연 원장님이 이제 와서 헤어지자고 해요? 정말 그런 사람이었단 말이에요?"

"아가씨, 덜컥 임신해버렸는데, 되려 그것 때문에 헤어지게 된 거지? 그래서 우리한테 뺑끼친 거지? 그 여자가 남편을 너무 사랑해서 헤어져줘야겠다느니, 말도 안 되는 소리 한 거지?"

"어머어머, 우리 아가씨, 정말로 헤어지기로 한 거예요? 아가씨, 그러면 미혼모 될 거예요? 아니, 욱연 원장님이랑 잘되지도 못할 거라면, 차라리 독한 마음을 먹어야 하는 거 아니야? 아직 초기라면 그게 낫지 않을까? 아직 이혼한 건 아니니까 지금이라도 태욱이 고모부한테 잘못했다고 빌고 돌아가는 게 낫지 않을까? 우리 아가씨 어쩌면 좋아! 어쩌면 좋아!"

"지금 무슨 바보 같은 소리를 하는 거야? 낳아야지! 아가씨, 속상하다고 술 퍼마시고 그럼 안 된다? 애 떨어지지 않게 조심해야 한다? 헤어질 때 헤어지더라도 양육비는 확실히 챙겨야 한다? 평생 가는 돈

줄인데, 그걸 놓치면 바보지! 아가씨, 내 말 허투루 듣지 마. 내 말 틀리는 거 하나도 없다?"

그녀들은 내 이름이 주홍색 글씨로 인터넷 게시판을 도배할 때까지 끝없이 자수를 놓을 페넬로페들 같았다. 우리가 헤어질 때까지 영원히 춤출 빨간 구두 같기도 했다. 실제로 벌떡 일어나서 춤을 추기 일보 직전이었다. 아, 나의 가족들, 유치하고 질투심에 불타는 이 가족들. 누가 한 치라도 덜 열등한지 가릴 수 없는 이 우라질 나의 가족들.

"임신 안 했거든요? 그 여자는 벌써 캐나다로 갔거든요? 그 사람은 지금 TV 다큐멘터리 촬영하느라 좀 바쁜 것뿐이거든요? 그러니까 언니들 입 좀 다물어줄래요? 정말 시끄러워 죽겠거든요?"

올케들은 단숨에 고분고분해졌다. 올케들은 내 덕분에 훌륭한 브런치를 먹었다고 깍듯하게 인사를 하고 청담동 청을 나섰다. 그녀들은 포만감에 만족스러운 얼굴이었지만 나는 공복에 레모네이드만 쏟아부어서 속이 쓰렸다. 속이 쓰리다고 하면 또 별별 기상천외한 상상력을 펼칠 것 같아서 아무 말도 하지 않았다. 속 쓰릴 자유도 없는 세상이었다. 머리칼을 쓸어올리다가 빨갛게 독이 오른 이마의 뾰루지를 건드렸다. 눈물이 찔끔 났다.

4

아침부터 사무실 분위기가 매끄럽지 않았다. 박회장이 오랜만에 재단에 나오겠다는 전갈이 와서 우리는 별다른 할 일이 없어도 마음이 분주했는데, 평소 야무지고 부지런하게 사무실을 관리하던 최영해는 하필 이날따라 정신이 딴 데 팔려 있었다. 박회장이 좋아하는 개성식 약과와 화이트보드용 마커펜을 사다놓으라고 했더니 밖에 나가서 터무니없이 오랜 시간을 보내고 들어왔는데, 그녀의 손에 들린 커다란 비닐봉지에서는 당장 필요하지도 않은 포스트잇과 파일박스 나부랭이만 나오고 정작 사오라고 한 약과와 보드마커는 온데간데없었다.

한창환은 최영해에게 영어구사능력을 키워야 한다, 글로벌한 시대에 기초적인 영어조차 몰라서야 어떻게 단순사무직원 노릇인들 할 수 있겠느냐고 신경질을 부리던 중이었다. 원어민 수준의 영어회화능력을 요구하는 것도 아니고, 보드마커를 사오랬더니 파일박스를 사오면 어떡하느냐, AC어댑터, 프레젠테이션, 클리넥스 같은 기초적인 단어는 알아들어야 한다, 여기가 놀고먹어도 배급 주는 북한인 줄 아는 모양인데 아침부터 휴대폰 붙들고 노닥거릴 시간에 영어공부라도 해야 하지 않겠느냐고 말했더니 최영해가 한창환을 똑바로 쳐다보며 "쓰바씨보"라고 대답한 것이었다.

한창환도 그 멋진 발음에 주목한 것이 분명했다. 석상처럼 굳어진 얼굴에 목젖만 크게 오르내렸고 금방이라도 스프링 달린 눈알이 튀어나올 것 같았다. 최영해는 침착하게 말을 이었다.

"쓰바씨보. 고맙다는 뜻입니다. 러시아에서는 그렇게 말합니다, 한 이사님. 쓰바씨보. 고맙습니다."

러시아문학은 역시 위대하다. 인간이 감사하다는 뜻을 나타내기 위해 이보다 더 유쾌한 음향을 생각해낼 수는 없다. 쓰바씨보. 나는 그 발음만 듣고도 최영해와 러시아 민족에게 홀딱 반했다. 하지만 한창환은 물론이고 최영해 본인조차도 그런 식으로 감사를 표한 것이 잘한 일이 아니라고 생각하는 것 같았다. 나는 화장실에서 울고 있는 최영해를 발견했다.

"제가 미쳤습니다. 어쩌자고 그런 말을 했는지 모르겠습니다. 제가 실수를 해놓고 제가 성격을 냈으니……"

"미치긴요. 잘하셨어요. 그렇게 가끔 성질 자랑을 해야 세상 살기가 편해요. 영해씨 걱정하지 마세요. 제가 있잖아요. 오늘 일 때문에 재단에서 잘리거나 하지는 않을 테니까 걱정하지 마세요."

한창환에게 알찬 펀치를 날려준 최영해가 사랑스러워서 내 손에 있지도 않은 인사권을 들먹여가며 그녀를 격려하려 했지만, 그녀의 눈물은 멈추지 않았다. 그녀의 눈물이 그깟 한창환에게 쓰바씨보 한 사연 때문이 아님을 깨닫고, 나는 용기를 내어 그녀에게 물었다.

"영해씨, 왜요……? 왜 그래요? 무슨 일 있어요?"

최영해는 입을 틀어막고 거세게 손과 머리를 내저었다.

"아들, 아들 때문에 그래요?"

그녀의 숨죽인 오열이 제발 혼자 내버려두라는 뜻인 줄 알면서도 무작정 말이 튀어나와버린 건 그날 내가 쓰바씨보, 그 말에 대책 없이 반해버렸기 때문이었을 것이다.

"돈, 돈이 필요해요? 얼마나…… 내가…… 내가 좀…… 빌려드릴까요?"

그녀의 손에 꼭 쥔 휴대폰이 다시 진동하기 시작했다. 그녀의 얼굴에 이렇게 써 있었다. 김혜나 제발, 제발, 제발 좀 꺼져달란 말이다. 나는 그녀에게 아무 대답도 듣지 못한 채 화장실을 나왔다. 화장실 문을 닫기 전, 북송이니 수용소니 하는 살벌한 단어들이 드문드문 귀에 들렸다. 화장실에서 사무실로 가는 길이 북한에서 남한으로 오는 것만큼 멀고 힘들게 느껴졌다.

사무실에서는 나의 오피스 허즈번드가 거친 호흡을 내뿜고 있었다.

"하는 짓이 아주 가관입니다. 저러는 꼴을 보니까 머지않았습니다. 쟤 이제 금방 그만둔다고 할 겁니다. 어디 두고 보라고요. 그러는지 안 그러는지."

"한이사님, 이해하세요. 아마 아들 때문에 그럴 거예요. 아들한테 무슨 일이 생긴 모양인데, 물어봐도 말을 안 하고……"

"김이사님, 그렇게 불쌍해하지 마세요. 쟤네들 원래 그런 애들이라니까요? 아들 좋아하시네. 쟤네들 원래 이런 직장에 오래 못 붙어 있어요. 돈맛은 쟤네들이 더 잘 안다니까요? 우리 김이사님 너무 순진해서 내가 참 다 까발릴 수도 없고, 참나. 틀림없다니까요? 쟤 키스방이나 노래방 도우미로 갈 거예요, 분명히. 요즘 그런 데 가면 저런 애들이 아주 우글우글하다니까요?"

어머니가 복막염으로 일찍 세상을 저버리기는 했으나 대학에 다닐 때까지 최영해의 가정은 남부러울 것이 없었다. 한국의 기준으로 보자면 검박한 삶에 불과했으나 북에서는 대단히 탄탄했던 최영해의 '토대'가 무너진 것은 십일 년 전이었다. 소련에 유학까지 갔다 왔던 아버지가 하루아침에 보위부로 끌려가고 남은 삼남매는 이리저리 찢어져 처음엔 추방지로, 그다음엔 정치범수용소로, 그다음엔 중국으로 다시 탈북자수용소로 또다시 중국으로 라오스로, 북을 탈출했던 수많은 사람들이 겪었던 그 길고 참혹한 길을 걸었다. 아버지의 죄목이 결국 무엇이었는지는 한국에 온 지금까지도 알지 못했다. 그저 아버지가 처형된 날이 어느 해 몇 월쯤이었다는 소식만 바람결에 전해들었을 뿐이었다.

남동생은 벌목장에서 나무에 깔려 죽었고 여동생은 두번째 북송되었을 때 수용소에서 죽었다. 두 동생들을 하나도 구하지 못한 것이 최영해의 한이었다. 저승에서 부모님이, 맏이가 되어 동생들을 하나도 건사하지 못했느냐고 원망하는 것 같았다. 어떤 과정을 거쳤건 피붙이를 데리고 오는 데 성공한 탈북자들을 볼 때마다 최영해는 부러움에 가슴이 미어졌다.

많은 탈북여성들이 그러하듯이 최영해 역시 한국으로 오기까지 오랜 시간 동안 이루 말할 수 없는 고초를 겪었다. 굶주림, 인신매매, 수용소, 탈옥과 탈북을 거듭하는 지옥 같은 시간이었다. 그 과정에서 그녀는 한 중국 시골뜨기에게 팔려가 아들을 하나 낳았다. 무지한 중국인 남편과는 아무 정도 없었지만 아이는 최영해를 닮아서 영특했다. 아이는 중국에서 호구(호적)를 취득하지 못했다. 아빠가 중국인이라도 탈북여성과의 사이에서 낳은 아이는 호구를 주지 않고 북송하도록 중국 정부가 조치했기 때문이었다. 북송되면 아이는 떼놈에게 몸을 판 배신자의 새끼라고 짐승 같은 대우를 받다가 비참한 죽음을 맞는 것이 뻔한 절차였다.

최영해는 아이를 한국으로 데려오거나 정 안 되면 중국 호구라도 취득하게 하려고 몇 번이나 시도했지만 모두 실패했다. 브로커와 중국인 남편이 번번이 돈만 떼어먹고 아이의 신분은 불안정한 채 그대로였다. 최영해가 저렇게 얼굴이 노래져서 쩔쩔매는 것을 보니까 그예 아이의 신변에 위기가 닥친 모양이었다. 북송된 아이를 빼내려면 목돈이 필요했다. 최영해는 지금 비슷한 처지의 탈북여성들에게 이리저리 돈을 꾸고 있는 것 같았다. 나는 탈북자들의 번개 같은 긴급구호 네트워크에 여러 번 놀랐다. 탈북자들도 사람이라서 서로 싸우고 속이는 일이 빈번했지만, '가족이 수용소에 갔소' 한마디면 그들은 묻지도 캐지도 않고 가진 돈을 내놓았다. 사기를 치더라도 '수용소'라는 말로 사기를 쳐서는 안 된다는 게 그들 사이의 불문율인 것 같았다. 인간이 그럴 수는 없다고 그들은 굳게 믿는 것 같았다. 속는 한이 있더라도, 일단 돈을 내놓아야 한다고 생각하는 것 같았다.

이게 바로 황해재단의 현실이었다. 황해재단에는 돈이, 엄청난 돈이 쌓여 있었다. 황해재단은 그 돈을 북한이탈주민의 입국과 복지를 위해 사용하겠다고 날마다 회의를 열고 기획서와 보고서를 작성했다. 하지만 그 모든 기획서와 보고서를 손수 작성한 탈북여성 최영해는 북송된 아들을 구하기 위해 기초생활수급자들과 노래방 도우미들에게 손을 벌려야 했다.

박회장이 왔는데도 자리로 돌아오지 않는 최영해를 대신해 나는 주섬주섬 다과를 챙겼다.

"어이구, 우리 김이사 상 차리는 솜씨를 좀 보라."

짝이 맞지 않는 잔받침으로 흘러넘친 커피와 아무렇게나 뒤엉킨 과자들을 보면서, 박회장은 함박웃음을 흘렸다. 박회장은 내가 하는 일이라면 뭐든지 사랑스러워했다. 밤낮없이 흘리고 다니는 휴대폰과 계산한 뒤 돌려받는 일이 없는 신용카드가 나의 가장 치명적인 매력포인트였다. 밤새 준비해서 발표하던 슬라이드 자료가 어찌된 일인지

중반 이후로 몽땅 사라져버렸을 때도 박회장은 웃는 얼굴을 겨우 감추었을 뿐이었다. 아무리 무능하고 멍청해도 상관이 없었다. 한창환은 내가 박회장이 가장 사랑하는 수양딸인 것을 알았다.

황해재단은 통일부 산하의 이산가족·탈북자 지원단체로 이미 등록을 마쳤고 대북 관련 종합지원단체라는 두루뭉술한 분류명을 얻었다. 북한이탈주민지원 민간단체연대에서는 좀더 세분화된 활동 분류를 요구했는데, 강남 한복판에 자리잡은 황해재단의 입지상 지역복지분과는 적합하지 않았고, 해외 탈북인의 입국과정을 지원하려면 해외분과로, 국내 입국한 탈북자의 복지지원활동을 하려면 정착지원분과로 가입해야 했다.

박회장의 의중대로 해외분과활동을 하는 것은 좋은데, 황해도 연안 해상 탈북자 지원이라는 허황된 활동내역을 담은 보고서나 리플릿을 외부에 제출할 때면 민망해서 고개를 들 수 없었다. 북한과 탈북자 관련 동향을 조금이라도 아는 사람이라면 단숨에 웃음거리가 되고 마는 황당무계한 이야기였다. 하지만 나는 탈북의 현황에도 돈의 순환에도 무지했다. 탈북자의 현실에 가장 정통한 최영해는 복사와 전화 업무만을 담당했다.

재단은 온전히 한창환의 영향력 아래 있었다. 한창환은 박회장의 총애하는 수양딸인 내가 놀 수 있는 한 뼘의 놀이방을 내놓았을 뿐 그 이상 아무것도 허락하지 않았다. 그것이 황해재단에서 내가 차지하는 냉정한 위치였다. 재단의 활동을 연변 탈북자나 입국자 복지 쪽으로 어떻게든 확대하자는 내 목소리는 박회장의 귀여워하는 눈빛과 한창환의 입에 발린 칭찬 사이 어딘가에서 번번이 실종되었다.

그러므로 뜻밖에 박회장이 연길이라는 지명을 언급했을 때, 나는 화들짝 반가웠다. 연변의 구호조직과 관련된 일을 할 수 있다면, 북송된 최영해의 아들을 구하는 데에도 큰 도움이 될 수 있을 것이었다.

"아무래도 연길에 기지가 있어야 하지 않겠어? 연태 쪽 일이 풀릴 때까지는 아무래도 연변에 할 일이 많을 거니까."

"예, 맞습니다, 회장님! 제가 그동안 여러 번 말씀드렸듯이, 연태를 기점으로 해상탈출로를 구축하는 데에는 여러 가지 장애가 있고 오랜 시간이 걸릴 수밖에 없습니다. 이미 동북지방에서 수많은 탈북민들이 생존을 위한 투쟁을 벌이고 있는데, 일단 그들에게 현실적인 도움이 될 방법을 생각하는 것이 중요합니다. 연변은 지금 당장이라도 재단이 적극적인 활동을 벌일 수 있는 곳이니까요."

나는 떨리는 목소리로 서둘러 대답했다.

두만강 인근 연변 조선족 자치주의 중점도시 연길은 탈북의 메카였다. 함경도와 연변 국경을 이루는 두만강은 겨울이면 수량이 줄어들어 실개천 수준으로 쪼그라들고 단단히 얼어붙는데다가 숲이 울창한 외진 곳이 많아 은밀히 국경을 넘기에 최적의 여건이었다. 요즘 들어 국경경비가 삼엄해졌다고는 하지만, 여전히 사람들은 아침저녁으로 밥 먹듯이 강을 님으며 양국을 오갔다.

"김이사가 일했던 정 산부인과 병원, 거기 원장이 연길에 병원을 세운다면서. 기왕에 병원을 세울 거면 우리 재단이랑 같이 일을 하면 좋지 않아? 김이사는 왜 그런 이야기를 나한테 하지 않았는가."

나는 생체가 그대로 승화되어 드라이아이스가 되는 현상을 경험했다. 누군가가 훅 하고 입김을 불었다면 그대로 연기가 되어 날아갔을 것이다. 이건 꿈일 거야. 박회장의 입에서 정욱연 이야기가 나오다니, 이건 현실이 아닐 거야. 나에게 집중된 시선과 고요한 적막 속에서, 나는 마른침을 삼키고 입을 열기까지 꽤 오랜 시간을 소요했다.

"저는 그 직장에서…… 아주 한미한 일을 했더래서…… 그런 일을 잘 모릅니다……"

그러나 어림 반푼어치 없는 현실도피였다. 내가 우려했던 바로 그 이름이 박회장의 입에서 튀어나오고 말았다.

"모르긴 뭘 몰라. 김학원이 말로는, 김이사가 하는 일이라면 그 원장이 적극 동참할 거라는데!"

한창환도 책상에서 편지 한 통을 들고 왔다.

"네, 저도 그 이야기를 들었습니다. 정욱연 원장이라는 분 말씀이지요. 김학원씨가 저에게도 그 병원과 합작사업을 해볼 것을 권하는 편지를 보냈습니다."

김학원 이 미친놈. 감히 내 직장에, 박회장에게, 심지어 한창환에게까지 편지를. 이 미친놈. 돈 놈. 사이코. 재심청구 좋아하시네. 가출옥도 없이 삼 년 만기 꽉꽉 채우고 나오게 할 테다. 아니지, 내가 추가범죄를 입증해서 무기징역을 살게 할 테다.

"그게 그렇게…… 간단하지가 않습니다, 회장님. 제가 알기로, 정 산부인과의 연길병원 사업은 지금 추진 보류중입니다. 일이 잘 풀리지 않는 것 같습니다."

"왜? 그 사람이 연길병원 계획을 접었어? 무슨 문제가 있는가?"

잘 모르는 일이라고 방금 전에 말했던 것을 손바닥처럼 뒤집는 수밖에 없었지만, 실제로 정 산부인과와 K교회가 합작추진했던 연길병원 프로젝트는 거의 백지화된 상태였다. 그것은 분명한 사실이었다. 콜카타의 불가촉천민 병원과 수도권 저소득층 호스피스병원에 이어 세번째 자선사업으로 연길병원 계획을 먼저 제안한 건 K교회였다. 처음에는 정욱연도 긍정적이었다. 그러나 차기 사업지로 물망에 오른 연길이라는 곳에 대해 몇 가지 사실을 알게 된 후, 정욱연은 부정적인 입장으로 선회했다.

한국의 경제발전에 힘입어, 연변의 조선족은 중국에서도 가장 부유한 소수민족으로 손꼽혔다. 연변 조선족 전체 인구의 무려 삼십 퍼센트가 교육이건 취업이건 어떤 식으로건 한국에 체류했고, 그들이 한국에서 송금하는 돈이 연변주 GDP의 삼십 퍼센트를 차지했다. 연변에서 한국의 영향력은 가히 절대적이었다. 하지만 한국 체류로 인해, 조선족들의 가정은 걷잡을 수 없을 만큼 해체되었다. 통계가 들쭉날쭉하기는 해도, 부부 중 한 사람이 한국에 취업하는 경우 대략 열 집 중 일곱 집이 이혼이라는 파국을 맞았다. 어느 조선족 학교의 재학생 중 팔십 퍼센트가 편부모 슬하에 살거나 아예 부모 없이 아이들만 산다는 이야기는 놀랍지도 않았다.

돈을 벌수록 부부는 헤어지고 가정은 깨지고 아이들은 홀로 남았다. 연길은 그런 땅이었다. 그런 이야기들이 정욱연의 어떤 아픈 부분을 건드렸을 것이다. 하지만 늘 그렇듯이 정욱연은 개인적인 감정을 직접 표출하지 않았다. 대신 다른 방향으로 이의를 제기했다. 연길과 밀접한 관계를 맺고 있는 탈북자 문제, 재중국 탈북자의 한국 입국 문제였다.

탈북자의 입국 경로는 큰돈이 오가는 하나의 거대한 시장으로 변질

된 지 오래였다. 초기부터 탈북자 보호와 입국에 적극적으로 관여했던 교회는 탈북시장에서 가장 큰 세력이었다. 어느 때부터인가 탈북자 문제에 관여하는 일부 선교사와 목사 들이 노골적으로 이권을 거래하는 브로커 세력으로 변질되었다. 그 과정에서 폭력과 추행, 부당거래와 인신매매 등 암시장에서 생길 수 있는 모든 부작용이 일어나기 시작했다. 중국에 뿌리를 내린 일부 탈북자들이 독자적인 네트워크를 만들자 교회 조직과 탈북자 조직이 세력 다툼을 벌이기까지 했다. 탈북 마피아라는 말까지 나왔다.

연길에 자선병원을 세운다면 어떤 식으로든 탈북자 문제와 관련되지 않을 수 없었다. 정욱연은 자선병원이 펼치는 구호활동도 탈북자 문제와 맞닿으면 어떤 식으로건 불법화되는 부분이 생길 수밖에 없다는 우려를 표시했다. 연변에서 문제를 일으켰던 부패한 일부 선교사들의 추문과 각종 불법거래의 온상이 되어가는 현지 구호조직을 살짝 언급한 것이 K교회의 감정을 상하게 했다. 그간 함께 일해왔던 정욱연과 교회가 갈라서는 계기가 되었던 것이 바로 연길병원이었다. 그런 연길병원 문제를 의논하자고, 정욱연을 불러오라고, 황제 박진석은 나에게 명령하고 있었다.

왕가에서 태어난 철없던 공주들은 바로 자기 아버지의 손에 의해 숱하게 목을 잃었다. 박진석 회장은 탈북지원단체를 운영하고 있는 독실한 기독교인이었다. 아무리 가장 사랑받는 마리 테레즈 공주라해도 박진석에게 탈북지원단체와 교회의 부패상을 운운했다가는 어깨 위의 목을 유지하기 힘들 것이다. 피해야 하는 이야기를 잘 피해가는 것이 공주로 끈질기게 살아남는 가장 중요한 비결이었다.

나는 난장판이 된 머릿속을 빛의 속도로 정리하기 시작했다. 하늘이 무너져도 솟아날 구멍을 찾아야만 했다. 지금 박회장이 원하는 것은 연길병원이 아니었다. 그는 사랑하는 수양딸 김혜나의 남자친구에게 인사를 받고 싶은 거였다. 연길병원은 미끼였다.

하지만 정욱연은 박회장에게 인사를 할 수 없었다. 우리는 이미 한 달째 연락두절이었다. 아니, 우리 사이가 원만했다 하더라도 안 될 일이었다. 나에게는 진짜 아빠가 있었다. 용마물류가 진창에 빠졌는데도 나에게 새 아파트를 사줄 궁리를 하고 있는 미치광이 김덕만 사장이 있었다. 아빠를 앞질러 박회장에게 남자친구를 먼저 소개할 수는 없었다.

다리가 끊어져버린 정욱연과 나의 관계도 큰일이었지만, 임현명과 김덕만과 그들의 새 파트너들, 나의 엄마들과 아빠들, 이 복잡한 가족관계의 실타래가 복원 불가능하게 엉키지 않도록 조심스러운 실뜨기를 해야 했다. 내가 해야 하는 일은 참 많기도 했다.

박진석 회장이 매처럼 날카로운 눈으로 나를 쏘아보았다. 머릿속이 하얗게 바래고 입술이 바싹 타들어갔다. 모든 것이 뒤죽박죽이었다.

정욱연은 도대체 무슨 생각을 하고 있을까?

아빠는 도대체 어떤 상태인 것일까?

박회장 이 인간은 도대체 어떻게 비위를 맞추어야 하는 것일까?

"뭐이가 그렇게 복잡하니? 되든 안 되든 연락은 해볼 수 있는 일을 가지고!"

박진석 회장이 버럭 신경질을 냈다. 정신이 번쩍 들었다.

박회장의 말이 옳았다. 복잡할 것이 없었다. 되든 안 되든 한번 연락을 해볼 수도 있는 일이었다. 황해재단이든 연길병원이든 에라 모르겠다. 등기이사도 아닌 주제에 박회장의 비위를 거스를 수는 없다. 되든 안 되든 나는 연락을 해볼 뿐이다. 나는 보란 듯이 휴대폰을 꺼내들었다.

정욱연과 연락하려면 원무과장을 통하는 게 가장 빨랐다. 재단과 병원 간의 업무상 연락이니까 원무과장에게 전화하는 것이 절차상으로도 옳았다. 하지만 이번에는 직접 통화하고 싶었다. 서로 연락을 끊은 지 한 달째였다. 우리는 어떻게 해서든 만나야 했고 이야기를 해야 했다. 연길병원 이야기라도 해야 했다.

바쁘다는 핑계로 휴대폰을 노상 꺼놓고 사는 기벽에도 불구하고 그가 신속하게 전화를 받은 건 대단히 긍정적인 조짐이었다.

"여보세요. 혜나씨, 아, 오랜만이에요."

생각보다 쉽게 전화가 연결된 것은 다행이었지만, 주변 소음이 꽤 들렸다. 혼자 있지 않은 것이 분명했다. 매처럼 날카로운 박회장의 눈길 앞에서, 잔뜩 얼어붙은 내 입에서도 얼떨떨한 대답이 나왔다.

"안녕하세요, 원장님, 저 김혜나예요. 잘 지내셨어요?"

"그래요, 난 잘 지냈어요. 혜나씨. 반가워요."

그의 순순한 목소리에 일단 나는 더할나위없이 안도했다.

"지금 간호사실에서 회의하고 있어요. 길게 통화하긴 좀 어려워요. 무슨 일로 전화하셨어요?"

정욱연의 부드러운 목소리와 그를 둘러싼 따뜻한 소음은 나의 가장 달콤한 추억들을 한꺼번에 불러왔다. 내가 정 산부인과의 보육실 직원이었던 시절, 가슴 두근거리며 욱연 원장님과 회식하는 날을 기다리던 그 시절. 그때로 다시 돌아가고 싶었다. 내 인생의 꽃시절에 대한 그리움이 한꺼번에 몰려와 눈물이 찔끔 나왔다.

"혜나씨?"

하지만 하염없이 그의 목소리에 감격할 수만은 없었다. 그는 병원에서 가장 소문이 빠른 집단과 함께 있었다. 한동안 핑크빛 소문의 주인공이었던 보육실의 김혜나와 정욱연 원장의 사적인 전화통화가 노출되는 순간이었다. 나는 떨리는 목소리로 얼른 용건을 말했다.

"예, 원장님, 저도요. 저도 정말 반가워요. 지금은 바쁘시니까 간단하게 말씀드릴게요. 재단 일 때문에 전화드렸어요."

"아, 혜나씨 재단에 다닌다고 했지. 거기가 무슨 재단이었더라?"

우리의 전화통화에 예민하게 관심을 보이는 간호사들을 의식한 정욱연이 재빨리 공중파방송 톤으로 장단을 맞췄다.

"황해재단이에요. 아시죠, 저희 황해재단에서 탈북자 지원사업을 시작하려고 하거든요. 그런데 김학원이 재단으로 편지를 보내서, 원장님이 연길에 자선병원을 세우실 계획인데 함께 손잡고 일하면 어떻겠느냐고 해서요. 저희 재단에서는 괜찮은 생각이라고, 한번 만나 뵙고 이야기를 해보고 싶다고 하거든요."

"아, 연길병원…… 그게……"

"예, 알아요, 원장님. 꼭 잘되라는 법은 없죠. 일단 만나서 이야기를 해요. 자세한 건 모두 만나서 이야기를 나눠봐야 하는 거죠. 이렇게 전화로만 모든 이야기를 할 수는 없는 일이니까요. 만나서 이야기를 하는 게 중요하죠."

나는 '만나서'에 무작정 힘을 주었다. 정욱연도 순순히 동의했다.

"그래요. 만나서 한번 이야기해보기로 해요. 제가 K교회에 연락을 할게요. 지금 연길병원 사업이 일단 보류된 상태이긴 한데, 그래도 K교회 입장도 있으니까 함께 이야기를 해야 할 것 같아요. 이따가 원무과로 전화를 주세요. 원무과장님이 제 스케줄을 잘 아시니까 만날 시간을 정해주실 거예요. 제가 원무과에 이야기해놓을게요."

"예, 원장님, 그럼 나중에 한번 만나서 이야기하기로 해요."

"그래요, 전화해줘서 고마워요, 혜나씨."

이만하면 더할나위없이 성공적이었다. 정욱연의 목소리는 따뜻했고 일단 만나야 한다는 데에 두말없이 동의했다. 연길병원과 황해재단은 더할나위없이 훌륭한 위장막이 되어주었다. 그의 곁에 있었던 수십 명의 간호사들에게도 아무런 의혹을 남기지 아니할 백 퍼센트 순결한 업무상 통화였다. 김학원도 때로는 희한한 쓸모가 있다. 연길병원이라니, 신통한 아이디어였다. 당장 전화를 걸라고 윽박질러준 박회장의 그 빛나는 대머리에도 꽃을 뿌리고 싶었다.

여러 번 큰 숨을 들이쉬고 나는 원무과장에게 전화를 걸었다. 그녀는 별다른 내색 없이 친절하게 내 전화를 받았다. 정욱연이 미리 말해놓아서 용건을 알고 있다고 했다. 정말로 전혜원의 사촌언니가 맞는지 의심스러울 만큼 편안한 응대였다.

그의 스케줄에 맞춰 약속을 정하려다가, 나는 아연하고 말았다. 대통령보다 바쁜 남자인 줄은 진작부터 알고 있었지만, 정말 바늘 꽂을 틈도 없는 미친 시간표였다. 일을 줄이기는커녕 예전보다 오히려 더 심해진 것이 분명했다. 한 시간 이상 여유 있게 이야기하려면 열흘 넘게 기다려야 한다고 했다. 주말까지 스케줄이 꽉 차 있고 여기에 각종 응급환자들이 더해진 것이 최종적인 정욱연의 시간표였다. 미친 게 분명했다. 죽으려고 환장한 남자였다. 나도 모르게 숨소리가 거칠어졌다. 원무과장은 자기 때문이기나 한 것처럼 미안해했다.

"요즘 다큐멘터리 때문에 더 바쁘세요. 촬영팀이 늘 붙어다니거든요. 원래 이 정도는 아니었는데…… 원장님도 아침에 스케줄표 보시더니 난감해하시더라고요. 혹시 중간에 비는 시간 생기거나 약속 취소되면 제일 먼저 연락드릴게요. 그럴 때도 종종 있거든요."

아흐레 뒤에 만나기로 일단 약속을 잡았는데, 이틀 뒤 비는 시간이 생겼다고 곧 연락이 왔다. 오후 여섯시부터 여덟시. K교회 관계자들과 저녁식사를 함께하는 자리라고 했다. 당연하다는 듯이 한창환이 따라나섰다.

"김이사님, 저 차 오토매틱으로 바꿨습니다. 이제 마음에 드십니까?"

자동차를 바꿔서 해결될 문제는 아니었지만, 만사 귀찮아서 나는 하늘만 바라보았다.

"우리 김이사님 덕분에 제가 차를 바꿨습니다. 우리 김이사님, 여장부세요. 아주 대단하다고요. 제가 아주 깜짝 놀랐다니까요."

지난번에 한판 기합을 넣은 약발이 서서히 떨어져서, 한창환은 요즘 들어 다시 치근덕 분위기로 넘어가고 있었다. 이혼할 거라든지 남자친구가 있다든지 하는 이야기들이 본인에게도 충분히 기회가 있다는 뜻으로 해석된 모양이었다. 한창환은 박진석 회장의 총애하는 의붓딸로서의 김혜나를 결코 가볍게 여기지 않았고 내가 오케이 하기만 하면 얼마든지 사적인 친분관계로 발전할 의향이 있다는 노골적인 신호를 끊임없이 보냈다. 아주 징글맞은 인간이었다.

"저 때문에 차를 바꿨다고 하면 어떡해요. 저를 꼭 태워줘야 하는 것도 아니잖아요."

"원래 와이프도 차를 바꾸라고 성화였거든요. 차 바꾸니까 아주 좋아하더라고요. 여자분들은 다 수동기어를 싫어하시더라고요. 남자들은 수동으로 몰아야 운전하는 맛이 나는데."

여자들이 모두 수동기어를 싫어한다는 건 언어도단이었다. 수동기어는 섹시했다. 나는 수동기어를 좋아했다. 수동기어를 정욱연보다 더 좋아했다. 내가 싫어하는 건 한창환과, 그의 천박한 인격과 어이없는 난폭운전이었다. 그 죄를 멀쩡한 수동기어에게 뒤집어씌우다니 뻔뻔한 인간이었다.

새 차 냄새 때문에 멀미가 나기는 했지만 그래도 자동차가 기어 변경을 알아서 해주니 승차감은 훨씬 견딜 만해졌다. 한창환의 자동차는 곧 병원 앞에 도착했다. 나란히 서 있는 두 개의 건물, 정 산부인과와 산후조리원, 그리고 내가 전설의 입사면접을 치렀던 병원 앞 카페까지, 모든 것이 그대로였다. 날마다 이곳으로 출근했던 때가 있었다. 정욱연을 볼 수 있다는 희망에 가슴 두근거리며 어린아이처럼 들떠서 출근했었다.

작은 한숨을 내뿜으며, 나는 병원으로 들어섰다. 안내데스크와 접수계에 낯익은 얼굴들이 보였다. 어리숙한 보육실 직원 김혜나가 모 재단의 이사가 되어 욱연 원장님을 만나러 온다는 소식은 병원에서 작은 화제가 되었던 모양이었다. 모두들 반갑게 인사를 건넸다.

"원장실에 먼저 가 계세요. 원장님 지금 산후조리원 한 바퀴 돌고 있는데 곧 오실 거예요."

병원과 산후조리원은 삼층 연결통로로 통해 있었다. 병원 일로도 부족해 정욱연은 짬이 날 때마다 산후조리원을 돌아보았다. 그가 관심을 가지고 드나든다는 것만으로도 병원 부설 산후조리원은 언제나 인기폭발이었고 현금제조기 역할을 톡톡히 했다. 특실이 있는 고층보다 삼층이 더 인기가 많다고 했다. 병원 연결통로 덕분에 정욱연을 자주 볼 수 있기 때문이었다.

에스컬레이터에 막 발을 디디는 순간 이층 복도로 들어서는 정욱연이 보였다. 촬영팀이 뒤따르고 있었다. 그는 우리를 발견하고 걸음을 멈추었다. 에스컬레이터는 한창환과 나를 실어 정욱연 앞에 내려놓았다. 한 달 만의 재회였다.

"안녕하세요, 정욱연입니다. 반가워요, 혜나씨. 오랜만이에요. 이쪽으로 오세요."

악수를 나누는 아주 짧은 순간 동안 그의 눈길이 나의 머리끝에서 발끝까지 샅샅이 훑었다. 그의 동남방 십오 도 각도에 카메라가 비켜서서 나를 주시하고 있었다. 정욱연은 카메라에 익숙해졌는지 아무렇지 않다는 듯 자연스러웠다.

우리는 이층의 아늑한 구석에 자리잡은 원장실로 향했다. 나는 정욱연의 뒷모습을 곁눈질했다. 늘 그렇듯이 흰 가운에 가려져 더 마른 건지 살이 찐 건지 가늠할 수가 없었다. 조용하고 깨끗한 복도가 많은 기억들을 불러일으켰다. 나의 첫 직장이었던 이곳, 흰 가운을 입은 정욱연, 새벽 세시의 복도, 벽에 사진이 걸린 원장실. 택시로 십 분이면 도착하는 가까운 곳이었지만 나에게는 밀림 속의 고대 사원처럼 한

번 오기도 힘든 곳이었다.

티셔츠에 작업용 재킷을 입은 통통하고 눈두덩이 부은 사내가 카메라 뒤에서 불쑥 튀어나와 손을 내밀었다. 나는 그가 있는 줄도 모르고 있다가 화들짝 놀랐다.

"안녕하세요, 저는 A방송사의 유흥식 PD입니다. 요즘 정욱연 원장님의 일상을 소재로 미니 다큐멘터리 〈인생은 아름다워〉를 찍고 있습니다. 오늘 양해해주신다면 회의 장면을 좀 찍고 싶은데 괜찮겠습니까? 제가 없다고 생각하시고 편안하게 행동하시면 됩니다. 이 카메라, 엄청 비싼 거라서 이걸로 찍으면 다 장동건 고소영처럼 나옵니다. 장동건도 실제로 보면 저랑 똑같이 생겼거든요."

나는 형식적으로만 웃었다. 너 때문에 우리가 지금 한 달째 냉전중이란 말이다. 너 때문에 연말까지 저 남자가 이 미친 생활을 계속하겠다고 말도 안 되는 지랄을 하고 있단 말이다. 바늘 꽂을 자리도 없는 미친 스케줄표를 확인한 마당이라 웃기는커녕 카메라의 필름을 뽑아 내동댕이치고 싶은 심정이었다. 내게서 뿜어나가는 험악한 기운을 느꼈는지 유흥식 PD가 슬그머니 멀어졌다. 정 산부인과 기금 담당 직원과 K교회 관계자 두 사람이 원장실로 합류했다. 우리는 어색하게 인사를 나누고 원장실 소파에 둘러앉았다.

손에 쥐고 있던 휴대폰이 짧게 진동했다. 최영해가 보낸 문자메시지였다.

'김혜나 이사님, 죄송합니다. 더이상 재단 일을 하지 못하게 되었습니다. 사직서는 우편으로 제출하겠습니다. 드릴 말씀이 없습니다. 그동안 감사했습니다.'

나는 휴대폰 화면을 망연하게 들여다보았다. 이틀간의 무단결근 끝에 날아온 무례하고 일방적인 통보였다. 한창환에게도 비슷한 문자가 날아온 모양이었다. 휴대폰을 확인한 한창환이 나에게 몸을 기울이며 속삭였다.

"이것 보세요. 애네들 이런다고 했죠? 이따위로 끝낸다니까요. 다음엔 한국 사람을 뽑아야 해요. 애네들은 책임감도 없고 예의도 모르고, 아주 막장이라니까요."

"아들 때문에 그럴 거예요. 아, 내가 어떻게든 연락을 했어야 하는 건데."

"아들이건 손자건 이런 식으로는 곤란하죠. 당장 사람 새로 구할 겁니다. 이번엔 제가 알아서 할 테니까 뭐라고 하지 마십쇼."

"안 돼요, 기다려줘야 해요. 제가 한번 만나서 이야기를 해볼게요. 최영해씨 지금 돈이 급해서 그런 거, 뻔히 알잖아요? 그러길래 내가 긴급구호기금 만들자고 했잖아요! 이럴 때 도와줄 수 있으면 얼마나 좋아요!"

"긴급구호기금이요? 그걸 최영해한테 줘요? 아이구, 김이사님이 이렇게 오냐오냐하니까 애네들이 아주 한국 사람을 봉으로 알아요. 직장이 용돈 받는 놀이터예요? 밤낮 휴대폰 장난질이나 하고. 수틀리면 안 나와버리고. 이사님도 한없이 봐주기만 하면 안 돼요."

"아들이 북송됐다고 하는데, 이해 못 해줘요? 이사님 같으면 애들이 북송돼도 출근해서 일할 수 있어요? 그것도 이해 못 해줘요?"

우리는 낮은 목소리로 툭탁거렸다. 회의를 앞둔 네 사람은 참을성 있게 우리가 집중하길 기다리고 있었다. 한창환은 자신이 중요하게 생각하는 사람들에게만 보여주는 친화력 넘치는 미소를 지어 보였다.

"이거 죄송합니다. 재단 직원이 속을 썩여서요. 우리 김혜나 이사
님은 너무 인정이 많으셔서 이거 참 제가 곤란할 때가 많습니다. 그래
도 회사에는 악역을 맡을 사람이 필요한 거잖습니까? 우리 김이사님
은 천사같이 감싸고 이해해주는 역할을 맡으시고, 저는 아주 악마같
이 못되게 구는 역할을 맡았죠. 뭐, 저는 아무 불만 없습니다. 이만하
면 우리 손발이 잘 맞는 편이죠. 안 그래요, 김이사님?"

시선은 서류에 꽂아둔 채, 정욱연이 크게 고개를 끄덕였다. 나는 어
금니를 악물고 낮게 말했다.

"최영해 자르기만 해봐요."

최영해 이야기는 그쯤에서 접어두고, 본격적으로 연길병원에 대해
이야기하기 시작했다. 한창환이 황해재단의 입장을 전달했다.

"저희 황해재단 박진석 이사장님께서는 황해도 청단이 고향이십니
다. 아시다시피 청단은 해주 바로 아래 자리하고 있고 황해도는 이북
전체에서도 장로교 합동회의 본산이라고 해도 좋을 만큼 교인들의 신
앙이 강고했던 곳입니다. 이사장님께서 월남하신 이후 오늘날까지 활
발한 사회활동을 펼치시는 과정에서도 기독교 신앙에 근본한 애국애
족 정신이 늘 확고하셨습니다. 저희 황해재단은 K교회와 정 산부인과
가 그간 함께 펼쳐온 적극적인 해외구빈사업의 성과에 주목하고 있고
특히 K교회가 중국 땅에서 조선족 동포와 북한이탈주민을 대상으로
펼치는 구호활동과 선교활동에 큰 존경심을 품고 있습니다. 앞으로
황해재단이 북한이탈주민 지원사업을 수행하는 데에 K교회와 정 산
부인과의 노하우를 물려받고 중요한 조언을 얻을 수 있기를 희망하고

있습니다."

정 산부인과와 K교회의 갈등 국면에 황해재단이 난데없이 끼어든 모양새가 되었지만 사실 황해재단의 활동 성격으로 보아서는 정 산부인과보다는 K교회와 제휴를 맺고 함께 일하는 편이 나았다. 콜카타에 불가촉천민을 위한 자선병원을 세우고 수도권에 저소득층을 위한 호스피스병원을 세우는 과정에서 정욱연은 주로 자선기금을 모으고 K교회는 자선사업의 각종 복잡한 행정적 추진과 실제 운영, 그리고 가장 필수적인 인력 조달을 담당했다. 주로 열악한 환경에서 이루어지는 자선사업, 특히 개발도상국의 해외사업에서는 정욱연의 의료 인맥이 거의 통하지 않았다. 종교적 소명의식이 아니고서는 그런 열악한 환경에서 근무하려는 사람이 없었다.

K교회로서는 거의 백지화 단계였던 연길병원 사업을 다시 추진하게 되었고 정 산부인과 대신 든든한 돈줄을 새로 얻게 되는데다 황해재단 쪽에서 종교적 동질성마저 새삼 강조하니 마다할 이유가 없었다. 정 산부인과는 그동안 K교회와 함께 추진해왔던 일련의 자선사업을 연길병원으로 마무리하고 유종의 미를 거두는 것으로 입장을 정리했다. 정 산부인과와 K교회와 황해재단의 첫 만남은 화기애애하게 마무리되었다. 회의가 끝난 후 일행은 병원 근처 한식집으로 자리를 옮겼다.

최영해 문제로 열을 올린 이후로 회의에서는 물론이고 음식점으로 자리를 옮긴 뒤에도 나는 내내 아무 말도 하지 않고 테이블만 노려보고 있었다. 회의에 참석한 사람들과 방송국 사람들 모두 나를 좀 이상한 사람으로 생각하고 있다는 걸 느낄 수 있었다. 최소한의 사회적 처신을 해야 할 심각한 필요성을 느꼈지만, 정욱연과 공적 사적으로 얽히고설킨 관계가 너무나 심란해서 도저히 자연스럽게 행동할 수가 없었다.

이럴 때 쓰라고 존재하는 한 인간이 있었다.

"저기요, 원장님."

나는 낮은 목소리로 정욱연을 불렀다. 회의와 식사 내내 홀로 침묵시위를 벌이던 황해재단의 김혜나 이사가 처음으로 입을 떼는 순간, 분분하게 이야기를 나누던 좌중이 일시에 조용해지고 시선이 집중되었다.

"예, 혜나씨. 말씀하세요."

"저기…… 제가 정말 면목이 없는데…… 혹시…… 작은오빠가 원장님한테도 편지 보냈나요?"

일순 당황하던 정욱연이 환하게 웃었다.

"아, 예…… 그 편지…… 네, 받았어요…… 괜찮아요, 혜나씨, 저는 괜찮아요. 신경쓰지 마세요."

나는 땅이 꺼져라 한숨을 쉬었다.

"원장님도 잘 아시겠지만…… 죄송해요…… 그냥 잊어버리세요…… 저희 작은오빠 아시죠…… 뭐라고 했는지 모르겠지만 다 헛소리예요…… 죄송해요…… 제가 대신 사과할게요……"

한창환이 반색하며 끼어들었다.

"우리 김이사님이 그래서 저녁 내내 우울하셨구나! 나는 또 내가 뭘 잘못했나 싶어 우리 이사님 눈치만 보고 있었지 뭡니까. 글쎄 제가 우리 김이사님한테 이렇게 꼼짝을 못한다니까요. 우리 김이사님, 나이 마흔인데 아직도 이렇게 어린아이처럼 순수해서 말이죠. 우리 김 이사님은 그게 매력포인트라니까요."

그러더니 한창환은 꼴같잖게도 정욱연에게 경계하는 눈빛을 보냈다.

"김학원씨가 원장님께도 편지를 보냈습니까?"

"예, 학원이가 서클 후배입니다."

"아, 그렇군요. 원장님도 아실지 모르겠지만 우리 김이사님과 김학원씨는 많이 닮은 듯하면서도 전혀 다른 사람입니다. 어린아이 같으면서도 저항할 수 없는 매력이 있어요! 뜻밖에 카리스마가 대단하셔서, 글쎄 제 차가 너무 낡아서 마음에 안 드신다고 해서 제가 꼼짝없이 차를 바꾸었다는 거 아닙니까. 저뿐만 아니라 우리 재단 이사장님께서도 김혜나 이사님한테는 아주 꼼짝을 못하십니다. 제가 박진석 이사장님을 따라다닌 지 십 년이 넘었는데, 그분이 절대로 그런 분이 아니거든요. 정말 무섭고 가차 없는 분인데, 우리 김혜나 이사님 앞에서만은 아주 사람이 달라지십니다. 허허허 우리 김이사 우리 김이사, 하면서 예뻐서 어쩔 줄을 모르시거든요."

한창환의 장광설에도 정욱연의 얼굴에는 감정의 변화가 드러나지 않았다. 늘 그렇듯이 박회장의 총애가 화제에 오르자, 나를 바라보는 사람들의 눈빛이 달라졌다. 교회 사람들도 나에게 조심스럽게 말을 걸었다.

"김혜나 이사님, 앞으로 잘 부탁드리겠습니다. 함께 일하게 되어서 영광입니다."

"저야말로 잘 부탁드리겠습니다."

나는 한쪽 볼에만 있는 보조개가 보이도록 신경써서 웃었다.

식사를 마칠 무렵 PD는 회의에 참석한 사람들에게 정욱연에 대한 인터뷰를 부탁했다.

"여러분께서 만나고 겪으신 원장님이 어떤 분인지, 간단하게 이야기해주시면 됩니다. 꼭 좋은 이야기 하지 않으셔도 되고요, 흉보셔도 좋습니다. 뭐든지 자연스럽게 말씀해주시면 되니까, 마음 편하게 이야기해주십시오."

먼저 교회 사람들의 옷깃에 마이크를 달았다.

"아, 정욱연 원장님이요, 저희가 지금 햇수로 십 년…… 십 년째 함께 일하고 있습니다만, 정말 한결같으십니다. 그동안 정말 힘든 고비가 여러 번 있었는데요, 아무리 일이 꼬여도 화내시는 법이 없어요. 차분하게 일을 풀어나가시죠. 능력 있으면서도 굉장히 겸손하시고요. 이렇게 앞에서 칭찬을 하려니까 쑥스러운데요, 하여튼 알면 알수록 좋은 분입니다."

정욱연에 대해 별로 아는 것이 없는 한창환도 신나게 한마디를 보탰다.

"저는 오늘 원장님을 처음 뵈었는데요, 뵙기 전부터 놀라고 있었습니다. 오늘 이렇게 만나기 위해서 약속을 잡는데, 스케줄표가 정말 엄청나시더라고요. 제가 업무상 정치경제계의 많은 분들을 만나보았습니다만, 거의 국무총리급으로 바쁘게 지내시는 것 같습니다. 그 바쁘고 힘든 일상 속에서도 이렇게 세상의 소외된 사람들을 돕기 위한 사업에 발 벗고 나서는 모습에 제가 오늘 큰 감동을 받았습니다. 존경스럽고요. 저는 그동안 너무 나태하게 살지 않았나 반성하는 기회가 되네요."

손사래를 치면서 극구 사양했지만 유홍식 PD는 기어이 내 옷깃에
도 마이크를 꽂았다.

"방송하기엔 이런 분이 재미있어요. 이런 순진한 분들이 아주 꾸밈
없이 때 묻지 않게 이야기를 하시거든요. 긴장하지 마시고 편안하게
말씀하세요. 생방송이 아니니까요. 시선은 여기, 여기에 고정하시면
됩니다. 자, 제가 여기 설게요. 저랑 대화하는 것처럼 편안하게 말씀
하시면 됩니다."

필름이 돌아가기 시작했지만 나는 무슨 말을 해야 할지 머릿속이
새하얄 뿐이었다. 능숙한 PD가 말문을 열기 위한 질문을 던졌다.

"예전에 정 산부인과에서 근무하셨다고요?"

"예, 잠깐, 육 개월 정도, 보육실에서 근무했어요."

"그때 보신 원장님은 어떠셨습니까? 직장상사로서나, 아니면 인간
적으로나."

나는 최면에 걸린 듯 멍하게 PD의 통통한 얼굴을 바라보았다.

"원장님…… 인기 캡 좋으시죠. 병원이 팬클럽 같았어요. 직원들
모두 다 좋아했어요. 아무리 하찮아 보이는 사람이라도 함부로 대하
는 법이 없고요, 화내는 법도 없고요. 게다가 해리 포터처럼 생겼잖아
요. 어떻게 인기가 없을 수가 있겠어요."

PD는 아주 만족스러운 얼굴이었다. 환한 미소로 이제 그만해도 된
다는 신호를 보냈다. 하지만 나는 최면에서 깨어나지 않았다. 실은 이
제야 슬슬 입이 풀리려는 참이었다.

"근데요, 인간적으로는요, 저는 정말 이해가 안 가더라고요. 저렇

게 사는 원장님이나, 원장님 칭찬하는 사람들이나 다 이상하더라고요. 지금 다들 정말 진심으로 원장님을 칭찬하시는 건가요? 난 정말 이해가 안 되거든요. 원장님 스케줄표, 보셨어요? 그게 사람이 할 일인가요?"

PD의 얼굴에 당황한 빛이 역력했다. 하지만 그가 본인 입으로 말했듯이, 이건 생방송도 아니고 얼마든지 편집할 수 있는 녹화필름이었다. 그는 내가 마음대로 말하도록 내버려두었다.

"사람이 저렇게 살면 안 되는 거 아니에요? 저녁엔 퇴근해서 TV도 보고 음악도 들으면서 살아야죠. 사람이 사람답게 살아야 하는 거 아니에요? 어디 솔직하게 말해보세요. PD님, 저렇게 살고 싶어요? PD님도 그동안 보셨으니까 아실 거 아니에요. 아무리 화나는 일이 있어도 화내지 않고, 아무리 힘들어도 쉬지 않고, 집에 가서 편히 눕지도 못하고 원장실 귀퉁이에서 새우잠 자고, 일주일에 몇 번씩 코피 흘리면서 사는 거, 그게 잘하는 일이에요? 지금 남들도 저렇게 살라고 다큐멘터리 찍는 거예요?"

PD는 컷이라고 말하지 않았다. 이런 유의 다큐멘터리는 PD가 출연자에게 이래라저래라 하지 않는 모양이었다.

"말려야 하는 거 아니에요? 저런 분 다큐멘터리 찍는 거, 솔직히 너무한 거 아니에요? 원장님이 계속 저렇게 살면, 그 끝은 뻔하지 않아요? 죽지 않겠어요? 원장님이 없어져도 세상엔 다른 희한한 사람들이 많을 테니까, 또다른 사람을 찾아내서 찍으면 된다 이거예요? 사람들이 어쩌면 그래요? 저렇게 사는 거 불쌍하지도 않아요? 힘들면 쉬라고 해야지, 무슨 구경났어요? 지금 내 말이 틀렸어요?"

방 안은 물을 끼얹은 듯이 조용해졌다. 내 말이 끝난 것을 알고 PD는 내 옷깃에 달린 마이크를 떼기 위해 어렵사리 손을 내밀었다. 내가 와락 물어뜯기라도 할 것처럼 긴장한 손이었다. 내 뜨거운 콧김이 그의 두툼한 손등을 때렸다.

"그래서 저는, PD님이 제일 이해가 안 되거든요."

무사히 마이크를 떼고 안도한 PD는 그새 정욱연에게 배우기라도 한 듯 말없이 고개만 크게 끄덕였다.

우리는 한식집 앞 골목길에서 다소 두서없는 마무리를 했다.

"우리 김이사님이 소녀 같아 보여도 알고 보면 여장부라니까요. 목에 칼이 들어와도 할 말은 하는 분입니다. 아주 우리 황해재단을 손아귀에 딱 틀어쥐고 뒤흔들거든요. 오죽하면 제가 우리 김이사님 한마디에 차를 바꾸겠습니까. 우리 김이사님께서, 수동기어 싫다고 하셔서 제가 오토매틱으로 차를 바꿨다니까요. 우리 김이사님 늦게 퇴근하실 때 댁까지 모셔다드리려면 당연히 제가 차를 바꿔야지요. 우리 김이사님을 국회로 보내야 합니다. 우리 김이사님더러 담판을 지으라고 하면 남북통일도 아주 간단할 텐데 말이에요. 김정은이도 우리 김이사님을 보면 아주 좋아서 자지러지지 않겠어요?"

교회 사람들은 한창환에게 어색하게 맞장구를 쳤고 두 명의 방송팀은 카메라가 심해의 산소통인 것처럼 거기에 코를 모으고 정욱연의 주위를 맴돌았다. 정욱연이 PD에게 물었다.

"저, 오늘 촬영 끝난 거죠? 더 안 찍어도 되죠?"

PD가 손목시계를 들여다보았다.

"아직 시간이 이른데요. 아홉시도 안 됐어요. 저희야 뭐, 원장님 움직이시는 대로 같이 움직이죠. 저희한테 신경쓰지 마시고 편하게 하세요."

"밤근무 하는 건 벌써 많이 찍었잖아요. 더 안 찍어도 될 것 같은데."

"왜요? 뭐 하시게요?"

"혜나씨 시간 괜찮으면 커피 한잔하려고 하는데. 나 자유시간 좀 주면 안 되나?"

촬영을 접기는커녕, 유흥식 PD의 눈에 불꽃이 튀었다.

"원장님, 커피 한잔하시게요? 아주 좋습니다. 여태 원장님이 너무 일만 하셔서 그림이 칙칙했거든요. 사실 이런 게 있어줘야 그림이 좀 살거든요. 저희 신경쓰지 마시고 편안하게 카페 가시면 됩니다."

저 파렴치한 인간들. 나는 속으로 이를 갈았다. 정욱연이 어쩔 수 없다는 듯 씁쓸하게 웃으며 나에게 돌아섰다.

"혜나씨, 오랜만에 왔는데 저기 카페에 가서 차 한잔만 하고 가요. 저 양반들이 따라오긴 하겠지만, 신경쓰지 마세요. 나도 처음엔 신경 쓰였는데, 이 주쯤 같이 다니다보니 이젠 괜찮더라고요. 심지어 자는 것까지 찍어요."

한창환의 얼굴이 엉망으로 구겨졌지만 나는 고개를 끄덕였다. 자는 모습까지 찍었다니, 과로는 했을지 몰라도 팔뚝에 주사 찌를 틈은 없었겠다. 나는 방송팀을 향한 미움을 약간 덜었다.

인사를 나눈 뒤 교회 사람들은 지하철역 쪽으로 걸어갔고, 한창환은 불만 가득한 표정으로 얼른 떠나지 않고 미적거렸다. 정욱연은 정말로 카메라에 익숙해졌는지 방송팀을 전혀 신경쓰지 않는 것처럼 아주 자연스럽게 행동했다.

"그럼 두 분은 여기서 조금만 기다려요. 나 병원에서 가방 가지고 나올게요. 혜나씨, 우리 같이 갔다 오자."

그 정도까지는 촬영팀도 양해하는 모양이었다. 병원 쪽으로 나란히 걸어가는 우리 뒷모습을 계속 찍는 것 같았지만 따라오지는 않았다. 열 발자국쯤 멀어졌을 때 갑자기 정욱연이 내 어깨에 오른팔을 얹었다. 등뒤에서 로켓포가 날아오는 느낌이었다. 그의 오른손에 지그시 힘이 들어간다 싶더니, 갑자기 나를 힘껏 끌어당겼다. 나는 그의 옆구리에 부딪치면서 왼팔로 그의 허리를 안았다.

"그림이 너무 칙칙하다잖아."

정욱연이 중얼거렸다.

우리는 그 자세 그대로 계속 걸어서 병원 정문을 지났다. 로비에 있던 경비 총각이 남녀 샴쌍둥이를 보는 것 같은 얼굴로 우리를 바라보았다. 그리고 간호사 한두 명, 접수계에 당직직원이 있었던가 없었던가. 멈춰 있던 에스컬레이터가 우리를 감지하고 스르르 움직이기 시작했다. 사방에서 레이저포가 날아왔다. 나는 그냥 사상자 파악을 포기하고 눈길을 복도에 처박았다. 모르겠다. 에라, 모르겠다.

지구의 지름만큼 되는 기나긴 복도를 꿋꿋하게 걸어서, 우리는 원장실에 골인했다. 원장실 문에 기대서자, 얼어붙었던 심장이 뒤늦게 미친 듯이 뛰기 시작했다. 정욱연이 투덜거렸다.

"미친놈, 지가 뭔데 차를 바꿔."

머릿속에 정욱연 말고 다른 미친놈이 떠오르지 않아서 나는 가쁜 숨만 몰아쉬었다.

"가방! 가방 어디 있어요? 어떡해요. 그 사람들 기다리잖아요. 얼른 내려가야 하잖아요."

그는 누가 우리를 기다린다는 건지 얼른 생각나지 않는 모양이었다. 우리는 멍하니 서로를 쳐다보았다.

"촬영팀이 바보야? 아직도 기다리게."

원장실 문에 등을 기댄 채 우리는 그대로 털썩 주저앉았다. 허리가 끊어질 것처럼 웃고 또 웃었다. 문밖에 백 명이 귀를 대고 있다 해도 웃음을 멈출 수 없었다. 배가 아파서 죽을 것 같다고 끙끙거리면서 우리는 웃다가 키스하다가 또 웃었다. 뺨을 타고 눈물이 흘렀다. 그가 내 눈물을 닦아주었다. 나는 그의 어깨에 얼굴을 묻고 울었다.

"어쩌려고 그랬어요. 이제 어떡하려고 그래요."

우리는 은행을 털고 달아난 보니와 클라이드 같았다. 거대한 협곡을 눈앞에 둔 델마와 루이스 같았다. 이제 어떡하지. 총알세례를 받고 벌집이 되든지, 아무 일 없다는 듯 깔깔 웃으며 허공으로 몸을 날려야 하나. 그는 내 머리칼을 쓰다듬다가 불쑥 다른 말을 꺼냈다.

"혜나야, 너 여기 처음 왔을 때, 생각 나?"

취업 면접만큼이나 대단했던 나의 첫 원장실 방문. 내 생일이 지난 다음날, 새벽 세시였다.

"자다가 복도에서 이상한 소리가 들려서 문을 열었는데, 거기 네가 있었어. 좀 놀라긴 했지만, 널 보니까 기뻤어. 네가 오기를 기다리고 있었던 것처럼 말할 수 없이 기뻤어."

그때 나는 철없는 어린애였다. 그때 나는 그가 멋있다고 생각했고 탐난다고 생각했고 내가 원한다는 이유로 그의 조각잠조차 무자비하게 방해해도 된다고 생각했다. 그때 나는 오늘 내가 독설을 퍼부은 〈인생은 아름다워〉 제작팀과 다를 것이 하나도 없었다. 그 가난한 잠을 빼앗기고서도 그는 나를 보고 기뻐했다. 그는 도대체 얼마나 죽도록 외로웠던 것일까.

"네 전화를 받고 스케줄표를 보니까 정말 내가 미친 것 같더라고. 무조건 오늘 저녁 약속을 취소해달라고 했어. 아까 네가 시무룩한 얼굴로 원장실에 들어왔을 때, 그런 생각이 들었어. 네가 나를 살리러 온 것 같다고."

나는 내가 미웠다. 외로움을 견디기 위해 언제나 자신을 파괴하는 방향으로 달려가는 남자인 줄 뻔히 알면서 한 달이나 그를 내버려두었던 내가 죽도록 미웠다.

"그러니까 혜나야, 이젠 날 혼자 두지 마. 나는 이제 내가 무서워. 내가 원하면 언제든지 멈출 수 있다고 생각했는데, 그게 아니었어. 멈출 수가 없었어. 정말 힘들었는데, 죽을 만큼 힘들었는데도 멈출 수가 없었어. 너한테 돌아가지 못할까봐 무서웠어."

믿을 수 없었다. 이 남자가 두려워하다니. 이 남자가 어쩔 줄 모르겠다니. 울고 있다니. 세상의 끝에 있는 천만길 절벽으로 떨어지는 것처럼, 머릿속이 아득하게 비어갔다. 아기고양이처럼 해사하게 웃는 남자, 모든 일을 가장 믿음직하게 처리할 수 있는 남자, 그토록 고된 일상을 살아내고도 기운이 남아서 남들에게 웃음과 도움을 나누어주는 기적 같은 남자, 정욱연이 어린아이처럼 겁에 질려 원장실 바닥에 주저앉아 울고 있었다.

"너는 떠나겠다는데, 얼른 잡아야 하는데, 너한테 돌아가려면 어떻게 해야 하는지 알 수가 없었어. 일이 끝나야 가는데, 일이 끝나지를 않는 거야. 악몽에 빠진 것 같았어. 내가 그동안 쌓아온 모든 것, 겨우 내 곁에 붙잡아두었던 너까지, 모두 다 잃을 것 같았어. 정말 최악이 온 것 같았어. 일을 끝내기 전에 쓰러질 것 같았어. 혜나야, 나 정말로 무서웠어. 어떡해야 하는지 알 수 없었어."

내 입술 사이로 신음이 새어나왔다. 세상에 이런 바보가. 세상의 술을 다 마시고 돌아갈 생각이었던 불쌍한 술꾼처럼, 모든 일을 다 끝내고 돌아올 생각이었다니. 창 없는 외딴방에서 오지 않는 새벽을 기다렸다니.

나는 두 손으로 그의 얼굴을 감싸쥐었다. 처음 본 날부터 사랑에 빠져버렸던, 총명하고 귀여운 얼굴이었다. 그 얼굴이 눈물에 흠뻑 젖어 있었다. 부모 형제에게 버림받고 오늘까지 악착같이 살아남기 위해서, 그는 언제나 완벽 이상의 모습으로 자신을 세상에 전시했다. 화난 모습도 지친 모습도 보여주지 않았다. 그런데도 그는 버림받고 또 버림받았다.

총명한 두뇌와 사랑스러운 용모, 그는 세상에서 가장 칭송받는 전시품이었다. 그가 쓰러지면 세상은 또다른 해사한 전시품을 찾아낼 것이다. 칭송하고 우러르고 다큐멘터리를 찍어댈 것이다. 나의 소중한 이 남자가 쓸쓸하게 사라진 것은, 아무도 기억하지 않을 것이다. 그가 쓰러지는 마지막 순간까지 그를 따라다닐 작정인 저 가증스러운 카메라를 생각하자 나도 모르게 주먹에 힘이 들어갔다. 그 차가운 유리 눈알이 대기권 밖으로 날아가도록, 아구창을 힘껏 올려붙이고 싶었다. 누구라도 한 대 치고 싶어서 울부짖는 성난 주먹으로, 나는 킹

콩처럼 내 가슴을 탕탕 후려쳤다.

"아무 걱정하지 말아요! 나만 믿어요! 내가 당신 지켜줄게요! 당신
이 소중하게 여기는 것, 뭐든지 고스란히 지켜줄게요. 가족? 사랑? 명
예? 재산? 뭐든지 말만 해요. 모두 다 당신 손에 쥐어줄게요. 나 몰라
요? 내 실력 몰라요? 나 김혜나라고요! 아무 걱정하지 말아요! 나만
믿고 푹 쉬면 돼요! 내가 다 알아서 할게요!"

이럴 때면 사실 나는 내가 무슨 말을 하는지, 무슨 행동을 하는지
알지도 못했다. 그저 입이 움직이는 대로 말하고 몸이 가는 대로 내버
려둘 뿐이었다. 나는 원장실 바닥에 아무렇게나 내던졌던 핸드백을
뒤져서 번개같이 휴대폰을 꺼내들었다.

"여보세요! 119죠? 여기 정 산부인과, 청담동 정 산부인과 원장실
이에요. 정욱연 원장님이 쓰러지셨어요. 빨리 와주세요. 의식요? 몰
라요! 내가 그걸 어떻게 알아요? 최대한 빨리 와주세요! 얼른요!"

5

우리의 커피 한잔이 생각보다 진한 것인가보다 생각하고 순순히 촬
영장비를 접어서 귀갓길에 올랐던 방송팀은 뒤늦은 연락을 받고 번개
같이 차를 돌렸다. 다행히 정욱연이 가까운 종합병원에 입원하는 장
면부터는 다시 필름에 담을 수 있었다.

"어지럽다고 하셔서 부축해드렸는데, 아무래도 안 될 것 같아서 구
급차를 불렀어요."

나는 얼떨결에 그를 구한 인어공주가 되었다. 몇 가지 기본 검사를 받은 정욱연은 입원실로 옮겨졌다. 의사는 그가 사흘쯤 아무 생각하지 말고 푹 쉬는 것이 좋겠다고 했다. 엄밀히 말하자면 그가 진짜로 쓰러졌던 것은 아니었지만, 그 사건에 조작 의혹을 제기하는 사람은 아무도 없었다. 과로로 인한 탈진, 빈혈과 영양실조라는 생각보다 가벼운 진단에 오히려 축소 의혹이 제기되었다.

"정말 사흘 정도만 쉬면 돼요? 그게 다예요?"

은폐 축소 의혹을 제기한 사람은 사실 나였다. 의사가 도무지 못 미더웠다.

"MRI도 찍어보았는데 뭐…… 머리도 깨끗하고…… 특별한 질병이 있는 상태는 아니고…… 정욱연 원장님 뭐 이 동네에서 워커홀릭으로 유명하신 것에 비하면 건강하신 편이고…… 워낙 체질이 강한 편인가봅니다. 원래 건강한 분들이 과로하시잖아요."

의사의 말에 오히려 한 방 맞은 기분이었다. 미친놈, 그렇게 일을 하고 아픈 데도 없어. 진짜 사흘 쉬고 일하러 돌아가겠구나. 나는 머리꼭지까지 화가 나서 괜히 의사에게 덤벼들었다.

"간도 괜찮아요? 과로하면 간이 나빠진다고 하던데! 심장은요? 신장은요? 위는요? 다 확인한 거예요? 확실해요?"

의사는 기분 나쁜 얼굴이 되었지만 일단 수치상 간기능에는 이상이 없어 보인다고 대답했다.

"그래도 카메라 앞에서 그렇게 말씀하시면 안 되죠! 멀쩡하니까 며칠 쉬고 다시 일하라고 하면 어떡해요? 일하다 끝내 죽으라는 말이에요? 더이상 과로하시면 큰일 난다, 일을 좀 줄이셔야겠다, 이렇게 말을 해야 하는 거 아니에요?"

의사는 나에게 '보호자시냐'는 질문을 던졌다.

"무슨 사이건 무슨 상관이에요? 아는 사이예요! 불쌍하니까 그렇
죠!"

보다 못한 유흥식 PD가 나를 복도로 끌어냈다. 의사는 별 이상한
사람을 다 보겠다는 듯이 쌀쌀하게 사라졌다. PD가 캔커피 하나를 내
밀었다.

"원장님이랑 커피 못 드셨는데, 이거라도 드세요."

우리는 캔커피를 하나씩 들고 복도에 놓인 벤치에 앉았다. 어느새
밤이 깊은 시각이었다. 모래주머니가 가득 찬 것처럼 머릿속이 부석
부석했다. 내가 벌인 어마어마한 일이 스스로도 믿어지지 않았다. 모
르겠다. 나는 캔커피의 탭을 올리고 달콤한 액체를 목구멍에 쏟아부
었다. 에라, 모르겠다.

"김이사님 오늘 병원에 계실 거예요? 원장님은 병실에 와주실 만한
가족이나 보호자도 없는 것 같은데."

"……제가 무슨 특별한 사이도 아니고요…… 저 내일 출근도 해야
해요. 집에 가야죠……"

PD는 고개를 끄덕였다.

"원장님이 탈진해서 병원까지 오게 되니까 제 마음도 안 좋네요.
저희 때문에 더 과로하셨나 싶기도 하고……"

"PD님 때문에 그런 건 아니에요. 촬영하기 전에도 늘 그랬어요. 그
리고 아까 음식점에선 죄송했어요. PD님께 화낼 일은 아니었는데, 원
장님이 옛날보다 더 바쁘신 걸 보니까 괜히 마음이 안 좋아서…… 제

가 원래 성질이 좀……"

유흥식 PD는 환하게 웃었다.

"저 그런 거 마음에 담아두지 않습니다. 원장님도 이렇게 된 김에 좀 쉬셔야죠. 뭐, 차라리 잘됐다고 생각하고 있습니다."

"방송은 어떻게 해요? 입원하는 바람에 촬영에 문제 있는 거 아니에요?"

나는 입원하는 바람에 촬영 일정이 더 길어지기라도 할까봐 내심 걱정이었다.

"뭐 꼭 그렇지도 않습니다. 입원기간이 길지 않으니까요. 계획에 없던 일이지만 인간적이고 사실적이죠. 갑자기 쓰러지셨다니 오히려 긴박감이 있었죠. 내일 사람들이 문병 오면 그것도 좀 찍고, 원장님도 일하실 때하고는 다른 표정이 나올 테니까 그것도 괜찮고. 근무 복귀하시면 조금 더 찍고. 다 괜찮습니다. 그게 휴먼다큐잖아요."

휴먼다큐멘터리를 찍어서 그런지 친화력이 좋은 사내였다.

"그런데 막상 이렇게 되니까, 오늘 같은 날 병원에서 돌봐줄 가족 한 명 없다는 게 마음에 걸리네요. 사실 저도 촬영 다니다보면 출연자와 인간적인 교감이 생기거든요. 원장님하고도 카메라 끄고 이야기 많이 했지만 가족들 이야기는 언제나 극구 피하시더라고요. 애초에 촬영 승낙하실 때도 가족 이야기는 안 한다는 조건이었어요. 병원에 입원까지 했는데 삼 일 내내 가족이 한 명도 등장 안 하면 그림 진짜 쓸쓸할 텐데. 이거 참 인간적으로 걱정이네요. 김이사님, 이따가 병실에 잠깐 들렀다 가실 거죠?"

나는 그제야 유흥식 PD가 나에게 공을 들이는 이유를 알았다. 그는 정욱연의 다큐멘터리에 심각하게 부족한 '가족적 요소'를 나로 보충할 수 있을까 기대하는 중이었다. 어림없는 일이었다.

"잠깐 인사는 드리고 가겠지만, 촬영은 안 돼요. 지금까지 찍은 것도 치사량이에요. 더이상은 안 돼요. 억지로 찍으시면 초상권 소송할 거예요."

"아까 식사하면서 인터뷰한 거요? 그거 한 컷도 못 나갑니다. 그걸 어떻게 방송합니까. 회의 장면 말고는 김이사님 방송분량 거의 없을 겁니다."

"어쨌든 안 돼요. 찍지 마세요."

"동의 없이 촬영하지는 않을 테니까 걱정하지 마세요. 그런데 어쩐다. 입원한 첫날부터 혼자 계시면 너무 쓸쓸해 보일 텐데. 나중에 원장님이 방송을 보시면 마음이 참 안 좋지 않겠어요?"

머리가 좋은 사내였다. 사람의 마음을 콕콕 찌를 줄 알았다.

"오늘 김이사님이 곁에 계신다면 원장님이 좋아하실 것 같은데요. 낮에는 저희들도 있고 직원들이나 아는 사람들 문병 받으면서 시간 보내셔도 되지만, 저녁때는 그래도 친한 분이 곁에 계셔줘야 할 텐데…… 저희가 있어도 되지만 시커먼 남자들이 곁에 있으면 뭐합니까. 괜히 더 우울해지실걸요."

"저도 그러고 싶지만 아시다시피 원장님은 가족이 있는 분이잖아요. 그러니까 제가 함부로 나서기가 곤란하죠. 벌써 저 너무 오버했어요. 가족도 아닌데 부축하고 구급차 부르고 병원까지 동행하고…… 이것만 해도 벌써 위험해요."

"아니, 아픈 사람을 도와주는 게 왜 나쁜 일입니까. 가족이 아니라 누구라도 할 수 있는 거죠. 그걸 누가 뭐라고 그러겠어요."

"PD님, 방송이 얼마나 무서운 건지 아시잖아요. 꼭 사실이 아니더라도, 이미지만으로도 소문만으로도 사람이 죽고 사는 게 방송이잖아요. 제가 원장님이랑 조금이라도 가까워 보이는 모습이 방송되면 우리 입장이 곤란해질 수 있다는 거, 이해 못 하시겠어요?"

그러나 그는 포기하지 않았다. 집념이 강한 사내였다.

"제가 원장님하고 좀 친해져서, 카메라 끄고, 혹시 사귀는 분이 있느냐고 여쭤봤었거든요. 혹시 없다고 하시면 제가 소개라도 해드릴까 하고요. 그랬더니 좋아하는 사람이 있다고 솔직하게 이야기하시더라고요. 그런데 한 달 넘게 전화 한 통 안 한다고, 진짜로 잘린 것 같다고 걱정하시더라고요."

나는 귀를 기울이지 않을 수 없었다.

"오늘 김이사님이 오셨을 때 금방 알아봤습니다. 원장님이 긴장하시는 게 딱 보이더라고요. 포커페이스 좀 하시는 분인데, 제 눈은 속일 수 없죠."

나는 벌컥 화를 냈다.

"아니 그럼, 뻔히 알면서도 카페에 따라오겠다고 했단 말이에요?"

"어쩝니까. 저는 방송을 만들어야 하는 사람인데. 원장님이 너무 일만 하니까 그림이 영 칙칙하거든요. 두 분이 차 한잔 나누면서 휴식을 취하는 모습, 이런 거 딱 필요했거든요."

'그림'을 위해서라면 물불을 가리지 않는 사내였다. 나는 다시 그가 미워지려고 했다.

"저희가 요령껏 잘할 테니까, 아주 조금만 찍게 해주시면 안 되나요? 그냥 퇴원하실 때까지 저녁마다 문병 와서 손 한번 잡아주는 친한 친구 정도. 그 정도로만 처리하면 아무 문제 없지 않겠습니까? 네?"

"지금 나더러 사흘 동안 저녁마다 카메라 앞에서 원장님이랑 손을 잡으란 말이에요? 미쳤어요? 그건 연기잖아요! 다큐멘터리가 아니잖아요! 그런 걸 왜 나한테 시켜요?"

"다큐멘터리라고 해서 완전히 사실만 보여주는 건 아니거든요. 최소한의 융통성은 있어야죠. 모두 다 사실대로 하자면 아까 두 분이 껴안고 가신 거, 그것도 다 방송하게요? 형편이 이렇게 되지 않았으면 저도 이런 부탁을 드리진 않았을 겁니다. 하지만 입원까지 하게 되었는데, 원장님이 마음을 터놓는 친구 하나 없는 삭막한 사람처럼 보이는 건 곤란하잖아요. 원장님께 의지할 만한 친구가 있고, 그분이 곁에서 힘이 되어준다, 그런 이미지만으로도 방송 전체에 아주 온기가 돌거든요. 인간미, 인간미 있는 다큐멘터리를 만들고 싶어서 김이사님께 부탁드리는 겁니다."

나는 결국 폭발했다.

"인간미요? 어차피 다 아신다니까 솔직하게 말씀드리자면, 제가 원장님한테 한 달 동안 연락 안 한 이유가 바로 이 다큐멘터리 때문이었거든요? 일 줄이기로 분명히 약속했는데, 이 다큐멘터리 때문에 일 줄일 수 없다고 그래서 싸웠거든요? 안 그래도 죽도록 일하는 사람, 방송까지 내보내서 더 피똥 싸게 만드는 거, 그게 무슨 휴먼다큐멘터리예요? 원장님은 내가 있건 없건 한계상황이라고요! 이제는 일을 줄이고 보통 사람으로 살아야 한다고요! 그런데 방송에서는 사흘만 쉬면 되니까 또 일해라, 친구들의 사랑과 성원에 힘내서 더 열심히 일해라, 계속 슈퍼맨으로 살아라, 그렇게 말하고 싶다는 거잖아요! 저는 그런 식으로 사용되고 싶은 생각이 손톱만큼도 없어요! 생각만 해도 화가 나요! 그러니까 더이상 이야기하지 마시라고요!"

PD는 드디어 포기했다. 그는 김혜나의 꼴통 본색을 하루 사이에 너무 많이 경험하는 중이었다. 나는 거센 콧김을 내뿜다 말고 갑자기 정신이 번쩍 돌아왔다. 나는 재빨리 안색과 목소리를 바꾸었다.

"저, PD님, 그러니까, 어차피 방송은 사실하고는 좀 달라도 된다는 거지요? 인간미가 넘치고 시청자가 만족하면 된다는 거지요?"

유흥식 PD는 이 여자가 일 초 만에 왜 이러는가 경계하는 얼굴이었다. 그는 몰랐겠지만 일 초 만에 변심하는 건 우리 김씨 가문의 주특기였다.

"저야 그렇죠. 도와주시겠습니까?"

"그럼 제가 뭘 하면 되나요? 저녁마다 찾아와서 문병하는 친한 친구 역할, 가기 전에 손 한번 잡는 정도, 그거면 되나요?"

"바로 그겁니다. 딱 그거면 충분합니다."

"좋아요. 제가 그 역할을 할게요. 열심히 할게요."

나의 감쪽같은 손바닥 뒤집기에 PD는 오히려 질린 얼굴이 되었다.

"근데 왜 갑자기 마음이 바뀌셨습니까. 방금 전까지 펄펄 뛰시더니."

"대신 PD님도 저를 도와주셔야 해요."

"그럴 줄 알았습니다. 제가 할 일이 뭔가요?"

"저 싸가지 없는 의사 멘트를 좀 바꿔주세요. '큰 문제 없습니다.

사흘만 쉬시면 되겠습니다' 이거를 '앞으로는 일을 줄이고 건강을 생각하셔야겠습니다. 이제는 한계상황입니다. 계속 무리하시면 큰일이 날 수도 있습니다'로 바꿔주세요."

단춧구멍 같던 PD의 눈이 단추알만해졌다.

"그건 너무 심한데요! 정반대잖아요?"

"PD님, 정반대라고 생각하지 마세요. 어차피 둘 다 맞는 말이잖아요. 큰 병이 없으니 사흘만 쉬어도 된다는 말도 맞고, 계속 과로하면 큰일이 날 수도 있다는 말도 맞아요. 지나가는 사람 아무나 붙잡고 말해도 되는, 두루뭉술하고 그저 그런 말이라고요."

"김이사님, 그건 그렇게 간단한 이야기가 아닙니다. 이 다큐멘터리 전체의 방향이 달라지는 거라고요."

"바로 그거예요! 당연히 달라져야죠! 그 의사가 카메라 앞에서 무슨 말을 하느냐에 따라서 원장님의 인생도 달라질 수 있단 말이에요. 그걸 모르시겠어요?"

"……"

"다큐멘터리라고 해서 완전히 사실만 찍는 건 아니라고 아까 그랬잖아요. 인간미가 중요하다면서요. 그동안 원장님 생활 지켜보셨잖아요. 불쌍하지도 않아요? 원장님한테 필요한 게 뭐라고 생각하세요? 계속 과로하고 외롭게 혼자 사는 거? 이제부터 과로 안 하고 사람답게 사는 거? 둘 중 어느 쪽이라고 생각하세요? 어느 방향이 더 인간적인 방향인가요?"

"……"

"원장님처럼 미친 듯이 일하면서 살라고 하는 건, 세상 사람들한테도 죄를 짓는 거 아니에요? 사람들이 숨 좀 쉬고 사람답게 살아야지, 원장님처럼 살라는 게 말이 돼요? 쉬지 않고 일만 하고 미친 듯이 돈만 벌고, 그게 아름다운 인생이에요?"

"……"

"PD님, 원장님한테 불임치료 받고 예쁜 아기 낳으셨다면서요. 그럼 이번에는 반대로 PD님이 원장님한테 좋은 일 해줄 수도 있잖아요. 서로 한 번씩 인생 구해주는 셈치고 해주면 안 돼요? 아까 나를 설득했던 것처럼 의사를 설득하면 되잖아요! 사실 PD님한테는 쉬운 일이잖아요!"

"알겠습니다. 알겠습니다. 그렇게 하죠."

PD가 드디어 항복했다.

"약속한 거예요? 의사한테 그 방향으로 말해달라고 하는 거예요?"

"네, 약속하겠습니다. 대신 비밀이에요. 이건 우리 둘만 아는 이야기로 합시다."

"물론이에요. PD님이나 어디 가서 소문내고 다니지 마세요."

"자, 그럼 거래가 성사되었으니까 이제 우리 올라가서 원장님 손 한번 잡아드릴까요?"

"약속 반드시 지키셔야 해요? 만일 저 손잡는 장면만 찍고 의사 멘트 안 바꾸면 저 가만 안 있을 거예요. 초상권 침해로 진짜 고소할 거예요!"

"아이고, 아까 그 양반 말씀이 딱 맞구만요. 우리 김이사님, 마음만 먹으면 남북통일도 문제없겠어요. 재권아! 얼른 가자! 원장님 주무시기 전에."

물밑에서 세기의 밀약이 이루어진 줄도 모르고, 낯선 병실에 홀로 누워 심란해하던 정욱연은 우리가 들어서자 물색없이 기뻐했다.

"혜나씨, 아직 있었구나. 간 줄 알았네."

환자복을 입고 누운 그의 낯선 모습에 나는 예상치 않게 울컥 치미는 눈물을 참느라 애를 써야 했다. 생각해놓은 대사가 몇 마디 있었지만 아무 말도 나오지 않았다.

"나 괜찮아요. 나 때문에 놀랐지. 오늘 정말 미안해요."

나는 아무 말도 못 하고 그냥 손만 내밀었다. 정욱연이 조심스럽게 내 손끝을 살짝 잡았다. 잠시 후 카메라가 멈추었다.

"자, 오늘 촬영 여기까지 하겠습니다. 김이사님도 오늘 수고 많으셨습니다. 원장님, 편안하게 쉬세요. 저희는 내일 아침에 다시 오겠습니다."

PD와 카메라맨이 철수하고, 우리는 드디어 둘만 남았다. 긴 하루였다. 지독한 피로가 한꺼번에 몰려왔다. 정욱연이 옆으로 약간 움직여서 내가 누울 수 있는 자리를 만들어주었다. 나는 쓰러지듯 그의 곁에 누웠다. 지칠 대로 지쳐서 아무 말도 나오지 않았다. 할 말은 너무나 많았는데, 하려 했던 말들이 모두 풀기 빠진 철자로 해체되어 메마른 머릿속을 데굴데굴 굴러다녔다.

"며칠만 쉬어요. 아무 생각하지 말고 그냥 푹 쉬어요."

그는 대답하지 않았다. 침묵이 어쩐지 원망처럼 느껴졌다. 쉬란 말이다. 왜 대답을 안 하느냔 말이다, 이 자식아. 속에서 뭔가 욱하고 치밀었지만 아무 말도 나오지 않았다. 억울하기도 하고 당연하기도 한 것 같았다. 병원의 하얀 천장을 바라보며 울음을 삼켰다. 아까는 분명히 확신에 차 있었는데, 막상 우리가 함께 누운 이 입원실은 아까 그 원장실보다 더 막막했다. 분명한 건, 춤을 추고 싶은 기분은 아니었다. 이게 잘한 일인가. 나는 이것을 원했던 것인가. 이 남자는 나에게 화가 난 것인가. 이제 앞으로 어찌할 것인가.

나는 눈을 질끈 감았다. 하얀 천장이 시야에서 사라졌다.

모르겠다. 나도 모르겠다. 나도 내가 사는 방식을 잘 모르겠다.

이렇게 지쳤을 때, 모든 것이 부당하게 느껴질 때, 끝이 보이지 않을 때, 내가 저지른 일들을 감당하기 힘들 때, 희망이라는 단어가 외계 생명체처럼 느껴질 때.

나는 눈을 감고 아프리카로 떠난다. 마음으로 떠나는 여행에는 비자도 비행기표도 필요 없다. 약간의 TV 시청 경력만 있으면 충분하다. 나는 몇 시에 어디에서 누구를 만나야 하는지 잘 알고 있다. 시간은 해질녘, 장소는 거칠 것 없이 시야가 탁 트인 평지다. 세렝게티라고 해도 좋지만 무릎까지 닿는 키 큰 풀들이 자란 초원은 곤란하다. 돌을 던지면 흙먼지가 날리는 맨땅에 드문드문 짧은 풀들이 있는 정도라야 한다.

아프리카에는 야생동물이 많다. 하지만 오늘 나는 코끼리, 얼룩말, 사자, 하마에게는 관심이 없다. 그들을 구경할 기운조차 없을 만큼 나는 지쳐 있다. 내가 찾는 짐승은 기린, 기린뿐이다. 내가 발을 뗄 때마다 먼지가 풀풀 휘날린다. 나는 드디어 기린을 발견한다. 내가 찾는 것은 그 짐승의 발밑에 있다. 대초원에서 가장 키가 크고 괴상하게 생긴 그 초식동물이 저녁해를 등지고 뚜벅뚜벅 걸어가면, 저렇게 길 수가 있을까 싶은, 기린의 저녁 그림자.

이유는 알 수 없다. 붉은 해를 등지고 휘청휘청 걸어가는 기린의 발 끝에서 자라난 믿을 수 없이 긴 그림자는, 언제나 나에게 위안이 되어 주었다. 언제나 현기증에 시달리는 듯한 그 어설픈 짐승의 그림자만 큼 나의 마음을 어루만져주는 것은 다시 없었다. 딱 한 번, 김학원에 게 이 이야기를 해준 일이 있었는데, 그는 경박하게도 송전탑이나 풍 력발전기의 더 긴 그림자를 언급했다. 풍력발전기에 매달아 돌려도 모자랄 인간이었다. 가끔 후드득 몸을 떨고 불안스럽게 고개를 기우 뚱거리는 기린의 그림자를, 기다랗기만 한 다른 그림자들과 비교해서 는 안 되는 것이다.

나는 정욱연에게 나의 기린들에 대해서 이야기해주었다. 그 어둡 고 휘청거리는 그림자에 대해서. 내가 애써 울음을 삼킬 때면 내 기린 들의 긴 그림자에 파문이 일었다. 해야 할 이야기가 너무나 많았지만, 가장 소중한 시간을 이상한 데 써버리는 거야말로 우리 집안사람들의 주특기였다. 기린의 저녁 그림자처럼 한없이 길었던 하루였다. 마지 막 남은 기운을 긁어모아서 기린 이야기를 하고 나니까 다른 이야기 들은 그리 중요하게 여겨지지 않았다. 그래서 누가 먼저랄 것도 없이 우리는 그냥 잠이 들고 말았다. 새벽에 간호사가 혈압을 재러 들어왔 을 때 우리는 잠에서 깼다. 나는 후다닥 튕겨 일어나 부리나케 가방을 챙겼다.

"어떡해, 늦었어! 지금은 가야 해요. 퇴근하고 올게요. 푹 쉬고 이 따 봐요. 안녕."

나는 허둥지둥 입원실을 나섰다.

시간이 부족한 와중에도 집에 들러서 보란 듯이 샤워도 하고 옷도 갈아입고 출근했지만 나는 하루 종일 성난 상사 한창환의 빈정거리는 눈빛을 등에 꽂고 살아야 했다. 최영해는 한사코 내 전화를 받지 않았다. 그녀가 사무실을 비운 지 일주일도 안 되었는데 사무실은 이미 엉망진창이었다. 나는 칠층 창밖으로 휘청휘청 지나다니는 기린들의 모가지만 내다보았다. 창밖으로 손을 내밀어 그들의 합죽한 주둥이에 건빵을 물려주고 싶었다. 어쨌거나 그들은 평생 어지럼증을 참으며 살아야 하는 존재들인 것이다. 가끔씩 해는 우리 머리 위에 되똑 솟아오르고 그때는 기린의 그림자도 훌라후프만큼 짤막해졌다. 그림자가 긴 기린은 그거면 됐다고, 잠깐이지만 그럴 때도 있으니까 괜찮다고 나에게 속삭였다.

기린들과 함께 몽롱한 하루를 보낸 나와는 달리, 정욱연은 입원실의 생활조차 빈틈없이 알차게 보냈다고 한다. 날이 밝은 후 몇 가지 검사를 더 했고, 예상대로 병원 직원들이 오전과 오후로 팀을 짜서 문병을 오는 바람에 그는 하루가 길다고 투정할 틈도 없었다. 점심시간에는 잠깐 밖에 나가 필요한 물건들을 챙겨왔다고, 하루 사이에 친할 대로 친해져서 이제는 흉금을 터놓는 사이가 된 유흥식 PD가 살짝 알려주었다. 원칙적으로는 입원 환자가 밖으로 돌아다니면 안 되지만, 가족이 없어서 직접 가야 한다니 의료진도 눈감아주었다. 집으로 갈 줄 알았는데 병원으로 가더라고 PD가 실실 웃었다.

"아니, 필요한 물건이 있으면 병원에서 직원들이 문병 올 때 가져다달라고 부탁하면 되지, 그걸 직접 가서 가져왔어요?"

"원장님 성격 아시잖아요. 남들이 자기 물건에 손대는 거 싫어하잖아요. 십 분도 안 걸렸어요. 후딱 챙겨서 나오시더라고요."

"뭘 가져왔는데요?"

"노트북하고 카메라 가방, 책 몇 권이요."

"미쳤나봐! 노트북을 왜 가져와요? 입원실에 PC도 있잖아요! 그걸로 웹질이나 하면서 놀면 되지, 왜 노트북이 필요하대요? 또 병이 도진 거 아니에요? 사람들이 없을 때 몰래 일하는 거 아니에요?"

"김이사님, 흥분하지 마세요. 가져오기만 했지 노트북은 꺼내지도 않고 그냥 가방에 넣은 채로 있었어요. 그냥 그 물건들이 가까이 있어야 마음이 놓인대요. 사람들 없을 때는 방에서 혼자 사진 찍고 놀더라고요. 정물사진 찍은 거 보여주시고. 우리 원장님, 뭘 해도 어쩌나 그림이 괜찮으신지."

촬영팀과 한편이 되니까 만사형통이었다. 정욱연의 이십사 시간을 밀착감시하고 기록하고 나에게 보고까지 해주었다. 이런 식이라면 평생 다큐멘터리를 찍으라고 하고 싶을 지경이었다.

"그리고 시키신 대로, 오늘 의사랑 이야기해서 인터뷰도 다시 했습니다. 의사가 원장님한테 이제 몸에 무리가 왔으니 일을 줄이셔야 한다고 했고요. 원장님은 끄덕끄덕하면서 듣기만 하셨어요. 제가 한번 더 확인 삼아서, 원장님한테 '건강이 나빠지셨다는데 소감이 어떠냐'고 물었더니 순순하게 '이제 일을 줄여야겠다, 한계에 온 모양'이라고 대답하시더라고요. 다 필름으로 잘 떠놨습니다. 김이사님도 나중에 보시면 만족하실 겁니다. 저는 약속 확실하게 지켰습니다."

나는 하마터면 유흥식 PD를 덮칠 뻔했다.

이제는 내 차례였다. 퇴근길에 들른 사람들이 모두 돌아갈 때까지 로비에서 기다렸다가, 나는 두번째 병문안을 갔다. 우리는 친구도 아니고 연인도 아닌 두 남녀가 나눌 법한 반갑고 수줍은 인사를 나누었다. 사람들이 보낸 과일바구니에서 귤을 꺼내 나누어 먹으면서 잠깐 이야기를 나누다가, 약간 멀찍이 서서 손을 한번 잡는 것으로 작별인사를 한 후 나는 병실을 나왔다. PD는 그런 그림에 대단히 만족했다.

"우리 이사님 덕분에 진짜 그림 확 사는데요! 시청률 십 퍼센트 넘겨도 전 모릅니다!"

방송팀이 매너 좋게 일찍 퇴근한 후 우리는 드디어 둘만 남을 수 있었다. 막상 둘만 남으니까 갑자기 어색해졌다. 나는 TV 밑 서랍에서 '문안 사절, 휴식중'이라는 팻말을 찾아냈다. 내가 문고리에 팻말을 내거는 동안 정욱연은 침대에 앉아서 시선으로 내 움직임을 뒤좇았다. 깔깔한 긴장이 피부를 쓸었다.

"왜요? 왜 그런 눈으로 사람 쳐다봐요? 할 말 있으면 속 시원하게 해요!"

결국 나는 소리를 질렀다.

"궁금해서. 우리 분명하게 이야기한 적 없잖아. 너 돌아온 거니?"

"그런 소리가 어디 있어요? 그럼 내가 지금 뭐 하고 있는 걸로 보여요?"

"여러 가지 가능성이 있잖아. 업무상 온 걸 수도 있고. 불쌍해서 온 걸 수도 있고. 양다리일 수도 있고."

난데없는 말에 화가 나는데도 웃고 말았다. 양다리라니, 정욱연, 너 지금 나한테 앙탈하는 거냐? 아빠와 작은오빠로 구성된 미친 팬클럽을 제외하면, 나는 남자들에게 인기가 없었다. 미팅에서 애프터 신청도 받아본 적이 없었다. 나는 양다리 같은 단어는 식품 쪽으로 분류하는 스타일의 인간이었다. 정욱연은 전혀 웃지 않고 내 대답을 기다리고 있었다.

"양다리라니, 머리가 좀 이상해진 거 아니에요? 한창환이 차 바꿨다고 그래서 아직도 기분 나쁜 거예요? 만일 내가 양다리를 걸치는 중이라고 해도, 당신한테 순순히 양다리라고 말할 것 같아요?"

"어쨌거나 혜나야, 양다리 아니고 업무상 아니고 일시적인 것도 아니고, 나한테 돌아온 거 맞냐고."

"그래요! 맞아요! 보면 몰라요? 돌아왔잖아요!"

너무 당연하다고 생각했던 그 일을 말로 확인하는 게 그에게는 무척 중요했던 모양이었다. 내내 그를 지배하고 있었던 긴장의 일부가 풀렸고, 그는 정말 지치고 쓸쓸해 보였다.

"그럼 됐어. 확인하고 싶었어."

예쁜 눈을 제외하고는 온통 뼈다귀만 남아버린 남자를 붙들고 속좁게 이러쿵저러쿵 따지고 싶지는 않았지만, 내 속에서도 참을 수 없는 무언가가 욱하고 치밀어올랐다.

"지금 누가 할 소리를 하는 거예요? 당신이야말로 똑바로 말해야 하는 거 아니에요? 당신이야말로 돌아온 거예요? 나하고 계속 잘해나갈 생각이 있는 거예요?"

"그게 무슨 소리야. 헤어지자고 한 건 너잖아. 나야 일방적으로 당하는 입장이었고."

"당신이 일방적으로 당해요? 지금 무슨 소리를 하는 거예요? 연말까지는 일을 줄일 수 없다고 일방적으로 정한 건 당신이잖아요?"

"나는 가장 좋은 마무리를 하고 싶다는 거였어. 그런데 너는 내가 당장 일을 줄이지 않을 거면 차라리 헤어지겠다고 했잖아. 네가 헤어지겠다는데, 내가 어쩌겠니."

"좋은 마무리요? 당신은 지금도 그게 좋은 마무리였다고 생각해요? 그렇게 연말까지 잘 버티고 나하고 잘될 거라고 생각했어요? 그게 진심이었어요?"

그는 크게 숨을 들이쉬었다. 대답을 기다렸지만 웃음기 없는 건조한 입술은 더이상 움직이지 않았다. 내 볼의 근육이 씰룩씰룩 제 맘대로 춤을 추기 시작했다.

"당신, 나하고 헤어질 생각이었잖아요? 그래서 다큐멘터리를 찍겠다고 한 거잖아요?"

그는 고개를 저었다. 스스로에게 대답하듯이 신중하게 고개를 저으면서, 그의 눈에 문득 물기가 부풀어올랐다. 그 투명한 스크린 위에, 춤추는 가녀린 요정 같은 전혜원의 모습이 비쳤다.

그 사람 아직도 나 사랑해. 정말이야. 날 죽도록 미워하는 건 사실이지만, 여전히 우리 사랑해. 난 알아. 그 사람, 우리 기다리고 있었어. 그 사람, 그런 사람이야. 끝까지 우릴 기다리려고 했던 사람이야.

전혜원을 만난 뒤, 나는 그녀의 말이 모두 맞다는 걸 깨달았다. 정욱연은 그녀를 죽도록 미워했지만, 태초부터 미움과 사랑은 한몸이었다. 칠 년간의 기다림 끝에 그녀를 잊기로 굳게 결심했지만, 불행을 잊는 것과 사랑을 잊는 것은 다른 거였다. 나를 사랑하고 나를 선택했으면서도, 내 얼굴 위에는 천진한 전혜원의 얼굴이 언제나 겹쳐져 일렁거렸다. 스쳐지나가듯 대수롭지 않은 이야기에 불과했던 다큐멘터리 촬영 제안에 그의 마음이 미친 듯이 달려가버린 것은, 전혜원을 기다렸던 애달픈 마음이 마지막으로 그를 떠밀었기 때문이었다. 한평생 지긋지긋 외로웠던 그의 인생을 펄펄 끓는 사랑으로 채워주었던 기적 같은 여자, 그의 타지마할, 그 아름다운 여자를 버려야 한다는 것을, 그는 쉽게 받아들일 수 없었다.

그는 세차게 고개를 내저었다. 여전히 눈이 촉촉한 채로, 전혜원이 돌아오는 소망 따위는 단 한 번도 품어본 적이 없다는 듯이 엷게 웃었다. 환자들에게 중요한 이야기를 전할 때 늘 그러는 것처럼, 시선을 나에게 고정하고 또박또박 말했다.

"아니야. 혜나야. 너랑 헤어지다니, 있을 수 없는 일이야. 네가 그렇게 생각했다면, 그건 오해야. 다큐멘터리라니, 지금 생각하면 터무니없는 일이었어. 어떻게 마무리해야 좋은지를 몰라서 그랬던 것 같아. 바보 같은 욕심을 부리느라 하마터면 죽을 뻔했어. 나 원래 그런 멍청한 짓 잘해. 그래서 그런 거야. 화 풀어, 혜나야. 미안해, 혜나야."

내 볼은 여전히 제멋대로 춤추고 있었다. 그는 손을 내밀어 나를 끌어당겼다. 나는 순순히 그의 어깨에 얼굴을 묻었다. 환자복에서 소독약 냄새가 났다. 한 겹 종잇장 같은 피부로 덮인 그의 쇄골에 이마를 대고, 나는 소리나지 않게 울음을 삼켰다. 그는 내 머리를 쓰다듬었다. 머리칼에 느껴지는 그의 손이 따뜻했다. 헤어질까 그를 잃을까 두려워했던 시간은 끝났다.

내버려두면 끝없이 춤출 생각인 내 뺨을 두 손으로 누르고, 나는 고개를 세웠다. 무한하게 부리고 싶은 청승은 한숨 한 번으로 날려버렸다. 그는 정말이지 바보 천치였다. 근사하게 마무리를 하려면 반드시

다큐멘터리를 찍어야 한다고 생각하는 미친 멍청이도 세상엔 가끔 존재하는 것이다. 내 한쪽 볼에만 깊이 파이는 보조개를 보면서 그의 얼굴에도 드디어 편안한 웃음이 떠올랐다.

PD에게 들은 대로 노트북 가방과 카메라 가방, 몇 권의 책이 얌전하게 그의 침대 곁을 지키고 있었다. 그는 오늘 찍은 사진들을 나에게 보여주었다. 우드블라인드의 둥글게 처리된 모서리, 과일바구니에 꽂힌 직원들의 카드, 냉동실의 서리 앉은 얼음 트레이. 그런 소소한 물건들을 찍으면서 그는 일하지 않는 하루의 지루함을 견뎌냈다고 했다. 참 예쁘게 미친 남자였다.

"하루만 더 있으면 퇴원할 텐데, 뭐하러 노트북을 챙겨왔어요?"

"노트북 말고도 가져올 것들이 좀 있었거든."

그는 노트북 가방의 지퍼를 열고, 내 눈에 너무나 익숙한 규격 편지 봉투를 꺼냈다. 하나, 둘, 셋, 넷. 네 통이었다. 손을 내밀었지만 그는 편지를 등뒤로 감추었다.

"볼 거 없어. 다 사업 이야기라서 별로 재미없더라고. 그런데 네가 성민이한테 돌아갈 것 같다고 그러던데. 그러니까 나한테는 새로 여자친구를 구해주겠다고."

그제야 나는 생뚱맞았던 정욱연의 양다리 발언을 이해했다. 김학원, 이 미친놈. 저런 악질 범죄자는 교정당국에 편지 금지 가처분신청을 내든지, 전기봉으로 두들겨패서 정신을 차리게 하든지 해야 한다. 도대체 성민이한테는 뭐라고 쓴 편지들을 보냈을까?

"김학원 말을 믿어요? 김학원이 누군지 몰라요? 미친놈인 거 몰라요? 이리 내놔요! 그러게 그 편지를 왜 읽어요? 받자마자 뜯지도 말고 내버리라고요! 난 그런 생각한 적 없다고요! 그런 소리는 들을 필요가 하나도 없다고요!"

"그래. 학원이 말 하나도 믿지 않을게. 좀 이따가 줄 테니까 찢든지 태우든지 마음대로 해. 근데 너는 진짜로 나한테 할 말 없니?"

그가 사람을 꼼짝 못하게 하는 눈으로 나를 보았다. 오랜 불임에 지친 환자들이 어떤 임신 특효 민간처방을 실행에 옮겼는지, 송아지 태반즙을 마셨는지 팔공산 갓바위를 긁어 먹었는지 고백하게 만드는 바로 그 눈빛이었다. 가슴이 철렁 내려앉았다. 끝까지 숨겼다가 나중에 오해를 사는 것보다는 차라리 지금 솔직하게 말하는 게 나을 것 같았다.

"혜원이 만난 거요? 그래요, 만났어요. 그게 뭐 어때서요? 우린 중학교 동창이에요. 혜원이가 당신한테 비밀로 해달래서 말 안 했어요. 우린 좋게 이야기하고 헤어졌어요. 서로 미워하지도 해코지하지도 않기로 했어요. 그러니까 아무 문제 없잖아요. 우리가 좋게 만나고 헤어졌는데, 당신이 무슨 상관이에요?"

정욱연이 깜짝 놀랐다.

"혜원이? 전혜원 말이야? 네가 혜원이를 만났다고? 혜원이가 한국에 왔어?"

젠장. 나는 입술을 깨물었다. 이런 젠장.

그는 잠시 나를 곰곰 바라보다가, 됐다는 듯 손을 내저었다.

"알았어. 문제삼지 않을게. 네가 괜찮았다면 나도 괜찮아. 그 이야기가 아니었어."

정욱연은 노트북 가방에서 두번째 물건을 꺼냈다.

"그럼 이걸 좀 해줄래?"

금속 광택의 두껍고 불투명한 비닐로 단단하게 진공포장된 작고 가볍고 길쭉한 물건이었다. 그는 나에게 그것을 내밀었다.

"사실 이걸 가지러 병원에 갔던 건데 이것만 가져올 수는 없으니까 괜히 노트북이랑 다른 물건들도 챙겨온 거지. 너한테 이게 필요할 것 같아서."

그 가벼운 물건이 내 손바닥에 얹히자 팔뚝에서 어깨를 지나 허리까지 전기가 흘러갔다.

"이게 뭔데요?"

"테스터."

나는 그 물건을 손에 쥐고 가만 서 있었다.

"왜 내가 이런 걸 해야 해요?"

"한번 해봐. 그럴 수 있을 것 같아서."

아가씨, 임신한 거 아니야? 피부 트러블, 레모네이드. 속쓰림. 차멀미. 내 손안에 있는 것만으로도 그 물건에는 두 개의 줄이 생길 것 같았다. 방이 참을 수 없이 덥게 느껴졌다.

나는 벌떡 일어나 병실을 빙빙 돌다가, 문가에 놓인 소파에 앉았다.

"미친 거 아니에요? 이걸 가지러 병원에 갔었단 말이에요?"

"테스트하는 방법 알지? 화장실은 저쪽이야."

"싫어요! 안 해요! 뭘 테스트하란 말이에요?"

"혜나야, 나는 이게 직업이야. 굳이 테스터로 확인하지 않아도 거의 확실하다고 생각해. 네가 보고 확인하라는 거지."

나는 입을 다물 수가 없었다.

"맙소사, 나한테 무슨 짓을 한 거예요?"

"무슨 짓? 네가 모르는 일은 하나도 하지 않았는데."

"난 불임이란 말이에요! 인공수정을 해도 안 생기던 아이가 갑자기 어떻게 생겨요?"

"인공수정은 아주 가벼운 처치니까 그것만으로 불임이라고 말할 수는 없는 거야."

"말도 안 돼! 어떻게 그럴 수가 있어요?"

"가능하지. 파트너가 바뀌었잖아."

그는 〈무엇이든 물어보세요〉의 패널이라도 된 것처럼 내 질문에 하나하나 차분하게 대답했다. 테스터를 쥔 손에 끈적하게 땀이 배었다. 점점 답답해지는 브래지어, 원래 불규칙했지만 유난히 간격이 길어진 생리 주기, 어느 날부터인가 맛을 모르게 된 중국음식. 그의 말대로 이제 와서 테스터를 쓸 필요도 없었다. 살이 쪘지만 바람직하게도 가슴 사이즈만 늘어났다고 혼자 좋아하고 있었다. 인공수정 실패 경력만 믿고 수많은 증거조차도 모두 흘려버렸던 나의 무신경이 원수였다. 피부 트러블도 소화불량도 오후의 견딜 수 없는 피로감도, 모두 정욱연으로 인한 스트레스라고만 생각해버렸다.

"그럼 당신은 처음부터 내가 불임이 아닐 수도 있다고 생각했어요?"

"응."

"그러니까 당신은, 이렇게 될 수도 있다는 걸 진작부터 알고 있었던 거네요?"

"가능성이 충분하다고 생각했지."

"당신이야 전문가니까 다 알았겠지만, 그럼 나는요?"

"너는 모를 수도 있었겠지."

"이렇게 될 수도 있다는 거, 나한테 일부러 안 알려주었어요?"

'무엇이든 물어보세요'씨는 어쩐 일인지 이 질문에는 즉시 대답하지 않았다.

"왜 대답 안 해요? 일부러 말 안 한 거예요? 나는 바보니까 당신만 알면 되는 거예요?"

나는 머리 꼭대기까지 화가 났다. 내 인생의 매우 중요한 결정에서 내가 철저히 배제된 것에 대해 참을 수 없이 화가 났다. 만일 이 순간에 그가 "너는 아이가 생긴 게 기쁘지 않니?"라든지 "너는 나를 사랑하지 않니?"라든지 "네가 조심했어야지 왜 나한테 화를 내니?" 같은 멍청한 대답을 한다면 미쳐버릴 것 같았다. 폭발할 것 같았다.

정욱연이 드디어 입을 열었다. 그는 지금이 중요한 순간임을 잘 알았다. 그는 숨을 크게 들이쉬고 한 단어 한 단어 또박또박, 신중하게 말했다.

"그래. 혜나야, 나는 모험하지 않는 사람이야. 네가 임신할 확률은 반반이라고 생각했어. 내가 원하지 않았다면 내 쪽에서 철저하게 피임했을 거야. 그러지 않았던 건, 내가 아이를 원했던 거지. 의식적으로 숨겼던 건 아니지만, 너는 그 가능성을 모르는 게 낫다고 생각했어. 네가 화내는 거, 이해해."

"그래도 되는 거예요? 난 아무것도 아니에요? 당신 마음대로 해도 되는 거냐고요!"

"혜나야, 넌 나한테 무엇보다 중요하지. 네가 아무것도 아니라니."

그가 다가와서 소파 끄트머리에 앉았다. 거기 앉지 마, 하고 나는 눈빛으로 으르렁거렸다. 그가 내미는 손을 나는 찰싹 때렸다. 맹수에게 손을 내밀다니, 미친 남자였다.

"네가 불임이 아닐 확률도 반이었지만, 진짜 불임일 확률도 반이었어. 나는 아무것도 확인해보지 않았어. 그냥 운에 맡기자고 생각했어. 지금은 우리 둘 다 상황이 복잡하니까 나중에, 한번 불임치료를 해보자고 할 생각이었어. 하지만 너나 나나 나이가 있으니까, 뒤로 미루는 게 그리 좋은 생각은 아니었어. 나중이라고 상황이 좋아질 거라는 보장도 없고. 우리는 이런 일을 의논해서 결정하기엔 너무 복잡한 상황이었어. 아마 이런 용기를 내지 못했을 거야. 혜나야, 미리 의논하지 못해서 정말 미안하지만, 이 아이가 생겨서 많은 것들이 아주 단순해졌어. 이제 아무것도 미루거나 망설일 수 없어. 어제 널 보고 임신한 것 같다고 생각했을 때, 우린 운이 좋다고 생각했어. 너도 그렇게 생각해주면 안 될까?"

이거 미친놈 아니야? 우리가 부모의 반대에 부딪친 이십대 철부지들도 아니고 기껏해야 대한민국의 널리고널린 불륜커플 중 하나일 뿐인데, 일단 아이부터 가지는 게 최선이라고 생각했다는 말이야? 그러려면 나는 모르는 게 낫다고 생각했다는 말이야? 도무지 믿기 어려웠다. 그는 지금까지 내가 알던 정욱연이 아닌 것 같았다. 내 눈빛에는 오늘 새로 만난 이 미친 남자를 한 대 칠까 말까 고민하는 마음이 그대로 드러났을 것이다.

하지만 언제나 그렇듯이, 그를 보면 오래 화를 낼 수가 없었다. 내가 사라지기를 바라서 다큐멘터리를 찍으면서, 한편으로 내가 임신해서 떠나지 않기를 바랐던 남자였다. 뇌의 좌반구와 우반구가 따로 노는 이 남자에게 무엇을 따진단 말인가. 미친 건 분명한데, 정말 믿을 수 없이 예쁘게 미친 남자였다. 머리 꼭대기까지 치솟았던 분노는 천천히 수그러들고, 다소 어이없고 처량하고 서운한 느낌만 남았다. 시간이 좀더 흐르면 그런 부정적인 느낌들도 사라질 것이다. 그렇다. 마음의 준비가 없기는 했지만 우리에게 나쁜 일이 생긴 건 아니다. 나쁘기는커녕, 사람들이 기뻐하고 축하할 일이 일어난 것이다.

그는 독이 바짝 올랐던 내 어깨에 힘이 빠지는 것을 유심히 지켜보았다. 하지만 그는 내가 체념하는 정도로 만족하지 않았다. 이런 일에 처량해서도 안 된다고 생각했다. 그는 다시 말을 이었다.

"어제, 네가 구급차를 불렀을 때, 그건 내가 생각했던 방식이 전혀 아니었어. 솔직히 들것에 실려오면서 기가 막혔어. 황당했어. 넌 나에게 일과 병원이 어떤 의미인지 알지. 그걸 아무 마음의 준비 없이 정리하게 된 거야. 그게 너만 아니었다면, 누구라도 결코 용서하지 않았을 거야. 순순히 실려서 여기까지 오지도 않았을 거야. 혜나야, 그걸 알아주면 좋겠어. 나는 이런 방식에 동의한 적이 없어. 나 같은 사람한테는 아주 가혹한 일이었어. 카메라 앞에서 여기까지가 나의 한계라고 내 입으로 말하고 그걸 방송으로 내보내는 건, 나한테는 정말 죽기보다 싫은 일이었다고. 그래도 네가 원하는 거니까 불평하지 않았어. 있는 힘을 다해서 열심히 했어. 그래도 넌 내가 너를 중요하게 생각하지 않는 것 같니?"

늘 그렇듯이, 그는 진심을 전달하는 일에 실패하는 법이 없었다. 어느새 나는 내가 마음의 준비 없이 임신한 것에 모욕감을 느끼지 않게 되었다. 처량맞던 느낌도 사라졌다. 여전히 그의 두 손은 나를 기다리고 있었다. 나는 그의 손에 내 손을 얹었다. 종달새가 포로롱 날아오르듯이, 나는 갑자기 굉장히 우쭐한 기분이 되었다. 나는 언제나 무드 전환이 정신없이 빠른 인간인 것이다. 그가 드디어 긴장을 풀고 환하게 웃었다.

"자, 축하해, 혜나야. 임신 축하해. 나도 물론 축하하고. 이 나이에 다시 아빠가 되다니, 굉장한 일이야. 그럼 우리 살짝 외출 좀 하고 올까?"

"지금요? 어디 가요? 한잔하러?"

"병원에. 초음파 하러. 아기가 어떻게 생겼는지 궁금하지 않아?"

그래서 우리는 택시를 불러서 그의 병원으로 갔다. 우리는 손을 잡고 어두운 복도를 걸었다. 그는 익숙하게 검사실의 불을 켜고 들어가서 초음파 기계의 전원을 올렸다. 회색 파도가 치는 듯한 화면 속에서 사람이라기보다는 잔멸치처럼 생긴 우리 아기를 처음으로 만났다. 임신 팔 주라고 했다.

6

박회장과 살림을 차린 뒤 예전보다 한 등급 더 높은 미용실과 피부 관리실에 다닌 덕분에, 임현명 여사의 미모는 하늘을 찔렀다. 또한 백화점에서는 퍼스널 쇼퍼가 따라다니는 고귀하신 분이 되었다. 하지만 엄마의 눈꼬리는 하회탈처럼 늘어져 있었다. 딸이 나이 마흔에 첫 임신을 했다는 소식을 처음 접한 사람치고는 그다지 기뻐 보이지 않는 얼굴이었다. 나는 엄마를 충분히 이해했다. 이혼이나 불륜 같은 통속적인 걱정거리 말고, 우리에게는 우리 가족만이 이해할 수 있는 보다 은밀하고 야만적이며 복잡한 속사정이 굽이굽이 펼쳐져 있었다.

"난 기쁘다. 정말로 기쁘게 생각한다. 사람이 세상에 나와서 엄마 소리 한번 들어보는 건 괜찮은 일이지. 그런데 시원이 애비를 어쩌면 좋으냐. 네가 애를 가졌다고 하면 보지 않아도 뻔하지 않니. 불 맞은 돼지처럼 난리를 치지 않겠니. 용마물류 이사들이 회사에서 쫓아내려고 난리라던데 사업이나 신경쓸 일이지, 이 나이에 빈털터리가 되면 새로 얻은 여자인들 가만있겠니? 어쩌면 좋으니. 그 인간을 어쩌면 좋으니."

시원이는 김덕만 사장의 막내아들, 나보다 서른아홉 살 어린 내 남동생이었다. 아빠는 요즘 우리 집에서 '시원이 애비'로 불렸다. 용마물류 이사들은 창업주인 김덕만 사장을 쫓아내기 위해 대표이사 직무집행정지 가처분신청을 냈다고 한다. 아빠는 회사가 망하든 말든 내가 임신했다고 하면 미쳐 날뛸 것이 분명했다. 아빠 걱정도 태산 같았지만, 나는 다른 걱정도 태백산맥이었다. 우리 집은 원래 걱정거리가 많은 집안이었다. 지금까지 엄마와 내가 머리를 맞대고 앉아 이런 대책회의를 했던 일이 일만이천 번쯤은 될 것이다.

"작은오빠는? 작은오빠는 요새 좀 어때? 난 한 달째 접견 안 갔거든. 작은오빠 때문에 정말 미치겠어. 한창환한테 편지 보내고, 박회장한테 편지 보내고, 정욱연한테 또 사업계획서 보냈대. 죽일 수도 없고. 도대체 성민이한테는 뭐라고 했을지 상상도 하기 싫어. 거기에 내가 임신했다는 소리까지 들으면 열 곱은 미쳐서 날뛸 텐데, 어쩌면 좋아? 김학원을 좀 말릴 수 있는 방법이 없을까?"

"천하에 별 미친놈이 다 있지! 그놈은 왜 제 여동생이라면 눈이 뒤집어져서 그 난리라니? 제 여동생이 임신을 하든 말든 지가 무슨 상관이래니? 망측해서 어디 가서 말도 못 하고! 나이가 마흔을 넘어도 정신을 못 차리니, 도대체 어쩌면 좋으니?"

이걸로도 끝이 아니었다. 우리 집의 걱정거리는 정말로 끝이 없었다.

"엄마, 그리고 나, 성민이한테는 뭐라고 말해? 나 정말 그 생각만 하면 죽고 싶어. 어쩌면 좋아. 도대체 어떻게 해야 하지? 아, 정말로 대책이 없어. 비밀로 해야 하나? 솔직하게 말해야 하나? 엄마, 정말 성민이한테는 뭔지 다 해줄 수 있어. 집도 주고 돈도 주고 내가 가진 거 다 줄 수 있어. 앞으로 백만 년 동안 내 월급 다 내놓으라고 해도 다 줄 수 있어. 그런데 어떡하지? 그걸로도 어림없을 텐데, 어쩌면 좋지? 어떻게 미안하다고 말해야 하지? 응? 엄마? 무슨 방법이 없을까? 엄마, 나 어떡하면 좋아? 응?"

"아이고, 하느님…… 차라리 저를 일찍 데리고 가시지……"

나의 기적적인 임신 소식에 미쳐 날뛸 남자가 셋이었다. 아이 아빠는 빼고 센 숫자였다.

"아이고, 하느님. 아이고, 하느님. 회장님 오시기 전에 한숨이나 실컷 쉬어두자. 난 요새 한숨도 마음대로 못 쉰다. 한숨만 쉬면 나더러 기도를 하라고 아우성인데, 기도를 해도 별수가 있기는 하다든? 옛날에 내가 친구 따라 교회 열심히 다녔던 시절도 있었는데, 그러고 학원이 낳았잖니. 난 솔직히 그 이후로 교회에 영 믿음이 안 간다. 그런데도 막무가내로 교회에 가라니, 이래가지고 사람이 살 수 있겠니?"

기도해서 낳은 아들이 김학원에 불과한데도, 박회장은 불신앙의 자유를 인정하지 않았으므로 엄마는 일요일마다 소처럼 교회에 끌려갔다. 엄마는 정욱연처럼 기도하라면 기도하고 간증하라면 간증하는 처세술이 없었다. 엄마는 늘 구두를 발끝에 걸치고 까닥거리며 교회 천장만 바라보다가 박회장의 심기를 거슬렀다. 미용실과 피부관리실과 퍼스널 쇼퍼는 좋은데, 교회가 말썽이었다.

큰오빠와 큰올케는 벌써 박회장이 다니는 교회에서 주차봉사와 급식봉사를 도맡으며 맹활약하고 있었지만, 박회장의 목표는 임현명 여사와 김혜나였다. 이러나저러나 김학원의 목줄은 박회장이 틀어쥐고 있었기 때문에 우리 모녀는 박회장에게 함부로 대들지도 못했다.

"임여사는 나라를 위해서나 자식을 위해서나, 간절하게 빌고 싶은 마음이 저절로 들지를 않소? 어찌 그 나이 먹도록 철이 안 들었소?"

인생의 쓴맛을 보고 성깔이 많이 누그러진 임현명 여사는 박회장 앞에서는 말을 조심했으나 내 앞에서까지 그러지는 않았다.

"안 믿어져서 못 믿겠다는데 웬 성화냐. 믿고 싶은 사람이나 믿으면 되지. 내가 다시 한번 기도발을 세워서 박씨 성 붙은 걸로 학원이 같은 놈을 하나 턱 낳아볼까? 그래야 저 영감탱이가 정신이 날 텐데. 지금 누구 앞에서 자식 운운이야. 아이고, 하느님. 학원이 녀석이 감옥에 있지만 않았더라도 내가 벌써 이 집을 걸어나갔을 것인데."

우리 집은 걱정거리가 언제나 삼천리 강산을 덮었다. 아빠와 작은오빠와 남편, 내 남자친구와 엄마의 남자친구, 뱃속의 잔멸치까지 누구 하나 골칫덩이 아닌 인물이 없었다.

"어쨌거나 일이 이렇게 되었으니, 너나 그 남자나 얼른 각자 정리하고 합쳐야 하지 않겠니? 성민이는 생각할수록 안됐다만, 이제는 돌이킬 수 없게 된 일이잖니. 어쩔 수 없잖니. 성민이한테 욕을 먹더라도 할 일은 해야지. 차라리 잘된 일일지도 몰라. 이제 망설일 수도 미룰 수도 없잖니. 굳게 마음먹고 새 출발을 해야지."

걱정거리가 삼천리 강산을 덮었지만, 정욱연의 말이 맞았다. 아이가 생김으로 해서 지지부진하던 모든 일들의 꽁무니에 벼락같이 불이 붙었다. 하기 싫어도 해치워야만 했다. 나는 다큐멘터리 촬영이 끝나자마자 여행가방을 챙겨서 그의 아파트로 들어갔고 정욱연은 이혼전문 변호사에게 전화를 걸었다.

그의 가족들이 밴쿠버로 떠난 지 칠 년이 흘렀지만, 그는 살림을 정리할 시간도 없었고 굳이 그럴 생각을 해본 적도 없었다. 모든 살림은 전혜원이 혼수로 마련한 것이었다. 옷장에는 전혜원의 옷들이 남아 있었다. 아이들의 방에는 아이들의 책과 가구가 그대로 있었다. 밴쿠버의 세 사람이 돌아오면 그대로 일상생활을 시작할 수 있을 만큼, 그의 집은 옛날 그대로였다.

아예 이사를 가자고 그는 이야기했지만, 나는 뭔가를 꼭 바꾸어야 한다고 생각하지 않았다. 그의 아내와 아이들의 흔적이 나에겐 조금도 기분 나쁘지 않았다. 꼼꼼하게 정리해놓은 앨범 속에서 젊은 그와 포옹하고 아이들을 키우며 내가 결코 가지지 못할 신혼생활을 영원히 누리고 있는 전혜원을 나는 전혀 질투하지 않았다. 저 말라깽이를 육십 킬로그램까지 살찌웠던 그 솜씨 좋은 여자를 나는 영원히 존경했다. 내가 딱 한 번 떡볶이를 했을 뿐이었는데, 그뒤로 정욱연은 내가 냄비만 쳐다봐도 얼굴이 굳었다.

그의 아이들이 나를 싫어할 거라고 생각하면 속상했지만, 언젠가
는 조금이라도 친해질 수 있기를 소망했다. 그가 살아왔던 삶의 발자
국들, 내가 함께하지 못했던 많은 부분들, 행복도 상처도 혹은 아무것
도 아닌 소소한 기억들도, 그의 아픈 눈길이 스쳐갔던 모든 작은 조각
들이라면 무엇이건 나는 속속들이 사랑했다. 그것들이 사라진다면 몹
시 슬플 것 같았다. 우리가 반드시 이사를 가야만 한다면, 이 아름다
운 집을 기억의 박물관으로 남겨두고 싶었다.

한 달 만에 김학원을 접견하러 가는 날, 정욱연은 미란다원칙을 고
지하듯이 꼼꼼하게 고위험 산모의 생활수칙을 주지시켰다. 소리소리
질러대면 복압이 올라가 아이에게 안 좋을 수 있으니 크게 심호흡을
하면서 흥분을 가라앉히라고 했다.

"학원이한테 안부 전해주고, 나한테 소개해주려던 여자가 누구였
는지 물어봐줘."

그러나 고위험 산모의 생활수칙 따위는 드라이아이스처럼 흔적 없
이 날아가버리고, 김학원이 접견실 문을 열고 들어오자마자 나는 복
압이고 뭐고 생각할 틈도 없이 장렬하게 폭발했다.

"야, 이 미친놈아! 얌전하게 반성이나 하고 있지 왜 편지질을 하
니? 너 아는 사람한테나 하지 왜 나 아는 사람한테 편지를 하니? 너
때문에 내가 살 수가 없어! 아주 미치겠어! 죽겠어! 너는 정말 악질이
야! 내 직장에 편지질하고, 정욱연한테 편지질하고, 성민이한테 편지
질하고, 또 어디다 했니? 어디다 했니? 이 해파리 똥구멍 같은 놈아!"

그러나 나의 피 터지는 고함은 유감스럽게도 그의 고막에 닿을 수

없었다. 김학원 역시 문을 열자마자 이천 데시벨로 고함을 질러대고 있었기 때문이다.

"이 나쁜 계집애야! 못된 계집애야! 접견도 안 오고! 답장도 안 쓰고! 메일도 안 보내고! 한 달이 넘도록 코빼기도 안 비치고! 내가 너한테 얼마나 잘해줬는데! 세상에서 너를 제일 예뻐했는데! 너한테 이렇게 배신을 당할 수가! 너 지난달에 가족만남의 행사에도 안 오고! 남들은 다 편지도 받고 선물도 받았는데 내 동생만 안 오고! 내가 널 얼마나 기다렸는데!"

"이 사기꾼아! 내가 언제 성민이한테 돌아간다고 했어? 내가 언제 그랬어? 너 왜 정욱연한테 거짓말했어? 너 우리 찢어놓으려고 그런 거지? 일부러 그랬지? 이 미친놈아! 뭐? 정욱연한테 여자를 소개해줘? 도대체 누굴 소개해줄 건데? 내가 작은올케한테 남자 하나 소개시켜줄까? 너 빵에서 이혼 한번 당해볼래? 성민이한테는 도대체 뭐라고 했어? 성민이한테 뭐라고 했냐고?"

"이 배신자! 욱연이 형한테 빠져서 이제 나한테는 관심도 없고! 나만 이렇게 여기 내버려두고! 나 나가고 싶어! 우리 태욱이 태진이 보고 싶어! 나가고 싶단 말이야! 하루도 못 참아! 모두 배신자들이야! 박진석 개새끼! 엄마만 날름 차지하고 난 여기 처박아놓고! 넌 내가 이러고 있는데도 아무렇지 않아? 얼른 날 꺼내줘야 할 거 아니야! 난 억울해! 난 희생자라고!"

"이 웬수야! 재판은 나 몰라라 하고 돌아다니다가 삼 년 형 받고 들어가놓고서 이제 와서 어쩌란 말이니? 이제 와서 나더러 어쩌란 말이야? 넌 아직 멀었어! 거기 계속 처박혀 있어!"

"나만 여기 놔두고 다들 나 몰라라 할 거야? 무슨 수를 써서라도 나를 꺼내줘야 할 거 아니야! 이건 사는 게 아니야! 이젠 나도 인내심의 한계에 왔어! 나도 이대로 가만히 당하고 있지는 않을 거야! 모두들 후회하게 만들 거야! 더러운 꼴 보지 않으려면 얼른 대책을 세워! 날 여기서 꺼내란 말이야!"

"너 때문에 피해본 사람들 생각을 해봐! 앞으로 착하게 성실하게 살 생각을 하라고! 반성해! 왜 자꾸 이 사람 저 사람 찌르고 재단 일에 참견하니? 니 마누라랑 니 새끼들이 불쌍하지도 않니? 이제 지겹지도 않아? 그렇게 사는 거 지긋지긋하지도 않아? 너 이렇게 날뛰면 될 일도 안 돼! 삼 년 꽉 채우고 나오고 싶어?"

"삼 년? 나더러 여기서 삼 년을 살라고? 지금까지 산 것만 해도 미쳐버릴 것 같은데 삼 년을 살아? 너 미쳤어? 나도 이제 참을 만큼 참았어! 가만있지 않을 거야! 내가 엑스파일 다 가지고 있어! 내가 한번 입만 뻥끗하면 다들 무사하지 못해! 박진석 개새끼, 내가 입만 열었다 하면 그 새끼는 국외추방이야! 아빠도! 형도! 내가 그 인간들 아킬레스건 다 쥐고 있어! 다 집어넣어버릴 테야! 엄마도! 너도! 배신자들! 끝장이야! 다 날려버리겠어!"

"반성 안 해? 끝까지 반성 안 해? 좋아! 그럼 이제 끝이야! 오늘부터 너랑 나랑은 이제 남매 아니야! 다시는 안 볼 거야! 나 이사갈 거야! 전화번호도 바꿀 거야! 이름도 바꿀 거야! 얼굴도 바꿀 거야! 애기도 안 보여줄 거야! 애기 이름도 안 가르쳐줄 거야! 사진도 안 보여줄 거야! 김학원이라는 삼촌이 있는지도 모르게 할 거야! 너는 아주 끝장이야! 영원히 끝이야! 여보세요? 여보세요?"

접견을 하는 짧은 시간 동안 할 말을 알뜰하게 퍼붓기 위해 미치광이처럼 서로 소리를 질러대고 있었는데, 갑자기 저쪽에서 끝없이 쏟아지던 고함과 악담을 멈추는 바람에 나는 마이크가 꺼진 줄 알았다. 확인해보니 내 쪽 마이크는 아직 작동하는 중이었다. 접견시간은 아직 몇 분이 남아 있었고 김학원은 아크릴벽 저쪽에서 얼음이 되어 있었다. 나는 내가 이긴 것을 알았다. 나는 원래 이런 종류의 싸움에서 한 번도 져본 일이 없었다.

"……너 임신한 거야?"

"물론이지."

"……거짓말."

"흥, 거짓말인지 아닌지, 두고 보면 알잖아?"

"아들이래, 딸이래?"

"당연히 딸이지, 바보야."

팔다리도 생기지 않은 우리 잔멸치의 성별은 아직 아무도 몰랐지만, 나는 원래 이런 사소한 문제에서 거짓말을 하는 데 아무런 거리낌이 없었다.

"그러니까 내 딸의 삼촌 노릇 하고 싶거든 똑바로 하란 말이야. 성민이한테 뭐라고 했어? 또 헛소리했지? 앞으론 하지 마. 절대로 하지 마. 편지를 정 쓰고 싶으면 아빠랑 박회장한테 반성문을 써. 앞으로 인생을 어떻게 살아갈지 계획을 세워봐! 제발 남의 돈 끌어다 날려버리지 말고, 세상에 쓸모 있는 일을 해보란 말이야! 사람답게 살게 해달라고 기도를 해! 넌 기도하는 것 말고는 구제받을 방법이 없어!"

김학원이 눈물을 참다니 놀라운 일이었다. 감옥에서 시련을 겪으면서 성숙해진 것 같았다.

"축하해, 혜나야. 정말로 축하해. 너처럼 좋은 아이가 평생 엄마 소리 못 들을까봐 사실 걱정 많이 했어. 너는 세상에 존재하는 모든 행복을 누릴 자격이 있어. 너는 정말 좋은 엄마가 될 거야. 나에게 조카가 생기다니…… 게다가 여자아이라니…… 나 정말로 기뻐…… 뭐라고 말해야 할지 모르겠어. 혜나야, 이제 접견시간 끝났네. 나 이제 가야 해. 혜나야, 조심해서 가. 나중에 내가 나가면 뭐든지 다 해줄게. 욱연이 형이 잘해줄 거야. 욱연이 형 좋은 사람이야. 형한테 뭐든지 다 해달라고 해. 다 해줄 거야. 형 인기 많으니까 단속 잘하고. 안 그러겠지만, 혹시 모르니까. 혜나야, 몸 조심해."

김학원은 목이 잔뜩 메기는 했지만 끝까지 울지는 않았다. 의연하게 돌아서는 후리후리한 뒷모습에 내가 그만 엎어져서 울어버렸다. 알고 보면 좋은 점도 많은데, 아빠도 박회장도 작은오빠를 꺼내줄 생각은 없는 것 같았다. 엄마랑 나만 피가 말랐다.

우리 잔멸치의 꼬리가 짧아지고 몽똑한 팔다리가 보일 무렵, 정욱연과 내가 처음으로 서울시 경계를 넘게 된 장거리 나들이는 별수 없이 오창행이었다. 하와이도 아니고 제주도 아니고 오창이라니, 우울한 첫 나들이였다. 나는 혼자 다녀오겠다고 했지만 정욱연은 끝내 나를 따라나섰다. 듣고 보니 나를 혼자 보내는 마음도 편안치 않을 것 같았다.

오창으로 향하는 주말 고속도로는 내내 막혔다. 롤러코스터 같은 인생의 질곡을 넘느라 우리는 세월과 계절의 감각을 잊고 살았지만 남들은 어김없이 여름휴가를 떠나는 철이었다. 물놀이를 즐기지 않는 나는 여름여행을 잘 이해하지 못했다. 나에게 여름은, 이런 습기와 무더위 속에서라면 바람난 마누라가 아니라 누구더라도 한 대 후려치고 싶을 것 같은 그런 계절이었다. 피치 못하게 성민을 만나야 한다면 이 무더위라도 한풀 꺾인 뒤에 만나고 싶었다. 하지만 정욱연의 말이 맞았다. 아이가 생기니까 아무것도 미룰 수 없었다.

성민이 정한 약속장소인 청주 시내의 카페 앞에, 정욱연은 나를 내려놓았다. 그는 가까운 다른 곳에서 시간을 보내다가 내가 연락하면 다시 데리러 오기로 하고 떠났다. 환하고 탁 트인 카페 안에 성민의 모습은 아직 보이지 않았다.

나는 카페 안으로 바로 들어서지 않고 잠시 주변을 둘러보았다. 강한 햇살에 눈이 아렸다. 길 건너편에 난데없는 성인용품점이 눈에 들어왔다. 언제였더라, 어디였더라, 기억이 나지 않는 어떤 휴가지에서 저 낯 뜨거운 업종의 가게에 성민과 함께 들어갔던 적이 있었다. 원래는 노래방을 찾아서 두리번거리고 있었는데 성민이 갑자기 나를 잡아끌었다.

"우리 저기 가보자."

출입문을 먹물처럼 검게 코팅하고, 간판은 검은 바탕에 굵고 노란 글씨로 가장 강렬한 대비를 추구한 '성인용품점'이었다. 우리는 공범자의 짜릿한 눈길을 교환하고 서로의 손에 의지해서 그 민망한 문을 밀어열었다. 그곳에서 우리는 짧지만 깜짝 놀랄 만큼 즐거운 시간을 보냈다. 발을 들여놓는 순간부터 나오는 순간까지, 옆구리가 결릴 만큼 웃었다.

힘든 일은 모두 저에게 맡기세요, 옥수수
연 오백 회 돌파 불꽃커플형 십억 마리 콘돔세트

우리는 그 기특한 옥수수와 십억 마리 콘돔세트를 사서 나왔다. 그
날 밤 그 시끄럽고 방정맞은 옥수수에게 힘든 일을 시키려다가 우리
는 죽을 뻔했다. 사람을 웃겨서 죽일 수도 있는 엄청난 물건이었다.
그날 이후 우리는 그 일을 '힘든 일'이라고 부르기 시작했다. 지금도
우리 집 어딘가를 뒤져보면 굉장히 시끄러운, 하지만 알고 보면 대단
히 순결한 옥수수가 나올 것이다.

성민과 함께 살아온 십 년 동안 우리를 정의했던 하나의 단어를 고
르라면 그건 '평화'였다. 그 단어가 '사랑'이 아니라서 불만이었던 적
은 한 번도 없었다. 작은오빠와 우리 미친 가족들이 그렇게 삶을 들까
불러댔는데도 그는 끄떡없었다. 내가 낙관과 비관의 양극단을 초 단
위로 오가며 진상을 떨어도, 그러거나 말거나 무던하고 평화로운 게
성민이었다. 우리 사이엔 많은 결핍이 존재했지만, 그 수많은 구멍들
을 성민은 타고난 안정감으로 훌륭하게 채웠다. 우리 미친 가족에게
결정적으로 부족한 점이 바로 그것이었고, 나는 바로 그런 성민을 좋
아했다. 나는 성민과 한평생을 함께하리라는 데에 추호의 의심도 없
었다.

이곳은 대한민국이 아닌 것 같았다. 내가 태어나 자라온 이 땅의 햇
빛이 이토록 강했던 적은 없었다. 이곳은 다른 땅인 것 같았다. 더이
상 성민과 내가 손을 잡고 옥수수를 사러 갈 수 없는 땅이었다. 눈앞
이 어질어질했다. 세상에 그런 곳이 있을 줄이야. 그런 곳에서 내가

142

살게 될 줄이야. 나는 도대체 무슨 짓을 저질렀단 말인가. 어쩌다 나는 여기까지 왔을까?

7월의 마지막 주말, 검은 민소매티셔츠에 청바지를 입은 성민이 카페 입구에 들어서는 것을 보고 나는 깜짝 놀랐다. 머리를 짧게 깎은 것뿐인데 그렇게 인상이 달라 보일 수가 없었다. 언제나 맺힌 데 없이 선량한 미소년 같던 성민의 얼굴에는 어딘지 위험스러워 보이는 새로운 근육들이 자리잡아 짙은 음영을 드리우고 있었다. 나는 처음 보는 남자를 보듯이 그를 골똘히 바라보았다. 성민이 남자라는 느낌, 위험하고 단호하고 돌발적인 수컷이라는 느낌을 나는 이 순간에 처음으로 받았다.

"혜나, 짧게 이야기하자."

그의 음성마저도 이전까지 내가 알던 윤성민의 목소리가 아니었다. 나는 마흔 살까지 천진한 소년이었던 성민을 음영 깊은 남자로 바꾸어놓았다. 산꼭대기에 얹힌 바위 같던 사랑이 미친 듯이 내달리기 시작했을 때, 내 귀에는 아무 소리도 들리지 않았다. 그 거대한 바위는 소리보다 빨랐다. 모든 것이 미친 속도로 내달린 후, 이제야 내 귀에는 성민의 비명소리가 와 닿았다. 나는 내가 저지른 일을 믿을 수 없었다.

모태 공대생 윤성민은 나의 눈물을 조금도 예상하지 못했던 것이 분명했다. 그는 그렇게 바보였다. 우리가 헤어지는 날, 김혜나의 울음보가 터져버릴 것을 예상하지 못할 사람은 세상에 윤성민 하나밖에 없을 것이었다. 그는 그제야 약속장소를 잘못 잡은 것을 깨닫고 당황했다. 카페는 너무 넓고 환하고 탁 트여 있었다.

"야, 너 왜 울어? 아무 말도 안 했는데 왜 울어?"

당연히 그가 뭐라 해서 우는 게 아니었다. 그가 울라고 해도 울지 말라고 해도 나는 울었을 것이다. 성민이 작은 소리로 윽박질렀다.

"야, 김혜나. 너 양심이 있어야 할 것 아냐! 니가 이러면 꼭 내가 너를 울리는 것 같잖아! 당장 눈물 그치지 못해?"

그러나 나는 눈물을 그칠 수 없었다.

우리는 어쩌다 여기까지 왔을까? 나는 아무나 붙잡고 묻고 싶었다. 어쩌다 여기까지 왔을까? 이렇게 될 줄은 꿈에도 몰랐다고 말하면, 사람들은 나를 비웃을 것이다. 그럴 거면 왜 새벽 세시에 원장실로 찾아갔느냐고 따져물을 것이다. 하지만 나는 김학원의 가장 사랑하는 동생이었다. 사고를 칠 때는 미래 따위 생각하지도 않고, 내가 저지른 일의 당연한 결과가 닥쳐오면 그제야 기절할 듯이 놀라는 인간이었다. 나는 이렇게 될 줄은 꿈에도 몰랐다. 성민과 헤어지게 될 줄은, 성민과 헤어지는 것이 이렇게 가슴 아플 줄은 정말로 몰랐다.

정욱연을 처음 보자마자 한눈에 혹 가기는 했지만, 이제 와서 생각하면 그건 대수로운 일이 아니었다. 정욱연을 보고 한눈에 가는 여자들이 한둘도 아니었고, 게다가 나는 원래 영화를 보아도 소설을 보아도 한눈에 혹 잘 가는 인간이었다. 내 안에서 비현실적인 에로틱 호르몬을 불사르면서 한두 달 정욱연을 숭배하다가 언제 그랬느냐는 듯이 일상으로 돌아갔을 것이었다.

그까짓 키스 따위, 아무것도 아니었다. 〈러브 액추얼리〉를 방금 보고 나왔는데 눈앞에 외로운 휴 그랜트가 실물로 있었던 거나 마찬가지였다. 성민도 그런 나를 알았다. 그래서 내가 정욱연과 키스했다는

144

말을 들은 다음날에도 전복죽을 사들고 왔을 것이다. 머리끝까지 화가 났지만, 용서할 생각이었을 것이다. 아니 용서고 뭐고 없는 일이었다. 그다음 날 작은오빠가 그 난리를 치지만 않았어도 우리는 여기까지 오지 않았을 것이다. 일이 이렇게까지 되리라고는, 성민이나 나나 아무도 예상하지 못했다.

성민은 태생적으로 모질지 못한 남자였다. 모처럼 모진 남자가 되어서 들어왔던 성민은 내 눈물 때문에 도로 심란해졌다. 사납고 위험한 사내이기에는 너무 마음이 여렸다.

"너, 뭐야? 혹시 너, 차인 거야? 그래서 나 보자고 한 거야?"

나는 두 손을 내저으며 무언가 말을 하려고 노력했다. 하지만 윽윽거리는 소리밖에 나오지 않았다. 성민은 언제나 애매한 것을 이해하지 못했고 모호한 상황을 괴로워했다. 뭐든지 명쾌하고 분명해야 했다. 그는 공대생의 방식을 제안했다.

"김혜나, 너 지금 하고 싶은 말이 뭐야? 일 번, 헤어지겠다. 이 번, 돌아오겠다. 삼 번, 내 처분대로 하겠다. 셋 중에 하나를 골라."

그 순간 나는 진심으로 삼 번이라고 외치고 싶었다. 이 번이라고 외쳐도 좋았을 것이다. 그럴 수만 있다면 무엇이라도 아깝지 않았다. 내가 가진 모든 것을 다 내놓을 수 있을 것 같았다. 하지만 나는 그러지 못했다. 그럴 수 없었다. 아무 말도 나오지 않았다. 나는 검지손가락을 올렸다. 이 현실이 믿어지지 않아서 고개를 들 수 없었다. 성민은 내 손가락을 보더니 잠시 아무 말도 없었다.

"그래. 그거일 줄 알았어. 그거라서 다행이야. 다른 거였다면 우리 둘 다 곤란했을 거야. 깨진 건 깨진 거니까."

성민이 말했다. 쌀쌀하려 노력했지만 그의 목소리도 떨렸다. 우리 결혼생활이 이렇게 끝날 것이라고는, 우리 둘 다 아무도 생각하지 않았던 것이다.

"너 정말…… 그 사람이랑 행복할 수 있다고 생각하는 거야?"

냉정하려 애쓰던 성민의 목소리가 결국 갈라졌다. 지난 몇 달 동안 헤어짐의 수순들을 차근차근 밟아왔지만, 이 순간은 너무 낯설었다. 우리에게 이런 일이 일어난 것을, 성민 역시 믿을 수 없는 것이다. 나는 아무 대답도 할 수 없었다. 이제 내가 그에게 줄 수 있는 건 겨우 폭포수 같은 눈물에 불과했다. 성민은 할 말을 찾기 위해 몹시 애를 썼다.

"그 인간…… 그…… 자식…… 혜나야, 너……"

형제가 없는 성민은 언제나 살가운 우애에 목말라했다. 사고만 쳐대는 미친 오빠들만 보다가 정욱연을 보더니 마냥 좋아서, 성민은 그를 당장 형이라고 부르고 싶어했었다. 그에게 아내를 빼앗길 줄은 꿈에도 몰랐을 것이다. 타고난 유순한 성품에 욕 따위는 하지 않는 천생 범생이라서, 이 마당에 야비한 욕설을 퍼부으려 해도 혀가 매끄럽게 굴러가지 않았다.

"아파트는…… 내 이름으로…… 위자료…… 넌 유책 배우자니까……"

그는 냉혹하게 굴 생각이었다. 많은 돈을 뜯어냄으로써 상처를 위로받으려 했다. 하지만 그것조차 그에게는 쉽지 않았다. 윤성민 같은 남자가 상처받은 가슴을 돈으로 위로받는다는 건 말이 되지 않았다. 일단 원이라는 단위가 붙으면 숫자들은 순수함을 잃고 미쳐 날뛰기 시작했다. 숫자라면 귀신같이 빠른 그를, 귀신 붙은 숫자들이 비웃었다. 그는 귀신 붙은 숫자들을 좋아하지 않았다.

성민은 돈 이야기를 그만두었다. 냉혹하려 노력했지만, 실은 눈물을 참으려 애쓰고 있었다.

"하여튼 학원이 형이 문제야. 형이 너를 취직시킨다고 할 때부터 말렸어야 했는데. 이젠 다 쓸데없는 이야기인걸. 너 학원이 형 관리 좀 똑바로 해. 자꾸 편지 보낸단 말이야. 내가 찾아갔던 게 잘못이지만."

그는 쿨하게 세상을 비웃어보려던 노력도 그만두었다. 목소리가 자꾸 떨려서, 그는 무슨 말도 하기 힘들어했다.

"이혼서류는 평일에 함께 접수해야 한대. 다음주 화요일에 청주 법원으로 와. 우리는 아이가 없으니까 한 달 후면 끝이야. 우리는 십 년 십일 개월 함께 살았어. 그게 끝이야."

음영이 깊어진 야윈 볼에 두 줄기 눈물이 흘러넘치자, 그는 불에 덴 듯 놀라며 자리에서 일어섰다.

"난 잘 지낼 거야. 그러니까 너도 잘 지내. 그러면 되는 거야. 잘 가라, 혜나야."

내 이름을 부르는 성민의 목소리가 와들와들 떨렸다. 나는 카페 탁자에 엎어져 우느라 그의 뒷모습을 보지 못했다. 십 년 동안 한 번도 나를 힘들게 한 적이 없는 남자였다. 세상이 사필귀정의 방식으로 돌아간다면, 그는 죽을 때까지 나와 행복하게 살아야 옳았다. 그러나 일은 그렇게 되지 않았다. 그는 아무 잘못 없이 나를 잃었다. 나는 성민이 가고 난 뒤에도 혼자 한참 더 울었다. 한여름의 더위가 기승을 부린 토요일 오후, 청주 시내의 그 환한 카페에 왔던 사람들은 모두 성민이 천하의 죽일 놈이라고 생각했을 것이다.

전화를 받고 카페 앞에 나타난 정욱연은 윤성민과 달랐다. 달라도 너무 달랐다. 불여우처럼 예민한 그 남자는 나를 딱 보자마자 내가 그를 죽도록 미워하고 있다는 걸 알아차렸다. 모든 것이 다 정욱연 때문이라고, 정욱연만 아니었다면 나는 성민과 행복하고 평화롭게 잘 살았을 거라고 확신하는 것을 알았다.

그는 나를 위로하려 하지 않았다. 어찌 되었느냐고 묻지도 않았다. 그냥 내가 차에 오르기를 기다려 어디론가 출발했다. 그가 차를 세울 때까지 나는 내내 울었다. 정욱연이건 아이건 생각하지 않고 성민에게 전화를 걸고 싶었다. 아까 손가락을 잘못 올렸다고, 일 번은 아니라고. 이 번이나 삼 번이 맞다고, 염치없지만 그렇다고, 진심이라고 소리치고 싶었다. 간절하게 그러고 싶었다. 그래야 숨을 쉴 수 있을 것 같았다. 그런데 그럴 수가 없었다. 무언가에 묶인 듯 손이 움직이지 않았다.

차가 멈춘 곳은 꽤 높은 언덕에 위치한 오래된 성곽이 있는 공원이었다. 아직도 대낮처럼 밝았지만 알고 보면 길고긴 여름해도 어느덧 설핏 기울어지려는 참이었다. 그가 차에서 내려 나에게 손을 내밀었다. 이렇게 더운데 손을 잡고 가자니, 미친 남자였다. 나는 살쾡이같이 캭 소리를 지르면서 주먹을 꼭 쥐고 발을 굴렀다. 그는 손을 거두고 말없이 앞서 걸었다. 나는 하염없이 울면서 그의 뒤를 따랐다.

발밑으로 푸른 잔디와 구불구불한 성곽과 드문드문 숲이 펼쳐진 아름다운 산성공원이었지만, 이런 더위와 습기에는 그 누구라도 사랑할 수가 없었다. 나무그늘이 걸친 벤치에 앉았지만 저녁바람도 후텁지근했다. 나는 그냥 엉엉 울었다. 날씨가 너무 덥고 습해서, 에어컨이 시원했던 카페에서 나온 뒤로는 곁에 있는 사람이 누구건 한 대 치고 싶은 마음뿐이었다. 모든 것이 날씨, 날씨 때문이었다. 벤치에 앉아서, 나는 이 번, 아니면 삼 번이 정답이었다고 속으로 백만 번이나 울부짖었다. 일 번이라니, 세상이 더위를 먹은 것이 분명했다.

"캐나다에서 한번, 죽을 뻔한 일이 있었어."

정욱연이 뜬금없는 이야기를 꺼냈다. 엉엉 울고 있는 내가 듣든 말든 상관없다는 듯이 담담한 목소리였다. 지금 이 마당에 동정을 사보겠다는 건가? 나는 이렇게 촌스러운 남자 때문에 성민이를 버린 건가? 나는 그냥 팔꿈치에 얼굴을 파묻어버렸다. 복압이 높아지든 말든 아무 상관이 없었다. 지금은 정말로 아무것도, 아무것도 위로가 되지 않았다.

"캐나다에서 혜원이가 몰던 차가 벤츠였어. 차 좋더라고. 스키 리조트에서 일주일을 보내고, 밴쿠버 집으로 돌아가는 길이었어. 아이들은 뒷자리에서 자고, 혜원이는 조수석에 앉고, 나는 편도 이차선 작은 하이웨이를 달리고 있었어. 춥지만 맑은 날씨라서 기분좋은 드라이브였지. 그런데, 한참 달리고 있는데 갑자기 저 앞에 서 있던 나무가 쓰러지는 거야. 정말 비현실적인 느낌이었어. 커다란 나무가 서서히 고속도로를 덮치고 있었어. 나는 그 나무를 향해 시속 백이십 킬로미터로 돌진하는 중이었고, 내 뒤로는 유조차 두 대가 역시 백이십 킬로미터로 달려오고 있었어. 멈출 수도 없었어. 멈추면 유조차에 깔려죽을 테니까."

나는 울면서도 어이가 없었다. 이 남자, 미친 거 아니야. 이게 도대체 우화야, 실화야. 이런 식으로 나오면 천하의 개꼬장중이라도 울음소리를 낮출 수밖에 없잖아. 정말이지 불여우 같은 남자였다. 어 구미호 같은 남자에게 홀려서 나는 성민이를 배신하고 낯선 어느 산성 위에서 울고 있는 중이었다.

"나무는 결국 쓰러져서 고속도로를 막아. 나는 최대한 중앙선 가까이 차를 붙였어. 나무둥치는 어쨌건 피해야 하니까. 중앙선 쪽은 그래도 줄기와 가지 쪽이니까 잘하면 통과할 수 있을 것 같았어. 나뭇가지가 앞유리를 때리고, 우리는 미친 듯이 비명을 질렀지. 차가 지그재그로 휘청거리고 붕붕 튀었지만, 어쨌거나 운 좋게 나무를 통과했어. 겨우겨우 속도를 줄이고 갓길에 차를 세우려는데, 우리 뒤를 따라온 유조차들이 바람을 일으키며 스쳐지나갔어. 유조차에 박살난 나뭇조각들이 폭풍처럼 날아왔고, 그다음엔 정신 차릴 틈도 없이 나무둥치가 뒷범퍼를 때려서 차가 앞으로 튕겨져나갔어. 어쨌거나 죽지 않고 살았더라고. 넋이 다 나갔지만."

나는 여전히 훌쩍거리고 있었지만 정욱연은 소기의 목적을 달성하고 있었다. 예상하지 못했던 블록버스터형 스펙터클에, 오늘 카페에서 있었던 일은 다소 왜소해 보이기 시작했다.

"차는 갓길에 섰고, 애들도 깨서 울고, 나는 이제 괜찮다고, 살았다고 아이들을 달래려는데 갑자기 혜원이가 차에서 내리는 거야. 처음에는 차가 얼마나 부서졌는지 보려는 줄 알았어. 그런데 혜원이가 뒤로 달려가는 거야. 아직도 고속도로에는 차들이 쌩쌩 달리고 나무둥치는 위험하게 굴러다니고 있는데. 나는 혜원이가 미친 줄 알았어. 나도 정신없이 뛰어내려서 혜원이를 쫓아갔지. 이 바보가 집채만한 나무둥치 밑으로 머리를 들이미는 거야. 놔뒀으면 깔려 죽었을 거야. 내가 질질 끌고 나오면서 막 소리를 질렀지. 지금 미쳤냐고. 죽고 싶냐고. 근데 혜원이가 '괜찮아요, 찾았어. 이제 괜찮아요' 그러는 거야. 혜원이가 뭘 찾아왔는지 아니?"

이 구미호 같은 인간. 전혜원이 들고 온 그게 뭔지 듣지 않고서는 죽어도 눈을 감지 못할 것 같았다. 나는 마지막으로 눈가에 남아 있던 물기를 훑었다.

"빨리 말해요. 뜸 들이지 말고."

"빌어먹을. 벤츠 엠블럼이었어."

지금 두 손안에 동그란 엠블럼이 있는 것처럼, 그는 빈 손바닥을 들여다보았다.

"내색하지 않았다고 생각했는데, 혜원이는 내가 그 차를 좋아하는 걸 알았던 거야. 나무에 부딪치면서 엠블럼이 날아간 걸 알자마자, 그걸 찾아와야겠다는 생각부터 한 거지. 세상에 그런 멍청이가 어디 있니. 그걸 찾아오겠다고 고속도로 위에서 집채만한 나무둥치 밑으로 기어들어간 거야. 나는 엠블럼을 집어던져버리고, 그 고속도로 갓길에서 혜원이를 뒤흔들었어. 목이 쉬도록 소리를 질렀어. 정말 너무 화가 나서 혜원이를 죽일 뻔했어. 내 인생에 그렇게 날뛰어본 적은 또 없는 것 같아."

평생 떨어질 것 같지 않던 한여름의 햇살은 드디어 주황빛으로 물들기 시작했다. 발밑에 내려다보이는 산성과 잔디밭에도 불그레한 빛이 감돌았다. 산지라서 키가 작은 나무들도 그림자가 길어졌다. 기린,

여기에 기린이 있으면 좋겠다는 생각이 들었다. 기린의 긴 저녁 그림자를 보기 좋은 언덕이었다.

"사실은 하마터면, 용서건 재결합이건 네가 바라는 대로 다 하자고 소리를 지를 뻔했어. 내 눈앞에서 방금 죽을 뻔했는데, 아무 생각도 안 나더라고. 혜원이를 한참 껴안고 있다가 돌아왔는데, 차 안에서 울고 있던 아이들이 저절로 조용해진 거야. 많이 찌그러지긴 했지만 용케 차가 고장나지 않아서 그대로 다시 출발했는데, 차 안 분위기가 정말 묘했어. 아이들은 그날 우리가 화해하는 줄 알았던가봐. 셋 다 나만 곁눈질하고 있었어. 나도 말은 안 했지만, 정말 미칠 것 같았어. 헤어진 지 오 년쯤 되었을 때였어. 젠장, 벌써 오 년이나 흘러갔는데, 앞으로 또 오 년쯤만 더 흘러가면 어떻게 되지 않을까 싶기도 하고. 인생 뭐 있나 싶기도 하고."

산성을 훑고 지나가는 저녁바람에 그의 머리칼이 가볍게 들떴다. 그는 셰에라자드였다. 이야기만으로 미친 왕의 침상에서 천 일하고도 하루 동안 목숨을 부지했을 지독한 남자였다.

"혜원이랑 아이들이 캐나다로 떠났을 때도 힘들었지만, 그날이 더 미칠 것 같았어. 모두 숨을 죽이고 나만 쳐다보고 있더라. 저녁을 먹다가 혜원이가 울었어. 나는 결국 아무 말도 하지 않았어."

너무 많이 울어서 머리가 아프고 눈이 아렸다. 몽롱한 탈수증세가 느껴졌다. 둥둥 떠서 부유하는 것 같은 느낌이었다. 나는 그의 어깨에 기대어 눈을 감았다. 그의 손이 내 머리칼을 쓰다듬었다.

"왜 그때 그냥 다시 합치지 않았어요?"

"나도 몰라. 왜 그랬을까. 그때 마음으로는 혜원이를 용서하고도 남았어. 그런데도 끝까지 그 말을 안 했지. 왜 그랬을까. 그냥 입에서 그 말이 안 나왔어. 미칠 것처럼 화가 나고 가슴이 터질 것 같은데, 아무 말도 안 나왔어. 차라리 말해버리고 싶은데도."

나는 눈을 감은 채 고개를 끄덕였다. 바로 그거야. 가슴이 터질 것 같은데도 말이 안 나오더라고. 진짜 그렇더라고. 내 마음이라는 것은 두피에 있었던 모양이었다. 내 머리칼을 쓰다듬는 그의 손가락에, 산발하고 소리지르며 미쳐 돌아다니던 마음이 조금씩 진정되었다. 몇 번 심호흡을 했더니 좀더 도움이 되었다.

삶에는 '사랑한다'와 '사랑하지 않는다' 사이에 아무런 경계가 없어지는 그런 지점이 있었다. 그에게 그곳이 나무가 쓰러진 고속도로였다면, 나에게는 산꼭대기에 붉은빛이 번져가는 이 산성이었다. 그날 그가 전혜원에게 죽도록 사랑한다고 말했어도 인생은 하나도 이상하지 않게 흘러갔을 것이다. 내가 오늘 성민에게 죽도록 사랑한다고 말했어도, 인생은 또 그럴 줄 알았다는 듯이 흘러갔을 것이다. 시간과 방향의 감각이 없어지는 그런 공간에서는, 인간이 무엇에 부딪쳐 어디로 가든 아무 차이가 없었다. 우리는 어쩔 수 없이 고속도로를, 또 산성을 지나쳤다. 한번 지나치고 나면, 또 그게 당연하다는 듯이 살게 된다.

"그래서 이렇게 된 거지."

여린 한숨을 섞어, 그가 말했다. 나는 고개를 끄덕였다. 그래서 이렇게 된 거였다.

저녁햇살이 비쳐서 눈을 감은 눈꺼풀 안이 빨갛게 보였다. 빨갛게 불타오르는 언덕 위를 기린들이 끄덕끄덕 걷고 있었다. 발끝마다 세상에서 제일 긴 그림자가 돋아 있었다. 믿을 수 없도록 기나긴 그림자가 산 아래 들판까지 펼쳐져 있었다. 성민의 들판에도 예쁜 기린들이 걷고 있기를 나는 눈을 감고 소망했다. 어차피 산성에서는 사랑인지 아닌지, 그런 것은 의미가 없어지는 것이다. 나는 성민에게 기린을 주고 싶었다. 그것밖에는 아무것도 줄 것이 없었다.

7

아파트단지 입구에 대형 슈퍼마켓이 있기에, 나는 택시기사에게 그 앞에서 내려달라고 말했다. 오래된 아파트단지는 숲속에 아늑하게 들어앉은 느낌이었다. 나는 슈퍼마켓에서 굴비를 사들고 아파트단지로 들어섰다. 노란 은행잎이 넘실거리는 길을 걸으며 나는 문자를 보냈다.

'영해씨, 나 김혜나예요. 지금 집 앞에 왔어요. 기다릴 테니까 언제든 연락 주세요.'

진작 이러면 되는 것을! 나는 만면에 웃음을 흘렸다. 최영해가 황해재단에 들어올 때 제출했던 서류에 주소가 적혀 있었다. 나라에서 준 임대주택에 사는 탈북자들은 이사를 가는 일이 거의 없었다. 주거지를 바꾸려면 거창한 사유와 복잡한 절차가 필요했다. 답문자가 오지 않았지만 휴대폰에서는 이미 그녀의 당황스러워하는 기운이 뿜어져 나오는 것 같았다. 나는 벌써 이긴 자의 기분이 되어 흐뭇하게 가을길을 걸었다.

계절이 바뀌는 사이 황해재단은 눈에 띄는 양적 팽창을 이루었다. 내 밑으로 일곱 명의 부하직원이 들어왔으니 빅뱅이라 해도 과언이 아니었다. 일곱 명의 '신입사원들'은 신기할 만큼 서로 닮아 있었다. 전자담배는 실내에서 피워도 된다고 주장했고, 입사한 지 이틀 정도 지나면 슬그머니 나에게 말을 놓으려는 시도들을 했다.

대거 영입된 일곱 명의 신입사원들은 모두 통일부와 산하기관의 은퇴공무원들이었다. 박회장이 한평생 북한의 처자식을 염두에 두고 각종 대북사업에 참여하는 과정에서 여러 가지 도움을 주고받았던 사람들이었다. 그들은 과장에서 국장까지 다양한 호칭들을 가지고 있었는데, 모두 갓난아기들처럼 손이 많이 갔다.

"공무원 연금도 나올 텐데, 왜 나오시는 거예요?"

"마누라가 나 집에 있는 꼴을 못 봐서요."

내 직설적인 질문에 대한, 칠 인의 한결같은 대답이었다. 인터넷으로 뉴스나 보는 수준의 컴맹인데다 공으로 밥을 먹지는 않겠다는 책임감은 강해서 이것저것 기획서나 보고서를 자꾸 제안했다. 하지만 일곱 명 모두 아랫사람에게 시킬 줄만 알지 스스로 뭔가를 만들어본 지는 너무 오래된지라 실무를 서로 남에게 미루기만 했다. 재단 직원을 개인 비서로 착각해서 자꾸만 공과금 지로용지를 들고 오는 통에 애꿎은 사무직원만 한 달을 견디지 못하고 자꾸만 나갔다.

함께 회의를 하다보면 아무래도 젊은 한창환과 김혜나가 실무를 맡아야 한다는 쪽으로 이야기가 희한하게 돌아갔다. 이 문제에서만은 한창환과 내가 즉각 뜻이 맞았다. 결국 우리는 신입사원들을 '연구원'이라고 부르며 우리와 독립된 별개의 조직으로 취급하기 시작했다. 내

부적인 아우성 끝에 칠 인 중 가장 젊은 한 사람이 모든 실무를 도맡는
것으로 합의가 이루어진 모양이었다. 「북한이탈주민의 정착지원금 사
용실태 조사보고서」가 그들의 첫 작품이었다. 여론조사기관에 의뢰해
서 오백 명의 탈북자를 대상으로 설문조사도 했는데, 사실 조사하나
마나였다. 탈북자의 정착지원금은 대부분 입국 브로커에게 비용을 치
르면 끝이었다.

K교회 부목사와 전도사가 연길병원 사업계획을 설명하러 황해재
단에 온 날, 박회장은 갑자기 사업비를 너무 부풀려 책정한 것이 아니
냐며 이런 식이라면 함께 일하지 못할 수도 있다고 으름장을 놓았다.
재단 쪽에서 먼저 함께 일하자며 K교회에 요청한 처지에, 있을 수 없
는 결례였다. 며칠 후 탈북 1.5세대라는 젊은 청년을 데리고 나타나더
니 그를 입에 침이 마르게 칭찬했다.

"이 아이 하는 말이 기백이 있다. 임진각에서 밤낮으로 풍선에 전
단 매달아 보낸다고 하는 거, 그거 돌대가리들이 하는 일이야. 그게
북으로 가질 않고 강화도나 포천 같은 데로 죄 떨어지거든. 편서풍을
이용하려면 백령도에서 풍선을 띄워야 한다. 그러면 그게 바람을 타
고 옹진반도로 곧장 날아간단 말이지."

나는 김학원의 동생이라서 딱 한 번 보기만 해도 사기꾼을 알아보
았다. 지금 박회장 곁에 착 달라붙은 청년이 바로 그런 종자였다.

"회장님, 그건 이미 벌써 몇 년 전에 한번 크게 논란이 되었던 일입
니다. 백령도 주민들의 반대로 입도조차 하지 못했습니다. 연평도 포
격사건 이후로는 더 위험한 일입니다. 괜히 풍선 몇 개 날리다가 북한
을 자극해서 백령도 주민과 국군 장병의 목숨 전체가 위태로울 수도

있습니다."

"아, 그걸 누가 모르나? 얼척이들이 그걸 동네방네 소문내고 쇼를 하니까 그렇지. 떠들지 않고 조용히 해야지. 게릴라식으로 두세 명씩 조를 짜서 밤에 날리고 잠적하는 거야. 큰돈이 필요하지도 않아. 인택이는 기백이 살아 있어. 위험을 무릅쓰고 그 일을 함께 해볼 친구들도 있다고 하고."

연길병원에 대한 브리핑을 했더니 살짝 신경질을 내면서 이렇게 대답했다.

"아무래도 그 교회에서 우리 재단을 과대평가한 모양이야? 우리가 연길병원 사업만 하는 게 아닌데. 통일부나 국제협력단에 알아보면 거기서도 국제지원기금 같은 걸 운영하잖아. 그런 것도 좀 알아보라고 해."

한창환이 나더러 늘 '우리 김이사님은 너무 순진하셔서 큰일'이라고 하더니 사실이었다. K교회와 했던 약속을 손바닥처럼 뒤엎는 건 한순간이었다. 정욱연을 데려다 인사시킬 기색이 없자 박회장은 연길병원 계획에 눈에 띄게 냉랭해졌다. 연길병원 아니라 다른 일도 마찬가지였다. 육십 년 전에 월남해서 사업가로 성공한 박회장의 고향 사랑은 어느덧 화석이 되어, 계획을 세울 때는 눈가에 이슬이 맺히다가 예산을 세울 때는 눈꼬리가 뾰족해졌다. 제대로 된 사업을 하지 않고 푼돈으로 생색만 낼 수 있는 방법을 원했다. 그러니 인택이 같은 녀석들이 단돈 몇백만원으로 큰일을 해낼 수 있다고 하면 그런 말에만 귀가 솔깃했다.

한참 동안 서해안 불법무역 연계 탈북로 구축에 홀려 있다가 어느 날 뜬금없이 연길병원 합작사업에 뛰어들겠다고 나서더니, 이제는 그 새 연길병원은 까맣게 잊고 갑자기 풍선사업에 혹했다. 모든 것이 박 회장의 그날 기분에 따라 결정되었다. 황해재단은 작은오빠의 스포츠 카 같았다. 어디로 가는지 왜 가는지 아무도 몰랐다.

최영해가 나간 후 안 그래도 싱겁던 황해재단의 활동은 탈북자와 아예 연결고리를 잃다시피 했다. 난데없는 연구원들이 쏟아져들어오 면서 재단은 복지가 아닌 연구 쪽으로 방향을 틀었다. 여론조사기관 에 지불하는 설문조사 용역비 계산서를 보면서 나는 입술을 깨물었 다. 아이가 북송되었다고 파랗게 질려서 발을 동동 구르던 최영해의 얼굴이 눈에 어른거렸다. 나는 최영해를 다시 재단으로 데려오기로 마음먹었다. 왠지 모르지만 그렇게 해야 할 것 같았다.

최영해에게서 답이 오지 않았지만 나는 느긋하게 기다리기로 했다. 탈북자들은 연락처가 자꾸 바뀌면 북한이나 중국에 남은 혈육과 영영 연락이 끊어질까 두려워하기 때문에 전화번호를 자주 바꾸지 않았다. 최영해는 조만간 내가 보낸 문자를 볼 것이 분명했다. 노란 은행잎 위 로 구름 한 점 없이 새파란 하늘이 드높았다. 나는 하늘과 은행잎을 벗삼아 아파트단지를 천천히 한 바퀴 돌아보며 최영해를 기다리기로 했다.

휴대폰이 울렸다. 최영해가 아니라 아빠였다. 통화버튼을 누르자마 자 고함소리가 터져나왔다.

"너 왜 전화 빨리 안 받냐? 너 내 전화 피하냐, 시방?"

"무슨 소리야. 내가 왜 아빠 전화를 피해."

"너 왜 내가 준 신용카드 안 쓰는 거냐? 나는 이제 애비도 아니다

이거냐?"

"아빠, 왜 그래. 나 이제 직장 다니니까 아빠 카드 안 쓰는 걸 가지고."

"그게 그거 아니냐! 내가 분명히 새 카드럴 챙겨주었는데 안 쓰는 것은 니가 이제 나럴 애비로 생각을 안 해버린다 그런 뜻이 아니냐!"

"아빠, 왜 말도 안 되는 소리를 하고 그래? 그거랑 그거랑 무슨 상관이 있어?"

"상관이 있지. 아조 상관이 있지. 너 박가놈이 차린 재단인가 뭔가에 다닌다매? 인제 애비는 내가 아니라 박가놈이라서 그놈이 주는 돈만 쓰기로 했냐? 너 아조 박혜나가 되아부렀냐?"

나는 은행나무 아래 벤치에 앉았다. 길고 불쾌한 통화가 될 것 같았다. 엄마가 박회장과 사귀고, 내가 황해재단에 다닌다는 걸 안 이후로 툭하면 이 난리였다.

"느이들이 나를 따돌리는 게 다 이유가 있는 거였어. 내가 그까짓 것 모를 줄 알았냐? 박가놈이 더 좋은 카드 주더냐? 박가놈이 월급 얼마나 주더냐? 응? 돈 천만원 주더냐? 내가 그까짓것 못 줄 것 같냐?"

"아빠, 작은오빠가 사고 안 치니까 이제 돈 쓸 일이 없어서 그래! 그동안 작은오빠가 사고 치니까 하는 수 없이 아빠 돈 썼던 거지!"

"너, 시집도 새로 갔다문서? 그람서 애비한테 서방 코빼기도 안 비주냐? 니가 그러고도 내 딸 김혜나가 맞냐? 내가 너를 어떻게 키웠는데! 내가 너를 어떻게 키웠는데 이렇게 배신을 해버리냐?"

나는 머리 위로 펼쳐진 노란 은행잎과 푸른 하늘을 바라보았다. 난데없이 담배 생각이 간절해졌다. 김학원, 김학원이 그예 입을 나불거

린 것이었다. 사람들은 보통 작은오빠가 미쳤다고 말하지만 사실 그
원조는 김덕만 사장이었다. 돈을 잘 버니까 미친병이 크게 두드러져
보이지 않았을 뿐이었다. 아빠는 평생 돈을 잘 벌었기 때문에 철들 기
회가 더 없어서, 미친 증세로 따지자면 작은오빠의 열 배였다.

"아빠, 누가 시집을 갔다고 그래? 아빠, 작은오빠 말을 믿어? 아빠,
그게 아니야. 내 말 좀 들어봐. 아빠, 나 사귀는 사람이 있기는 해. 그
런데 지금은 너무 복잡해서 그런 거야. 우리 둘 다 아직 정식으로 인
사할 처지가 아니라서 그런 거야. 내가 무슨 배신을 했다고 그래?"

"너 솔직허니 말해봐라. 박가놈헌티는 인사 갔제? 그라제? 나헌티
만 안 오고 있는 거제?"

"무슨 소리야? 아직 아무한테도 인사 안 했거든?"

"정 머시기? 그놈새끼도 틀려부렀어! 인사를 드리겠다고 지 발로
찾아오야제! 엉뎅이도 딸싹 안 하고 주잖아 인사를 받을라 해? 싸가
지 없는 놈새끼! 호로새끼! 보지 않아도 뻔해부러! 지가 병원 원장이
면 다야? 내가 강남에서 병원장 이십 년 한 사람이야! 감히 제가 나를
우습게 알어? 쌍놈새끼! 내가 그놈새끼 아조 모가지를 똑 분질러놔야
쓰겄어! 창새기를 뽑아서 후둘러놓을 티야, 아조!"

아빠는 흥분할수록 고향 말투가 거세어졌다. 물류사업이 꼬이면서
아빠의 피해망상 증세는 점점 더 심각해졌다. 시집도 가기 전에 정욱
연의 모가지가 부러질 판이었다.

"나는 이제 애비도 아니다 이거냐? 박가놈이 더 부자니까 애비는
필요 없다 이거냐? 니 에미가 나한테는 말헐 필요도 없다고 하더냐?
박가놈이 다 해준다고 그러더냐? 이제 성씨도 다 박씨로 바꾸라고 하

160

더냐? 나 안직 죽지 안 했다! 결혼식도 약혼식도 나를 빼놓을 생각은 하지도 말어라? 손잡고 가는 건 나다, 이? 너를 낳은 건 나라고! 알아들었제?"

"아빠, 흥분하지 마! 곧 갈 거야! 아빠한테 제일 먼저 갈 거야! 금방 갈 거야! 아주 금방! 그러니까 조금만 참아! 조금만 참아야 해! 알았지! 아빠! 아빠! 아빠?"

끊어져버린 전화기에 대고서 나는 한참 동안 아빠를 불렀다. 정욱연을 불러다 앞에 놓고 '앉아, 인나, 씨버럴롬, 대그빡 박아, 확 밟아불랑게' 하면서 고향식 얼차려를 대판 해대야 직성이 풀릴 기세였다. 하지만 택도 없는 이야기였다. 정욱연이 그렇게 아빠 하라는 대로 만만하게 데굴데굴 굴러줄 인간이 아니었다. 내 타는 속은 아무도 몰랐다. 그저 눈앞이 캄캄했다.

정욱연은 일을 흐리멍텅하게 하는 사람이 아니었다. 그는 약속을 지켰다. 하던 일만 마무리하겠다는 핑계조차 덧붙이지 않았다. '건강상의 한계'라는 거부할 수 없는 이유를 들어 모든 진료와 치료와 수술과 분만을 다 넘기고 불임 진료만 딱 남겼다. 온갖 강연과 방송 출연도 모두 사절했다. 암이라도 걸린 것처럼 전격적인 단행이었다. 항의하려던 산모들도, 불평하려던 직원들도, 막상 그를 보면 무어라 할 말을 찾지 못했다. 하던 일을 하나하나 내려놓는 그의 눈빛은 손에 쥐었던 알록달록한 풍선을 하나하나 날려보내는 어린아이 같았다.

살인적인 스케줄표는 단 한 달 안에 말끔하게 정리되었다. 병원 사람들은 여섯시 십오분이면 정욱연이 가방을 들고 퇴근하는 낯선 모습을 보게 되었다. 황해재단 앞에서 나를 기다리는 정욱연의 은빛 세단을 타고 우리는 함께 퇴근했다. 저녁을 먹고 나면 함께 산책을 했다. 아파트 뒤편으로 펼쳐진 강둑길을 따라 우리는 삼십 분쯤 함께 걸었다. 산책까지 끝내도 여덟시가 채 안 된 시각이었다. 겉보기에는 평화로운 휴식, 완벽한 밀월이었다. 하지만 우리의 속사정은 달랐다.

사십칠 년 과로 인생의 가장 아름다운 마무리가 되기를 희망했던 4부작 미니 휴먼다큐멘터리 〈인생은 아름다워〉를, 정작 정욱연은 보지 않았다. 그가 보지 않으니까 나도 볼 수 없었다. 남들은 재미있게 보았고 큰 감동을 받았다는 인사가 쇄도하는데, 정작 우리는 다큐멘터리에 대해서 입도 뻥긋하지 않았다. 그 다큐멘터리는 그가 희망했던 가장 아름다운 마무리가 전혀 아니었다. 공개처형이나 다름없었다.

처음에 나는 무언가 새롭고 신나는 일로 그의 기분을 풀어줄 생각을 했다.

"우리 나이트 갈래요?"

그가 거절하긴 했지만 사실 나쁜 아이디어는 아니었다. 나는 그를 즐겁게 해줄 자신이 있었다. 한때 작은오빠와 나는 시내 모든 유명 호텔 나이트의 매니저와 반말을 텄다. 남매 사이인 걸 굳이 알리지 않으려고 노력했지만 그 바닥에서 그걸 모르는 사람은 없었다. 우리는 전설의 코믹댄스 듀오로 서울의 밤을 평정했다. 장단을 맞춰줄 김학원이 없는 핸디캡에 고위험 산모라서 과격한 골반 털기는 삼가더라도, 풋내기 정욱연 하나쯤 웃다 쓰러지게 만드는 건 일도 아니었다. 그렇게 심장이 터질 것처럼 웃으면서 우리의 두번째 신혼을 맞이할 수 있을 거라고 생각했다. 하지만 그런 식으로 모든 일이 웃으면서 풀릴 거라고 믿었던 게 얼마나 순진한 생각이었는지, 나는 곧 깨달을 수 있었다.

깡마른 중년의 해리 포터 같은 이 남자는 요즘 거울 앞에서 볼드모트를 보는 것 같은 표정으로 서 있곤 했다. 빡빡한 생활 속에서도 언제나 활기차고 사랑스러웠던 욱연 원장님, 삶에 존재하는 모든 아름다움과 조화로움을 온몸으로 보여주었던 나의 타지마할은 현재 나와 함께 살고 있는 그 남자가 아니었다. 산책을 마치고 집으로 돌아오면 나에게 곁으로 오라는 소리도 하지 않고 혼자 소파에 앉아 있곤 했는데, 그 남자가 말없이 거기 앉아 있는 것만으로도 그 큰 집 안의 모든 사물 하나하나가 긴장으로 곤두섰다. 그는 백칠십이 센티미터 오십오 킬로그램의 좁은 공간에 고준위 불행을 농축해 쑤셔넣은 야윈 핵연료봉이었다.

'김이사님, 내일 뒤풀이파티에 같이 오실 거죠? 보고 싶습니다.'

어느 날 유흥식 PD가 나에게 보낸 문자였다. 나는 무어라고 답해야 할지 알 수 없어서 그 문자를 정욱연에게 보여주었다. 그는 표정 없이 내 휴대폰을 한번 보고, 나를 한번 보았다. 그리고 아무 말도 하지 않았다. 그것이 정욱연이 누군가를 미워하는 방식이었다.

해사한 웃음, 수줍은 얼굴, 부드러운 말투, 상대방의 말에 크게 고개를 끄덕이는 몸짓은 그의 본성의 아주 작은 일부분에 불과했던 것을 나는 뒤늦게 깨달았다. 그에게는 세상에 꼼꼼하게 숨겨왔던 아주 커다란 다른 부분들이 있었다. 무표정한 얼굴로 아무 말 하지 않는 정욱연은, 침묵만으로 사람을 죽일 수도 있을 만큼 차갑고 지독했다.

그는 내가 임신부라는 사실도 대부분 잊고 사는 것 같았다. 알긴 알아도 의식의 가장 얕은 표면에 겨우 묻어 있는 얼룩처럼 대수롭지 않은 정보였다. 그는 나를 마음껏 미워함에 임신 따위 사소한 문제로 거리끼지 않았다. 나는 그의 엄마였다가, 누이였다가, 아버지였다가, 형제들이었다가, 전혜원이었다가, 아이들이었다가, 그들 모두를 합쳐 제곱한 천하무적이었다. 그는 상처들을 잊기 위해서 믿을 수 없을 만큼 많은 일을 했다. 그에게 일은 상처를 가리기 위한 두꺼운 이불이었고 나는 피고름과 진물로 얼룩진 그의 이불을 빼앗아버린 불한당이었다. 나에게 이불을 빼앗기고 상처를 드러낸 그의 눈빛에는 그렇게 쓰여 있었다. 지금 내가 할 수 있는 건, 하염없이 너를 미워하는 것뿐이라고.

오래된 상처와 슬픔 들을 마주하면서, 그의 마음속에서 원망과 미움들이 물안개처럼 피어올랐을 것이다. 떠올리고 싶지 않은 고통스러운 기억들을 직면하는 것 말고는 아무 할 일 없는 텅 빈 시간들이 낯설었을 것이다. 그런 괴로운 휴식을 강요한 내가, 그는 무한히 미웠을 것이다.

하지만 그가 나를 미워하는 건 부당한 일이었다. 과로로 불행을 덮는다는 건 미친 생각이었다. 그는 나 때문에 불행한 게 아니었다. 나 역시 그의 곁에 있기 위해 많은 것을 내놓아야 했다. 욱하고 성질이 치밀기도 했다. 싸우자면 얼마든지 싸울 수 있었다. 나는 싸워서 져본 일이 없는 무패의 전사였다. 하지만.

하지만 어쩐지 나는 지금이 침묵해야 할 때라고 느꼈다.

언젠가 나는 그런 약속을 했던 것만 같았다. 그가 타지마할의 가면을 벗고 맨얼굴을 드러낼 때, 깊이 눌러둔 그의 모든 불행들을 직면할 때, 그의 곁에 있겠노라고. 내 생일이 지난 다음날, 그 새벽의 원장실에서 그랬던 것 같았다. 한평생 조심스러움을 던져본 일 없었던 그가 내 앞에서 왠지, 왠지 난데없는 이야기들을 하고 싶어졌을 때, 아무에게도 보여주지 않았던 그의 상처와 좌절과 실패 들에 대해 이야기하고 싶어졌을 때. 그때 나는 이미 예감했던 것 같았다. 그가 가면을 벗는 순간, 그 앞에 내가 있을 것 같다고.

이미 예감하고 있었으니 내 앞에서 얼마든지 망가지라고, 마음껏 생떼를 쓰고 억지를 부리고 진상을 떨어보라고 허락하고 싶었다. 그가 타지마할이 아니고 마하트마는 더더욱 아닌 것을 이제는 알지만, 나는 그를 사랑했다. 스스로 타지마할이나 마하트마가 아니면 사랑받을 자격이 없는 줄 알고 자신을 무한대로 쥐어짰던 멍청이에게, 또다시 마하트마의 가면을 쓰라고 하고 싶지 않았다. 그래서 미우면 미워하고 화나면 화내게 놔두었다. 그게 내가 그를 사랑하는 방식이었다. 그랬더니 뭘 해도 잘하는 남자답게, 정말 이럴 수가 있을까 싶을 만큼 무한대로 나를 미워했다.

지금 정욱연은 아빠에게 데려가서 인사시키고 얼차려를 시킬 수 있는 상태가 아니었다. 결혼도 하기 전에 벌써 소박맞기 일보 직전이었다. 그저 이 미움이 세상 다른 모든 것들처럼 흘러가주기만을 기도할 뿐이었다. 시간이 흐르든 뱃속의 아이 덕분이든 아니면 나의 고속도로에도 나무가 하나 쓰러지든, 어떤 방식의 행운으로라도 이 지독한 미움이 끝나기만을 나는 속 끓이며 기다렸다.

슬픈 상념에 빠져 망연해 있는데, 이마 위로 냄새나는 물큰한 것이 툭 떨어졌다. 그동안 입덧을 거의 하지 않았는데, 갑자기 구역질이 나고 비위가 상했다. 황급히 주변을 둘러보니 보기 좋게 소복이 쌓인 은행잎 사이사이로 물러터진 은행들이 보였다. 나는 급히 벤치에서 일어섰다. 내가 앉아 있던 자리에 은행의 잔해들이 뭉개져 있었고, 큰마음 먹고 장만한 가을 신상품 트렌치코트와 스커트에도 들러붙어 있었다. 나도 모르게 입에서 욕설이 튀어나왔다. 아가야, 못 들은 걸로 해라. 아니, 벌써 많이 들었던가?

이럴 때 내 핸드백에 휴지가 준비되어 있을 리 만무했다. 트렌치코트를 벗어서 활활 털어봐도 별 도움이 되지 않았다. 이런 냄새를 풍기면서는 카페에 들어갈 수도 없었다. 택시나 지하철을 탈 엄두도 나지 않았다. 이럴 때 작은오빠가 있었으면 새옷을 사들고 달려오는 데 십삼 분 이상 걸리지 않았을 것이다. 작은오빠, 작은오빠가 있었으면.

갑자기 눈물이 나려 했다. 모든 자신감이 사라졌다. 작은오빠는 원래 미쳤고, 박회장도 아빠도 정욱연도 모두 제정신이 아니었다. 세상에 왜 이렇게 되는 일이 없을까? 나에게는 아무 기운도 남지 않은 것 같았다. 더러워진 트렌치코트를 팔에 걸고, 다른 한 손에 굴비를 들고, 나는 다시 걷기 시작했다. 비린내와 구린내에 구역질이 치밀었다. 겉옷을 벗은 어깨에 한기가 느껴졌고, 뭔가 따뜻한 걸 마시고 싶어졌다. 작은오빠에게 전화를 걸고 싶었다. 십 분 안에 오라고 소리를 지르고 싶었다. 작은오빠의 자동차 시트에 으깨진 은행을 당당하게 처바르고 싶었다. 내가 구린내 비린내를 펄펄 풍기며 차에 오르면 김학원은 기뻐서 날뛰었을 것이다. 뺨으로 눈물이 주르르 흘렀다. 나는 훌쩍거리며 아파트단지 오솔길을 걸었다. 훌쩍거리는 소리가 흑흑 소리로 변해갈 무렵 누군가가 내 손에서 굴비 상자를 채뜨렸다.

"아이고, 내가 죽갔습니다. 이사님 때문에 내가 아주 죽갔습니다. 도대체 언제까지 이러고 나를 기다릴 생각입니까?"

운동복 차림에 야구모자를 눌러쓴 최영해가 우거지상을 하고 서 있

166

었다. 나는 소매로 눈물을 닦았다.

"날씨가 쌀쌀한데 옷은 왜 벗었습니까? 길에서 울면서 다니고, 무슨 일입니까 지금. 이사님, 어서 따뜻한 데로 갑시다. 내가 아주 이사님 때문에 정신이 다 달아났습니다. 어디건 따뜻한 데로 가서 이야기를 합시다."

나는 은행으로 더러워진 트렌치코트를 보여주면서 내가 카페에 들어갈 수 없는 사정을 우물쭈물 설명했다. 최영해는 입속으로 "내가 죽갔습니다, 내가 죽갔습니다" 하고 되뇌었다.

"그럼 잠깐 집으로 들어오십시오. 사람이 사는 거, 못 보여줄 게 뭐겠습니까. 죽지 않고 사는 것도 장한 거 아닙니까? 이사님만 괜찮으면 잠시 들어오십시오."

나는 최영해를 따라 아파트의 작은 엘리베이터에 올랐다. 최영해의 얼굴에 긴장한 기색이 역력해서 나는 죄를 지은 사람처럼 주눅이 들었다. 좁은 복도에 어지럽게 놓인 세발자전거와 킥보드 들을 지나 맨 끝 집이 최영해의 집이었다.

"잠깐만 여기서 기다립시다, 이사님. 안에 사람이 있어요. 좀 아픈 사람이라서, 여기서 잠깐만 기다리면 말 좀 하고 나오겠습니다."

나를 복도에 세워두고 급히 집 안으로 들어갔다가 그녀는 금세 다시 돌아와서 나에게 들어오라고 손짓했다. 나는 작지만 깔끔하게 정돈된 그녀의 집으로 들어섰다. 거실 창문 밖으로 노란 은행잎이 넘실거리는 아늑한 집이었다. 나는 최영해가 내준 운동복 바지로 갈아입고 오렌지주스를 두 잔 연거푸 들이켰다. 배가 다소 조였지만 견딜 만했다. 최영해는 긴장한 얼굴이었지만 나를 반가워하는 것 같았다. 나 역시 오랜만에 보는 그녀가 반가웠다. 서로 간단한 안부를 주고받은 후 나는 최영해에게 조심스럽게 아이는 어떻게 되었느냐고 물었다.

"돈을 부쳤습니다. 손을 써서 일단 수용소 밖으로 꺼내긴 했습니다. 아이 아빠한테서 떨어진 기회에 아주 여기 올 길을 알아보고 있습니다. 지금 다시 중국에 있습니다. 잘될까 모르겠습니다."

비록 몰락했으나 최영해의 아버지가 오랫동안 간부직에 있었으므로 손쓸 만한 연줄이 남아 있었다. 돈만 부치면 수용소에 넣고 빼는 건 얼마든지 된다고 했다. 북한이라는 나라는 참 알다가도 모를 나라였다. 어쨌거나 아들의 신변이 위태로운 고비는 넘긴 듯했다.

굳게 닫힌 안방문 뒤에 있는 '아픈 사람'은 누구냐고 물었더니 이렇게 대답했다.

"조경옥이라고, 어릴 때 한 학교를 다녔던 동무입니다. 입국한 지 얼마 안 되었습니다. 경옥이는 먼저 입국한 여동생이 있어서 주거지원을 받지 못했습니다. 여동생과 같이 살라는 건데, 여동생이 한국 남자랑 살고 있습니다. 우리 같으면 이만한 집에 같이 살겠지만 한국 사람들은 둘이 살기도 좁다고 하지 않습니까? 경옥이 몸이 아프고 해서 저희 집에 와 있기로 했습니다. 어릴 때 친하게 지냈던 동무라서 의지가 됩니다."

경옥의 여동생과 같이 산다는 한국 남자에 대한 설명을 가만 들어보니 우리가 흔히 '제비'라고 부르는 사내였다. 한물간 대한민국 제비들에게 국가에서 임대주택과 기초생활비를 지원받는 탈북 여성은 복음이요 안식처요 블루오션이었다. 집 없이 떠도는 처지가 된 경옥이 어디가 아픈 거냐고 작은 소리로 물었더니 최영해는 쓴웃음을 지으며 짧게 대답했다.

"다들 아프지요. 경옥이가 오는 길에 공안한테 몇 번이나 붙잡혀서 되돌아가고, 영 고생을 했습니다. 여기저기 많이 아픕니다."

황해재단으로 돌아와서 다시 일해보는 게 어떻겠느냐는 내 말에 최영해는 미소를 지었으나 고개를 저었다.

"저는 황해재단에 돌아갈 수 없습니다. 지금 돈이 급해서 그럽니다. 경옥이도 아파서 제가 도와야 하고, 아이를 데려오는 데도 큰돈이 들고, 아이가 오면 아이를 키우는 데도 또 돈이 듭니다. 북한에서 낳은 아이라야 지원을 해주는데, 제 아이는 중국에서 낳아서 지원을 못 받습니다. 정착지원금도 못 받고 교육 혜택도 없습니다. 그저 다 돈이 듭니다. 한국말을 한마디도 못 하는 아이를 어찌 키워야 좋겠습니까? 어쨌거나 데려오면 살길이 있겠지요. 그래서 제가 돈이 급합니다. 지금은 그저 아무 생각 안 하고 돈 버는 일만 하려고 합니다."

나는 대낮에 이렇게 집에 들어앉아 있는 최영해에게, 돈을 많이 버는 일이 뭐냐고 묻지 않았다. 매달 입금되는 내 급여와, 일곱 명의 연구원들과, 조사기관에 지불한 용역비를 생각하자 벌컥 짜증이 났다.

"영해씨, 물론 우리 재단 월급이 짜다는 건 알지만, 내가 어떤 식으로든 방법을 찾아볼 테니 다시 한번 생각해보지 않을래요? 급히 필요한 돈은…… 내가 어떻게…… 마련해보겠는데……"

"무슨 돈을…… 아이구, 김이사님, 무슨 그런, 아닙네다. 일없습네다."

"영해씨, 그러지 말고 다시 생각해봐요. 내가 빌려주는 돈, 그거 급하게 갚지 않아도 돼요…… 황해재단에서 일하는 거……"

"아닙니다. 돌아갈 거였으면 나오지도 않았습니다. 이사님이 와주신 건 고맙지만 이제 그 이야기는 그만하고 싶습니다."

"영해씨 정말 왜 그래요? 급한 돈은 내가 빌려준다고 했잖아요? 내가 빌려주는 돈으로 아이 데려오고, 황해재단 다니면서 열심히 모아서 천천히 갚으면 되잖아요. 왜 자꾸 안 된다고만 해요?"

최영해에게 짜증을 내면서도, 실은 나 자신에게 짜증이 났다. 황해재단 사무직원 월급 백이십만원을 받아 아이를 키우면서 그 돈을 모으라는 건 헛소리였다. 내가 하는 말마다 짜증이 나서 나 자신을 한대 패주고 싶을 지경이었다.

"이사님 뜻이야 고맙지마는, 어떻게 저한테 돈을 융통해준다고 하십니까?"

그건 쉬운 일이었다. 몸만 정욱연의 집으로 들어가서 생활비도 따로 안 드니까 매달 돈이 그대로 쌓였다. 작은오빠도 얌전히 큰집에 들어앉아 있으니 돈 쓸 일도 없어서 나는 그 어린아이를 매달 한 번씩 구해줄 수도 있었다. 작은오빠가 출소할 무렵에는 재벌이 되어 있을지도 모른다.

"아이구, 이럴 줄 알았습니다. 이사님 개인적으로다 돈을 빌려주겠다. 이거 아닙니까."

"내 돈 내가 빌려준다는데 무슨 상관이에요? 영해씨도 급한 돈 구할 길이 사채밖에 더 있어요? 그리고 내 돈 떼먹어도 내가 뭐라고 안한다고요. 부담 없이 쓰면 돼요. 안 갚아도 된다고요."

최영해는 웃으면서, 그러나 단호하게 거절했다.

"김이사님, 정말로 고맙습니다. 우리 북한에서 온 사람들이 고맙다는 말을 잘 모릅니다. 북한에서 하던 대로 일없습네다. 그렇게 말을 하니까 싸가지가 없다고 그럽니다. 하지만 여기서 한참 살다보니 이럴 때 정말로 고맙지 뭐겠습니까. 그 자리를 바라는 한국 사람들도 얼마나 많을 텐데 이렇게 집까지 찾아와주고, 돈을 그냥 주겠다고까지 하고, 김이사님이 저를 얼마나 챙겨주는지 그 마음을 알겠습니다. 하지만 죄송합니다. 아무리 어려워도 남의 돈을 그냥 받을 수는 없습니다. 그렇게 살면 마음이 불편합니다. 다시 황해재단으로 가고 싶지도 않습니다."

최영해는 대가 센 여자였다. 설득하기가 쉽지 않았다. 그때 굳게 닫혀 있던 안방문이 슬며시 열렸다. 어두컴컴한 안방에 부숭하게 부은 얼굴이 문틈으로 살짝 보였다. 여기저기 아파서 누워 있다던 경옥이었다.

"야, 너는 무슨 말을 기러케 하니? 돕겠다고 집에까디 찾아와서 로력하는 사람한테 그게 무슨 말이니?"

"야 좀 보라. 너래 다 듣고 있었던 거이가?"

"너래믄 문짝 하나 갈린 사이에 안 들을 수가 있갔서?"

두 부녀 동무 사이에서는 자연스러운 북한 사투리가 쏟아져나왔다. 거의 서울말에 가깝던 최영해의 말투도 금세 달라졌다. 경옥은 여전히 안방문을 크게 열지 않고, 문지방 바로 뒤에 앉아서 딱 얼굴 반쪽만 내밀고 나직나직 이야기했다. 조심스러운 눈으로 내 모습을 살피는 것도 잊지 않았다.

"아이고, 놀라 자빠지겠다야. 경옥이가 처음 보는 손님한테 자기 절로 문을 열고 간참을 다 하고."

"내가 처음에는 저 사람이 사기꾼이지 않은가 하다가, 듣구 보면 기건 아닌 것 같다 하다가, 얼굴이나 한번 보자 하고 문을 열었서."

"나 이전 때 일하던 재단에 이사님이라고 했지 않아. 사기꾼은 무슨."

가운데 발을 드리우고 내외하는 중전과 왕실 종친처럼 조경옥과 나는 안방문을 사이에 두고 꾸벅 머리 인사를 나누었다.

"리사님은 우리가 무섭지 않습네까?"

실은 경옥이 약간 무서웠지만 나는 고개를 저었다.

"한국 사람들은 우리를 보면 간첩인가 한다는데, 랍치되면 어쩌려구 여기를 들어왔습니까?"

"영해씨랑 잘 아는 사인데요. 간첩은요."

"경옥아, 나올라믄 나오지 문짝은 붙들고 그게 뭐니?"

최영해가 핀잔을 주자 방문이 약간 더 열렸다. 부숭부숭한 얼굴이 좀더 또렷이 보였지만 여전히 마루로 나오지는 않았다.

"나는 잠을 못 자개지구선. 중국에 오래 피신해 있으니까 밤에 불이 일렁일렁하면 공안이 닥치는가 심장이 왈랑왈랑 무섭지 않았어요. 여기 와서두 잠을 잘 못 자겠어요. 해필이면 요 앞에 가로등이 서 있디 않습니까. 밤 되면 창가림막을 해도 빛이 비쳐들고, 그거를 꺼달라고 할 수도 없고 말입니다. 어쩌다 잠이 들면 인차 무서운 게 보이고 꿈소리를 하다가 깨고 하니까 내가 요새 정신이 아주 온전하지는 않습니다. 틀린 말이 있더라도 리사님이 리해하시라요."

바특하게 열린 문짝을 사이에 두고, 다소 괴상하고 어색하지만 묘하게 진지한 대화가 오갔다.

"우리 령해가 북한에 있을 적에 참 수재였댔습니다. 성품도 직바르고 아버지가 억울하게 내리먹기 전까지는 한 번도 학급장을 놓치지 않댔습니다. 령해가 재단에 들어간 것도 의욕이 있어서 간 거이지, 돈 그거 바라고 간 거이 아닙니다. 왜냐하면, 나처럼 아파개지고 일을 못한다고 하면 한국에서 기초생활금을 대줍니다. 병원비도 대줍니다. 그런데 직장에 다닌다고 해보면 인차 국가지원이 끊어집니다. 아프기라도 하면 버는 돈보다 드는 돈이 더 많아집니다. 그러니까 직장에 안 다니고, 가만가만 일하는 게 돈으로 보면 낫습니다. 령해가 돈이 적은데도 취직을 한 건 의욕이 있어서 그런 일입니다. 그런데 재단에서는 령해한테 보람 있는 일을 시키지를 않고, 마침 아이는 북송되고, 그러니까 령해가 결국 돈 보고 다른 자리로 가지 않을 수가 없다 이 말입니다."

"너는 처음 보는 리사님을 붙들고 별소리를 다 하는구나."

"령해가 한국에 온 지 몇 년이 되었는데, 집에 교회 사람 아니고 남한 사람이 찾아온 것은 처음일 거이야, 그렇지? 거기다가 급한 돈을 대준다고 하니까, 내가 처음에는 이 사람이 사기꾼인가, 한국이 어떤 세상인데 거저로 돈을 준다고 수작을 하는가 하지 않았갔어. 내가 딱 보니까 사기꾼은 아닌 것 같아서 마음을 놓았어. 나는 리사님이 령해를 찾아와서 재단으로 돌아오라 하니까 좋아서 이럽니다. 령해 같은 아이가 노래방 나가는 거 동무로서 못 보겠습니다."

조경옥의 입에서 나온 노래방이라는 단어에 최영해와 내 몸이 동시에 굳었다. 짐작은 하고 있었지만 두 귀로 들으니 가슴이 철렁했다. 조경옥의 부숭한 얼굴에도 당황스런 낯빛이 떠돌았다. 문 틈새가 다시 좁아졌다.

"나는 머리가 아퍼개지고 인차 다시 누울 거야. 나는 령해 네가 리 사님이 하라는 대로 거저 두말 않고 따르면 딱 좋겠구마는."

조경옥이 기죽은 목소리로 덧붙였지만 최영해는 계속 고개를 저었다. 돈을 안 갚아도 된다는 말에 더 정색했다. 최영해는 남의 돈을 떼먹느니 몸을 파는 쪽이 낫다고 생각하는 인간이었다.

"이사님이 우리 탈북자한테 그 자리를 챙겨주려는 마음은 정말 감사합니다. 저 말고 부모 따라 내려와서 여기서 학교 다닌 젊은 여성들이 많습니다. 그런 아이들은 영어도 우리보다 낫고 월급이 적어도 다닐 수 있습니다. 제가 아는 사람 중에서도 얼마든지 사람을 구할 수 있습니다. 저 말고 그런 아이들을 하나라도 취직시켜주면 정말 좋겠습니다."

하지만 내가 원하는 건, 어린 시절에 한국으로 와서 자란 젊은 아이들이 아니었다. 재단이 필요로 하는 건 이쪽과 저쪽이 뭐가 다른지 잘 아는 사람이었다. 저쪽에서 살다가 이쪽으로 넘어와, 이곳에서 결혼하고 취직하고 아이 키우면서 살려면 무엇이 필요한지 잘 아는 사람이었다. 머리가 좋고 마음이 바르고 의지가 굳은 사람이었다. 최영해가 바로 그런 사람이었다.

"그런 애들 말고, 영해씨가 필요해요. 나중에 영해씨가 이사 자리 차지해서, 마음대로 사업 짜고 젊은 애들 마음대로 고용해요. 그럼 되잖아요. 황해재단 정말 거지같지만, 내가 무슨 수를 써서라도 영해씨 자리를 만들게요. 지난번처럼 사무직 말고, 내 자리 같은 거, 내 자리 같은 거 만들어줄게요. 어차피 나 같은 거, 재단에 있을 필요도 없어요. 아는 것도 없거든요. 영해씨, 내 자리 가져요. 하고 싶은 일 많잖아요. 탈북자들이 뭘 필요로 하는지 알잖아요. 그런 일을 황해재단에서 하면 되잖아요. 황해재단을 좀 재단답게 만들어요. 나두 정말 죽겠어요."

최영해가 정색을 넘어 아주 실색했다.

"아이구, 그게 무슨 말입니까. 제가 왜 이사님 자리를 빼앗습니까. 일없습니다."

"누가 영해씨더러 내 자리를 빼앗으래요? 지금 당장 내 자리를 준다고 한 적 없어요. 지금은 아니에요. 하지만 내 목표는 그거예요. 영해씨한테 높은 자리 만들어주고, 탈북자 직원들 더 채용하는 거. 그리고 진짜 탈북자들한테 도움되는 일 하는 거. 영해씨, 그거 알아요? 영해씨 나간 다음에 직원이 일곱 명이나 더 들어왔어요. 그 사람들, 다 퇴직공무원들이에요. 일 안 해도 공무원 연금도 꼬박꼬박 나올 사람들이라고요. 재단에 와서 하는 일도 없어요. 낮에 증권 시세나 들여다보면서 그냥 자리 차지하고 있을 뿐이에요. 그 사람들한테 그 자리 주는 거, 아깝지도 않아요? 영해씨 주변의 능력 있는 탈북자들한테 그 자리 주고 싶지 않아요? 영해씨랑 뜻 맞는 사람들이 모여서, 재단 기금 가치 있게 사용하고 싶지 않아요?"

"……"

"영해씨, 한국에 갓 입국한 아이들이 한국어에 익숙해질 수 있게 도와주는 적응학교 있으면 좋지 않겠어요? 경옥씨처럼 공포를 떨치지 못하는 사람들, 자연 속에서 마음을 가라앉힐 수 있는 치유센터 있으면 좋지 않겠어요? 가족들에게 위험한 일이 생겼을 때 급히 돈 꿀 수 있는 긴급구호기금 같은 거 만들면 좋지 않겠어요? 영해씨, 그런 일 하고 싶지 않아요? 그거 말고도 할 일이 많지 않겠어요?"

흥분한 내 숨소리 말고는 아무 소리도 들리지 않았다. 침묵을 깬 건 다시 안방문 뒤에서 흘러나온 미약한 재촉이었다.

"령해야, 너는 과일이라도 깎아내지 않구서. 기렇게 앉아만 있는 법이 어디 있니."

최영해는 큰일이라도 난 것처럼 걱정 근심 가득한 얼굴이었다.

"뜻은 좋지만, 그런 일이 어디 뜻대로 되겠습니까……"

"누가 뜻대로 다 된대요? 안 되면 하는 수 없는 거지, 해보지도 못해요? 부딪쳐봐야 될지 말지 알지, 지금 나더러 보증이라도 서라는 말이에요? 지금 당장 시작해도 언젠가 될까 말까 한 일인데, 영해씨 자꾸 핑계대면서 꾸물거릴 거예요? 정말 이럴 거예요?"

최영해가 야단이라도 맞는 것처럼 움츠러들었다. 나를 돕는 문 뒤의 목소리가 다시 최영해를 재촉했다.

"령해야, 너 리사님 말에 더이상 거역하지 말고 거저 따르라. 나쁜 일을 하라는 것도 아닌데 무엇을 망설이니? 뒷일은 리사님한테 맡기고 부딪쳐보라. 리사님이 지금 홑몸도 아닌데 저렇게 흥분해서 어디 되겠니?"

헐렁한 옷으로 배를 감추어서 아무도 모를 거라고 생각했던 나는 깜짝 놀랐다. 놀란 속마음을 감추고, 나는 다 잡은 승세를 굳히기에 들어갔다.

"어쨌거나 나 혼자서는 못 해요. 영해씨 혼자서도 못 해요. 우리 둘이 시작해야 해요. 급하다고요. 나는 뭐 한가해서 이러는 줄 알아요?

176

나도 할 일 많아 죽겠어요. 나는 탈북자도 아니라고요. 황해재단이 탈북자를 돕든 말든 나는 아무 상관 없다고요. 영해씨가 알아서 결정해요. 나는 영해씨한테 급한 돈을 빌려줄 수 있어요. 갚든 말든 영해씨 마음대로 해요. 황해재단에 영해씨 자리를 만들겠어요. 쓸모도 없는 연구원을 일곱이나 뽑았는데, 내가 겨우 한 명 더 뽑는다고 누가 뭐라 하겠어요? 월급이 얼마가 됐든 일단 들어와요. 들어와서 우리 둘이 부딪쳐보자고요. 이사까지 될지는 모르겠지만, 어쨌든 결정권이 있는 자리를 만들어보자고요. 나중엔 결국 영해씨와 영해씨의 동료들이 이 재단을 접수하라고요. 알았어요? 그러려면 내가 있을 때 뭐 하나라도 더 해놓는 게 영해씨한테도 좋지 않겠어요?"

나는 기세등등하게 일장 연설을 마쳤다. 나는 또 이겼다. 최영해는 순순히 계좌번호를 적어주었다. 노래방 일은 더이상 하지 않겠다고 약속했다. 나는 보란 듯이 스마트폰으로 그 자리에서 입금까지 마쳤다. 내 통장에 있던 돈이 그녀의 통장으로 이체되었다. 순식간에 줄어든 잔고를 보면서, 김학원의 통장으로 이체할 때하고는 어쩌면 이렇게 기분이 다를까 생각했다. 이제 황해재단과 싸워 이기는 일만 남았다.

중요한 일을 결판짓자 모두들 기분이 좋아졌다. 안방에 있는 조경옥도 기뻐하는 것이 분명했다. 우리는 벌써 최영해가 아이를 입국시키고 황해재단의 이사 자리를 차지한 것처럼 들떠서 장차 모든 일이 잘 풀린다면 무엇을 하고 싶은지 이야기를 했다. 최영해는 아이를 데리고 으리으리한 놀이공원에 가고 싶다고 했다. 조경옥은 뜨끈뜨끈한 온천물에 몸을 푹 담그면 아픈 몸이 다 나을 것 같다고 했다. 나는, 나는……

휴대폰이 울렸다. 정욱연이었다.

"혜나야, 나 오늘 갑자기 저녁 약속이 생겼다. 좀 늦을 것 같아. 오늘은 너 혼자 퇴근해도 괜찮겠지?"

목소리가 근래 드물게 유순했다. 곁에 듣는 사람이 있는 모양이었다. 요즘 병원 회식을 제외하면 모든 약속을 거절하고 일찍 퇴근해서 나를 미워하는 일에만 집중했는데, 그를 불러낸 이가 누구인지 나는 그저 고마울 뿐이었다. 정욱연이 누구와 무얼 하든 즐겁게 놀고 기분 전환이 좀 될 수 있다면 더 바랄 것이 없었다. 나는 더없이 사근사근하게, 즐겁게 놀다 오라고 했다. 정욱연과 나의 다정한 전화통화를 들은 최영해가 덕담을 했다.

"결혼한 지 오래되었는데 이제야 아이가 생겼으니, 세대주가 기뻐하겠습니다."

일상적인 대화 속에 남편, 결혼, 부부, 가족이라는 단어가 그토록 자주 언급된다는 사실을, 나는 정욱연과 바람이 난 뒤에야 깨달았다. 일상적이고 흔해빠진 그 단어들이 너무 일상적이라서 더 아프게 가슴을 찌른다는 것도 알았다. 제도의 테두리 안에 안온하게 머문 사람들은 그 아픔을 결코 알 수 없을 것이다.

나는 최영해가 재단을 떠난 사이 '세대주'가 바뀐 것을 고백했다. 최영해가 놀람을 감추지 못했다. 아무 소리도 들리지 않았지만 안방 문 뒤에서도 헉 하고 놀라는 기색이 느껴졌다.

"북에서는 이혼하는 일이 적어서…… 일없습니다. 남쪽에서는 흔한 일이 아닙니까? 세대주가 늦게 온다고 하면 이사님 오늘 여기서 저녁을 들고 갑시다. 경옥아, 너도 나올 거지? 오이 무치고 삼겹살 구워서 이사님하고 저녁 먹자."

방문 뒤의 목소리가 우물쭈물, 자신은 머리가 아프고 옷차림도 보기 흉하니 안 나오는 것이 좋겠다고 대답했다. 아까는 부르지 않아도 문을 열고 말참견을 하더니, 내가 이혼했다는 소리를 들어서 저러나 하는 생각이 들었다.

최영해는 그 자리에서 뚝딱 오이를 무치고 고기를 구웠다. 아이를 가진 이후로 기름진 음식에 입맛이 당기지 않아서 삼겹살은 몇 점 집어 먹지 않았다. 오이만 정신없이 집어먹는 나를 보며 최영해가 말했다.

"고기가 당기지 않는 걸 보니 딸인가봅니다."

"아직 성별은 몰라요."

최영해가 고개를 끄덕이며 안방의 조경옥에게 밥과 반찬을 넣어주고, 그녀까지 대화에 포함된 것으로 간주해서 큰 소리로 말했다.

"한국은 기술이 좋아도 안 가르쳐준다고 들었습니다. 아들인지 딸인지 골라서 낳으면 안 되니까. 북한 사람들은 아직도 아들을 좋다고 합니다. 요새 한국에서는 딸을 좋아하지만요."

안방에서는 대답이 없었다. 아이 아빠가 산부인과 의사라는 사실은 차마 말할 수가 없었다. 나는 한참 동안 대답을 하지 못하고 머뭇거렸다. 어색함을 감추며 최영해가 고기를 뒤집는 사이 눈물이 주르륵 흐르고 말았다.

"아니, 이사님 왜 그럽니까? 무슨 일이…… 무슨 속상한 일이라도…… 이사님…… 혹시 몸이 안 좋아서 그럽니까?"

세상 사람들은 내게 불륜녀라고 손가락질했다. 정욱연은 나를 미워하고 아빠는 나를 배신자라 하고 성민은 말할 것도 없고 작은오빠는 감옥에 갔다. 내 편은 아무도 없었다. 기가 막히고 억울했다.

"이사님, 아까부터 참 이상합니다…… 아까 밖에서도 울고 있지 않았습니까? 곧 떠날 사람처럼 이야기를 하고…… 도대체 무슨 생각으로 이럽니까. 난 참 어찌해야 할지를 모르겠습니다……"

"영해씨, 나 너무 힘들어요. 나 어떻게 해야 할지 모르겠어요. 사람들이 다 나를 미워해요. 나더러 배신자래요. 나도 어쩔 수가 없어서 그런 건데 왜 나를 욕해요? 난 너무 억울해요. 아까 영해씨도 그랬잖아요? 내가 이혼했다고 하니까 깜짝 놀랐잖아요? 속으로 나쁘게 생각했죠? 내가 모를 줄 알아요?"

나는 막내라서 언니 노릇을 할 줄 몰랐고 어딜 가나 늘 내가 막내라고 생각하는 습성이 있었다. 나보다 네댓 살이나 어린 최영해에게도 동생 노릇을 하고 싶었다. 최영해는 의젓하고 심지가 굳어서 언니 같았다. 김학원 김철원 같은 오빠들 말고 최영해 같은 언니가 있으면 좋겠다고 나는 늘 생각했다. 최영해가 나를 달랬다.

"북에서는 이혼 허락이 잘 나지 않습니다. 그래서 이혼하는 일이 아주 드뭅니다. 갑자기 이혼했다고 하니까 놀라긴 했지만 나쁘다고 한 적은 없습니다. 이사님 같은 사람이 그랬으면 그럴 만한 일이 있지 않았겠습니까. 나는 그렇게 생각합니다."

최영해는 성민이 바람둥이였거나 도박 중독자였거나 아내 폭행자였을 거라고 생각하는 것 같았다. 나는 더 슬퍼졌다. 누구에겐가 화를 내고 싶었다.

"그럴 이유도 없었단 말이에요. 내가 바람난 거라고요. 그냥 잘 살고 있었는데, 갑자기 그렇게 된 거라고요. 그래요! 나 바람나서 이혼했어요! 그렇게 됐다고요! 성민이한테는 정말 나쁜 짓을 했지만, 그렇다고 해서 다 나를 욕할 건 없잖아요? 내가 성민이 말고 다른 사람한테 잘못한 건 아니잖아요? 근데 왜 나를 그런 눈으로 봐요?"

최영해는 더이상 변명하지도, 달래지도 않았다. 그녀는 나를 보며 곰곰 생각하다가 물었다.

"누구한테 나쁜 소리를 들었습니까? 그래서 마음이 상했습니까?"

머릿속이 온통 뒤죽박죽이라서 대답이 나오지 않았다.

"이사님, 그러면 지금 불행합니까?"

행복? 불행? 둘 다 안드로메다의 단어처럼 낯설었다. 최영해는 정욱연이 바람둥이거나 도박 중독자거나 아내 폭행자일까봐 걱정하는 것 같았다. 나는 얼굴을 손으로 감싸고 고개를 저었다. 행복도 불행도 아닌 것 같았다. 나는 그저 슬펐다.

내가 대답하지 않고 울기만 하자 최영해가 안방으로 다가가서 말했다.

"경옥아, 자는 게 아니거든 좀 나오라. 일없으니까 거저 나오라. 리사님은 지금 술이 안 되고, 너하고 나하고라도 한잔하디 않갔서?"

안방에서 비척비척 나오는 조경옥을 보고, 나는 쏟아지던 눈물이 쏙 들어가버렸다. 이제 삼십대 중반에 불과한 그녀는 머리가 반백이었고 허리가 기역자였다.

"경옥씨, 미안해요. 이렇게 몸이 많이 아픈 줄 모르고…… 괜히 나 때문에 나오게 해서……"

"일없습네다. 집 안에서는 혼자 변소도 가고 밥도 먹고 돌아다닙니다. 물리치료도 받고 침도 맞으니까 인차 낫겠지요. 이 몸으로 국경도 넘지 않았습니까? 오기까지는 일없었는데 환경이 안전해지니까 그만……"

최영해는 소주를 한 병 따서 사이좋게 잔을 채웠다. 조경옥은 최영해가 차린 상을 보면서 겨우 오이무침 하나로 손님을 대접한다고 잔소리를 하다가, 찰랑거리는 소주잔을 달게 비웠다. 나는 그들이 잔을 비우는 모습을 부럽게 바라보았다. 그네들은 사이좋은 자매 같았다.

"이사님, 한국에서는 남자들이 살붙게 잘해주지만서도 북한에서는 남자들이 원래 무뚝뚝합니다. 남편을 나그네라고 부릅니다. 남자는 나그네려니 생각하면 마음 상할 일이 있겠습니까?"

"리사님, 일을 저질렀으면 후회하지 맙시다. 뱃속에 아이까지 있는데 무슨 다른 생각을 하겠습니까? 남의 눈 따위는 생각하지 말고 씩씩하게 살아갑시다."

그녀들은 내가 왈칵 울어버린 것을 대수롭지 않게 여기는 것이 분명했다. 몇 년 동안 이리저리 팔려다니고, 사선을 넘고, 이제 아이를 사선에 세운 사람들에게 나의 바람과 이혼 이야기쯤은 안줏거리도 안 되는 모양이었다. 세상에 별 남자 없다, 애도 가졌는데 이제 어쩌겠느냐, 내가 겪은 일쯤은 오이를 무치다가 양념 묻은 손으로 눈을 비벼서 눈물이 난 정도의 하찮은 일에 불과하다는 식이었다. 위로도 격려도 아닌, 거의 무관심에 가까운 그녀들의 태도가 오히려 내 마음을 편안하게 했다.

"경옥아, 얼른 나아야디. 치료도 잘 받구. 네가 같이 있어 얼마나 다행이야. 이사님, 저는 경옥이가 같이 있게 되어서 얼마나 좋은지 모르겠습니다. 고향집 한 칸을 뚝 떼다 가져온 것 같습니다."

"리사님, 령해가 없었으면 나는 길거리에서 죽었을 거입니다. 몸은 아프고 동생은 한집에서 살 수가 없다고 하는데 령해가 없었으면 로숙인이 되지 않고 무슨 길이 있었겠습니까? 리사님 덕분에 령해가 재단으로 돌아가고 고저 이번에 아이만 잘 오면 나는 아무것도 더 바랄 거이 없습네다."

고생 끝에 이 자리에 와 있고 아이도 곧 오게 될 것이라는 해피엔딩을 기다리고 있었기 때문에 그녀들은 모두 마음이 밝았다. 무엇보다도, 그녀들은 나를 좋아했다. 그녀들을 가득 채운 신뢰와 호의가 온기처럼 나에게 전달되었다. 나는 더이상 어깨가 시리지 않았고 그 저녁을 즐겁게 보낼 수 있었다.

서울시 외곽 임대아파트단지에서 강남의 호화 주상복합으로 나를 실어나르면서, 택시운전사가 은근한 목소리로 물었다.

"어디 갔다 오시는 길입니까?"

"친구네 집이요."

창밖으로 흐르는 가로등을 보면서, 나는 최영해의 질문을 생각했다. 나는 지금 불행한가?

다시 한번, 정욱연이 생각났다. 교주라고 불렸던 남자. 나만이 알 수 있었던 그 안의 숨겨진 검은 구멍이 있었다. 지금 그 구멍이 우리를 집어삼키고 있었다. 나를 미워하는 그의 눈빛이 생각나서 다시 눈물이 날 것 같았다. 사랑이라는 엄청난 바위가 미친 듯이 내달리고 난 뒤, 정신을 차리고 보니 달 표면 같은 폐허에 나 혼자 서 있었다. 아무도 행복한 사람이 없었다. 온통 상처입고 뼈가 부러져서 신음하는 사람들뿐이었다. 이건 행복이 아니라 재난이었다. 나이 마흔에 찾아온 사랑이란 건, 알고 보니 그런 거였다.

하지만.

그럼에도 나는 자꾸만 귀를 기울였다. 어디선가 들려오는 소리가 있을 것 같았다. 달 표면이 된 현실 속에서 그런 소리를 기다리고 있다는 게 놀랍지만, 내가 기다리는 건 어떤 소리였다. 물소리는 아닐지도 모르겠지만, 그 비슷한 소리였다. 송글송글 솟아나는 소리, 맑게 퐁퐁 터지는 소리, 촉촉하게 사락사락 적시는 소리.

나는 그런 소리가 곧 들릴 거라는 확신에 사로잡혀 자꾸만 귀를 기울였다. 보이는 것은 숨 막히는 먼지구름, 상처받은 사람들, 무너지고 망가진 잔해들뿐이고 들리는 것은 비명소리, 울음소리, 욕하는 소리뿐이었지만, 그럴수록 나는 점점 더 강한 확신에 사로잡혀 그 소리를 기다렸다. 그것은 우리를 방금 휩쓸고 간 그 무시무시한 해일 같은 것이 아니라 우리 발등을 적시고, 상처를 씻어내고, 웃고 놀고 장난치게 만들어줄 그 어떤 것이었다. 나도, 정욱연도, 성민도 그걸 필요로 했다. 본 적은 없지만 그건 옹달샘 같은 것이었고 그 비슷한 소리를 내는 것이었다. 나는 그것의 예감에 사로잡혀 지금 나를 둘러싼 황폐한 것들을 자주 잊었고 언제나 바람이 불어오는 쪽을 향해 귀를 기울였다.

그날 밤 자정이 넘어서, 정욱연은 대리운전기사에게 업혀서 귀가했다. 나는 정말 놀랐다. 정욱연은 언제나 '딱 석 잔'으로 유명했기 때문이다. 소주건 맥주건 폭탄주건 와인이건, 주종을 가리지 않고 언제나 딱 석 잔이 그의 주량이었다. 그의 실제 주량이 얼마인지 아무도 알지 못했다. 아무리 집요하게 술을 권하는 상대를 만나도 교묘하게 잘 피해서 언제나 석 잔 근처로 마무리했다. 업혀오기는커녕 술기가 오른 모습도 본 적이 없었다. 그러던 그가, 축 늘어져서 낯모르는 사람 등에 업혀왔다.

정욱연은 변기를 껴안고 밤을 새우다시피 했다. 도대체 어떤 개자식이 사람을 이래놨느냐고 펄펄 뛰었지만 그는 대답하지 않았다. 잘 돌아가지도 않는 입을 겨우겨우 움직여 "나 오늘 죽을 뻔했다"고만 했다. 그 말을 할 때는 나를 미워하지 않는 것 같았다. 죽을 뻔한 위기 속에서 나에게 돌아오기 위해 기를 쓴 것 같아서 가슴이 뭉클했다. 정신도 못 차리는 인간을 오래오래 껴안아주면서 이제 미움이 끝났는가 희망이 솟았다.

하지만 아침이 되자 그는 나를 미워하는 정욱연으로 감쪽같이 돌아와 있었다. 벌써 눈빛이 달랐다. 동서남북도 분간 못 하면서 용케 샤워를 하더니 늦더라도 병원에 가겠다고 부득부득 출근 준비를 했다. 지금 출근할 몰골이 아니라고, 병원에 연락해서 하루 쉬도록 하라고 아무리 뜯어말려도 들은 척도 하지 않았다.

"거울도 안 봐요? 이 꼴로 환자들을 볼 거예요? 아예 병원 문 닫으려고 그래요?"

그래도 그는 대답 없이 넥타이를 꺼냈다. 죽어도 출근하려는 고집이 진한 술냄새와 함께 내 성질을 득득 긁었다. 일에 빠져 죽으려는 놈을 겨우겨우 건져놓았더니 이제 술독에 빠져 죽으려고 발광이었다. 가지가지 하는 남자였다. 그동안 나도 참을 만큼 참았다. 더이상은 참을 수가 없었다.

"지금 나 때문에 술 마셨다 이거예요? 나 때문에 당신 인생 망쳤다 이거예요? 내 꼴 보기 싫어서 죽어도 병원 가야겠다 이거예요?"

술이 덜 깬 손으로 몇 번이나 넥타이를 고쳐매면서 정욱연도 참을까 말까 조금 고민하는 것 같았지만, 한쪽 입꼬리가 비열하게 말려올라간 걸 보면 그쪽도 참기는 벌써 틀린 모양새였다. 그는 아주 얄미운 눈빛으로 나를 노려보다가, 결국 참지 않고 내뱉었다.

"그래, 너 때문인 셈이지. 어제 병원에 김혜나의 아버지가 오셨으니까."

정욱연은 냉장고에서 1.5리터 이온음료 한 병을 꺼내 옆구리에 끼고 택시를 불러서 출근했다.

8

두꺼비를 닮은 한 노인이 로비에 놓인 소파에 앉아서 불유쾌한 에너지를 방출하며 오후 내내 앉아 있었다. 병원 일에 대해서 언제나 촉수가 발달한 정욱연은 바쁘게 오가던 와중에도 자신을 따라다니는 적대적인 눈길을 예민하게 감지했다. 그런 눈길은 병원 분위기를 해치는 실랑이로 이어지기 십상이었으므로 그는 신중하게 대처해야겠다고 생각해서 사무장을 보냈다.

노인은 뜻밖의 VIP로 밝혀졌다. 진료중이던 정욱연에게 사무장이 허둥지둥 달려와서 그 불유쾌한 에너지의 주인공이 김혜나의 아버지라는 메모를 전달했다. 정욱연은 만사를 팽개치고 달려나가 김덕만 사장을 일단 원장실로 모셨다. 진료 예약이 빽빽하게 잡혀 있어서 당장 모실 수는 없지만 여섯시까지만 편안하게 원장실에서 기다리시면 최대한 빨리 일을 정리하고 오겠노라고 정욱연은 정신없이 굽신거렸다. 김덕만 사장은 대단히 못마땅한 표정으로 원장실에서 약 한 시간을 더 기다렸다.

나에게 먼저 퇴근하라는 전화를 걸고 김덕만 사장을 은빛 세단에 태워서, 정욱연은 그가 아는 가장 고급 일식집으로 향했다. 가장 비싼 술과 가장 좋은 생선회를 주문하고 금가루를 듬뿍 뿌려 가져오라고 했다. 벌써 조짐이 썩 좋지는 않았지만 마음을 굳게 먹고 그가 지을 수 있는 가장 해사한 표정으로 미래의 장인을 마주했는데, 난데없이 귀싸대기부터 날아왔다.

"이런 싸가지 없는 새끼!"

김학원에게서 내가 새로 시집갔다는 편지를 받은 직후부터 이 순간을 마음속으로 이리저리 그려보았던 김덕만 사장이 포문을 열었다.

"내가 시방 너헌티 흑싸리 껍딱으로 보이냐?"

정욱연은 맞아서 아프거나 놀란 것보다도 영혼이 은하계 밖으로 날아가버린 것처럼 아득했다. 몇 년 전에 겨우 죽었던 아버지가 어쩌자고 살아 돌아왔는가 정신이 멍했는데, 그것이 바로 한 대 더 맞을 이유라는 것처럼 곧바로 두번째 따귀가 날아왔다.

"웃따 대고 눈깔을 새하얗게 치떠? 이런 버르장머리 없는 놈새끼가!"

다짜고짜 귀싸대기부터 몇 대 날리고, 준비한 장광설을 퍼부으면서 중간중간 주먹으로 머리통을 몇 대 더 갈기는 것이 바로 미치광이 김덕만 사장이 아들들을 다루는 방식이었다. 회사 직원들에게도 가끔 그랬다. 화가 나서 그러는 게 아니라 그냥 아빠가 자라난 동네의 일반적인 교육법이 그랬다. 진짜 화가 나면 골프채나 파이프렌치를 휘둘렀다. 평소에는 거의 표준말을 썼지만 화를 내고 욕을 할 때는 고향 냄새가 물씬 풍겼다.

나를 거치지 않고 병원으로 직접 쳐들어갈 줄도 몰랐지만, 그 우악스러운 교육법을 정욱연에게 적용할 줄은 꿈에도 몰랐다. 성민에게는 그러지 않았다. 아빠는 아들들보다 성민을 훨씬 좋아했으므로 성민에게는 손에 잡히는 대로 수표를 내밀었다. 성민은 세뱃돈을 몇백몇십만원씩 받았다. 그게 아빠가 성민을 대하는 방식이었다. 정욱연은 성민만큼 마음에 들지 않았다. 제일 먼저 자신에게 인사하러 오지 않은 것부터 마음에 들지 않았고, 귀여워했던 성민을 밀어낸 것도 못마땅했다. 그래서 아빠는 자기 멋대로 정욱연을 아들들과 같은 등급에 넣었다. 일단 따귀부터 후려치고, 장광설을 퍼붓다가 중간중간 머리통을 후려치는 등급이었다.

따귀를 두 대 날린 후, 아빠는 준비했던 본론으로 들어갔다.

"내 딸이랑 살림을 차린 놈이 나한테 코빼기도 안 비쳐야? 엉덩이도 딸싹 안 하고 주잖아 인사를 받을라 해? 이런 염병할 새끼, 제일 먼저 인사럴 와야 할 것 아니야! 니가 나를 시뿌게 보나? 이 썩을 놈의 새끼럴 확 파묻어버릴라!"

이 시점에서 주먹을 휘둘러 정욱연의 머리통을 퍽 소리가 나도록 한 번 갈겼고, 하필 그때 들어오던 종업원은 놀라서 오십만원짜리 회가 담긴 도자기 접시를 떨어뜨릴 뻔했다. 김덕만 사장은 얇은 꽃살문을 넘어 일식집 전체에 공포 분위기가 번지는 것도 아랑곳하지 않고 마음껏 소리를 질러댔다.

본인이 강남에서 이십 년이나 병원을 운영한 병원장 출신이니 병원의 경영과 서비스에 대해서도 얼마든지 지혜와 경험을 전수해주겠다는 이야기도 했다. 병원뿐 아니라 물류와 창고업도 겸한 재력가를 장인으로 두게 된 정욱연의 행운도 잊지 않고 강조했다. 혜나가 어릴 때부터 얼마나 예쁘고 똑똑하고 아빠 말이라면 안 듣는 것이 없는 사랑스러운 딸이었는지, 초등학교 사학년 때까지만 해도 성적이 얼마나 괜찮았는지도 침이 튀도록 자랑했다. 세상에 사내새끼들은 다 쓸모없고 우리 혜나, 우리 혜나 하나가 자신의 사랑이요 자랑이며, 전 재산은 우리 혜나에게만 고스란히 물려줄 거라고 목청껏 떠들면서 은근히 정욱연의 표정을 살폈을 것이다.

하지만 두 팔을 마음껏 휘두르며 연설을 하면 할수록, 김덕만 사장은 흥이 나고 기분이 좋아지기는커녕 점점 더 불쾌하고 기분이 더러워지는 것을 느꼈다. 꼬챙이처럼 마른데다 생긴 것은 계집애같이 생긴 놈의 얼굴이 점점 더 백지장처럼 질려가면서, 입술을 꼭 다물고 이마에 새파란 핏대를 세웠기 때문이었다.

"너 이 씨버럴놈, 니가 시방 나헌티다 대고 인상얼 쓰는갑다, 잉? 이런 호랭이 씹어갈 놈새끼. 너 오늘 죽도록 한번 맞아봐야 쓰것다, 잉?"

김덕만 사장은 정욱연의 머리통을 향해 다시 한번 주먹을 휘둘렀는데, 이 싸가지 없는 새끼는 주먹을 싹 피했다. 한두 번 피해본 솜씨가 아니었다. 피했을 뿐 아니라 저쪽에서도 한 대 칠까 말까 심각하게 고민하는 얼굴이었다. 계집애 같은 줄만 알았더니 염병하게 암상스런 놈이었다. 성질이 폭발한 김덕만 사장은 손도 대지 않은 오십만원짜리 회 접시를 뒤집어엎어버렸다. 정욱연은 날아가는 접시 따위는 쳐다보지도 않았다. 앞에 앉은 칠십 노인만 곰곰 노려보고 있었다.

아빠가 곰의 겨울잠을 깨우듯 첫번째 따귀를 후려친 그 순간부터, 아빠의 앞에 앉아 있었던 사람은 열일곱 살의 정욱연이었다. 곰살하고 연약하게 생겼지만 날아오는 따귀나 주먹에 빈틈없이 단련된 소년이었다. 더 어릴 때는 별수 없이 때리는 대로 다 맞았지만 이제는 팔다리도 자라고 머리도 굵어지고 부모 없이 사는 삶에도 익숙해져서, 과연 때리는 대로 맞아야 하는가, 맞아 죽더라도 이제 한번쯤은 맞짱을 떠야 하는 게 아닌가 날마다 고민하던 바로 그 야윈 소년이었다.

왜, 왜 또 시작이냐고, 내가 무얼 잘못했기에 이러냐고, 나에게는 왜 이런 일만 계속 생기는 거냐고, 성난 소년이 파들파들 떨었다. 피가 나도록 손톱을 손바닥에 박아넣고, 이제쯤 영감의 정신이 번쩍 들게 맞주먹을 날릴 때가 되었다고 표독을 떨었다. 다시 주먹이 날아오면 그땐 하는 수 없이 그냥 맞아야겠다고, 지금 소리지르는 이 노인은 삼십 년 전의 그 무시무시하던 아버지가 아니라고 소년을 애써 누르는 마흔일곱 살의 정욱연도 다행히 조금은 남아 있었다.

천만다행으로, 아빠가 먼저 만만치 않은 정욱연의 성깔에 내심 놀랐다. 생각해보니 김혜나가 시집갈 남자라는 사실도 뒤늦게 떠올랐다. 혜나가 이 사실을 알면 무슨 천지발광을 할 것인가 더럭 겁도 났다. 그래서 성에 차지는 않지만 이쯤해서 교육은 그만해야겠다고 생각했다.

"너 이 짜잔한 놈새끼, 사내새끼 소가지가 쫍아터져가지고 말이야. 아주 맘에 안 들어부러. 너 우리 혜나 애믹이면 내가 모가지럴 삐틀어버린다, 이 싸가지 없는 새끼야."

"……"

"너 주둥이 계속 여미고 있을래? 이런 몰악시런 놈의 새끼."

정욱연은 숨을 크게 들이쉬고, 아빠를 똑바로 쳐다보며 또박또박 이렇게 말했다.

"오늘은 제가 참겠습니다. 앞으로는 참지 않습니다."

딴에는 자기 쪽에서 완전히 굽혔는데 정욱연이 이렇게 나오니까 아빠는 다시 화가 났다.

"뭐이가 어째야? 니가 참아? 이런 창새기로 젓갈을 담아벌 놈의 새끼를 봤나."

아빠가 다시 그의 머리통을 갈겼다. 이번에는 피하지 않고 그냥 순순히 맞으면서, 마흔일곱의 정욱연은 차라리 마음이 놓였다. 발악하는 열일곱 살 소년의 등을 떠밀어 과거로 돌려보내며, 그는 울컥 치미는 눈물을 겨우 참았다. 그는 더이상 어린 소년이 아니었다. 과거를 과거로 만들기 위해, 그는 남들이 상상조차 할 수 없는 노력을 기울이며 살아왔다.

"오늘은 마음대로 하십시오. 혜나가 임신중이라서 참는 겁니다."

"뭐여. 너 지금 뭐라겠냐."

정욱연은 그 순간 자신이 정당방어를 넘어서 칠순 노인네 하나를 죽일 뻔했다는 걸 몰랐다. 김덕만 사장의 심장이 물리적으로 이 초 동안 멈추었다가 다시 뛰기 시작했다. 오십만원짜리 회는 방바닥이나 먹으라고 줘버리고, 두 미치광이들은 그냥 깡술을 마셨다. 네가 먼저 죽으라고, 서로 죽도록 퍼먹고 퍼먹였다. 술이 들어가면 말이 더 많아지는 김덕만 사장이 혼자서 폭포수처럼 떠들어댔다. 암상맞은 새끼는 소주가 여섯 병 소비될 때까지는 쌀쌀맞게 주둥이를 여미고 술만 마시다가, 일곱번째 병뚜껑을 돌려따면서 드디어 대화에 동참했다.

"그 새끼덜언 자식이 아니라 웬수여. 사람도 아니여. 그 새끼덜 때문에 아조 인생이 엉망이 되아부렀어."

"그렇다고 어린애를 그렇게 팹니까. 뭘 잘못했다고. 어린애가 불쌍하지도 않았습니까."

"애비 옆치면 주머니 뒤질 놈덜. 그런 새끼덜언 읎는 것이 낫지 어쩌 둘이나 있을끄나."

"나도 읎는 것이 나았어. 아버지라고 부르기도 싫었다고. 누가 낳아달라고 했나? 그럴 거면 왜 낳았어."

"호랭이 씹어갈 놈들. 나넌 등어리가 오그라지도록 일을 혔더니, 나럴 이런 취급을 해? 애비럴 혼신짝으로 알아? 나도 즈이들을 읎는 심치고 말지. 은혜럴 모르는 놈덜."

"당신 같은 늙은이 말 누가 들을 줄 알아? 당신은 이제 아무것도 아니야. 나는 벌써 옛날부터 당신 자식이 아니었어. 당신 손아귀에서 벗어났어. 그게 내 삶의 목표였다고. 그러니까 돌아올 생각은 꿈도 꾸지 마. 용서하지 않아."

"애비 죽으면 시빠람 불 놈덜. 인제는 다 필요 읎어. 내가 한 푼이라도 줄 것 같냐? 한강물에 쏟아버리는 한이 있더라도 어림도 읎다."

"나도 지긋지긋해. 하지만 내가 질 줄 알아? 어림없어. 나는 끝까지 버틸 거야. 나를 욕해도 좋아. 나는 원래 피도 눈물도 없는 놈이야. 욕하라고 해. 눈 하나 깜짝 않을 테니까."

"그래도 우리 혜나는 달라. 그거 하나 보고 살았지. 사내새끼 열열 합쳐도 어림없어. 너 겉은 새끼 열열 합쳐도 어림없다고오. 혜나는 내 딸이야. 너 이 씨버럴놈. 감히 내 딸헌티다 손을 대? 내 딸을 뺏어가게 가만 놔둘 줄 아냐?"

"저를 빼앗기고도 내가 살아보겠다고 얼마나 발버둥쳤는데. 정말 죽을 것 같았는데. 꿈에도 모르겠지. 지금은 나를 원망하겠지. 나중엔 이해할까? 내가 저를 얼마나 사랑했는데. 말해도 소용없겠지. 희서야. 아빠가 미안하다."

"미안하다고 그걸 말로 해야 아나? 망헐 년. 애비 속도 모르고. 그게 아조 독애. 아조 나를 빼닮아서 독애 빠졌어. 이제 다 컸다고 즈이 애비는 아조 잊아부렀어. 내가 저를 얼마나 이뻐했는디. 우리 혜나! 너는 내 딸한티다 꼬라지 부리면 내가 모가지럴 삐틀어논다. 근디다 애를 가졌다고? 망헐 년, 애비한테 말도 안 해. 아들이냐, 딸이냐?"

"딸이죠, 씨발. 그것도 몰랐습니까?"

"하느님, 감사합니다! 이 씨버럴 놈아, 니가 말을 해야 알지. 성민이가 더 나았는디. 그 등신새끼는 물러터져갖고. 잘됐어. 우리 집안엔 딸이 좋아. 아들놈덜언 암짝에도 쓸모가 없어. 시원이도 가이내로 낳어야 하는 거인디."

술병을 들고 드나들던 종업원들이 어찌 들으면 이야기가 잘 통하는 것 같기도 했다. 엎어진 것 마신 것 합치니까 빈병이 열다섯 개였다. 각자 집으로 업혀가서 변기를 붙잡고 밤을 새웠다.

정욱연이 1.5리터 페트병을 옆에 끼고 출근한 뒤 나는 역시나 술이 덜 깨서 혀가 덜 풀린 시원이 애비를 붙들고 전화기가 터지도록 길길이 날뛰었다.

"아빠 미쳤어? 돌았어? 무작정 병원에 쳐들어가? 나한테 말도 안 하고?"

"그놈새끼 아주 틀렸어. 싸가지 없는 놈새끼. 지가 당연히 먼저 인사를 와야지. 애비가 찾아갈 때까지 코빼기도 안 비쳐?"

"지금 나 엿 먹이려고 그러는 거야? 그 사람을 왜 패? 요새는 애도 안 패! 개도 안 패! 말로 하지 왜 손을 대? 내가 못살아! 정말 못살아!"

"근다고 눈을 새하얗게 떠? 그놈새끼 아주 틀려부렀어. 나한테 귀빵매기 맞았다고 너한테 애믹이드냐? 일 나부렀다. 내가 그 새끼 아조 회를 떠놀란다."

"아주 굿을 해! 굿을 해! 나 시집도 가기 전에 소박맞으라고 굿을 해!"

"시집도 가기 전에 애부터 가져? 그래 놓고 애비한테 말도 안 해? 자살하고 자빠졌다잉? 이번에도 아들이었으면 내가 네 꼴도 안 봐부렀어! 딸이라고 하니까 참는 거그만!"

나는 잠시 내 귀를 의심했다.

"……딸이래? 그 사람이 그래? 애기가 딸이래?"

"아니, 넌 그것도 여태 몰랐어? 뱃속에 애가 딸인 것도 몰랐어?"

"……아직 이르다고 하더니. 좀더 있어봐야 안다고 하더니……"

그래서 김덕만 사장의 목소리가 순식간에 한 옥타브 튕겨올라갔다.

"쌍놈새끼! 배라처먹을 놈새끼! 아니, 산부인과 의사라는 게 제 새끼가 딸인지 아들인지 그것도 안 가르쳐줘야? 허허허. 내가 그놈새끼 딱 보고 알아봤어! 그놈새끼 성깔이 아주 독애빠졌더만! 딸이라고 하니까 참는 거지 아들이기만 했어도 내가 절대로 허락 안 했어! 허허허. 딸이면 낳아야지! 우리 집엔 딸이 귀한데! 니 에미는 뭐라고 그러냐? 딸이라니까 좋아허겄지? 하긴, 아직 모르겠구나. 너도 이제 알았는데 니 에미가 알 턱이 없지. 허허허. 즈그 마느래한테도 아들인지 딸인지도 안 가르쳐주다니, 세상에 뭐 그런 놈새끼가 다 있다냐. 니 에미가 사위 한번 오진 놈으로 얻는구나. 하긴, 그놈새끼 낯바닥은 니 에미가 딱 좋아하게 생겼더라. 허허허."

아빠는 내 아이가 딸이라는 소식과, 그 소식을 처음으로 안 사람이 바로 자신이라는 사실로 모든 분노와 울분이 봄눈 녹듯이 녹아서 괜히 욕을 하고 허허거렸다.

사람들은 아이 아빠가 산부인과 의사니까 얼마나 좋으냐, 지금쯤이면 아들인지 딸인지 벌써 알 때가 넘었다고 하는데 정욱연은 입을 꾹 다물고 아무 말도 하지 않았다. 잔멸치 같던 아이는 요술같이 인간으로 변신해서 토실한 팔다리로 자전거를 타는 것처럼 활기차게 바둥거리고 있었다.

나는 그 존재가 인간이라고 벌써 팔다리를 움직이는 모습에 넋이 나갔는데, 정욱연은 능숙하게 아이를 움직이게 해서 살펴볼 것을 살펴보고 체크할 것을 체크하면서도 설명 한마디 보태지 않았다. 궁금한 건 그저 네가 알아서 보라는 식이었다. 친절하기로 명성이 자자한 정 산부인과의 문턱을 넘었던 산모들 중에서 나와 같은 대접을 받았던 사람은 아무도 없었을 것이다. 우울증에 걸린 산부인과 의사의 셋째 아이를 낳는 것은 세상에서 가장 맥 빠지는 일이었다. 그에게는 이 아이의 발생과 성장이 전혀 신비할 것도, 특별할 것도 없었다.

나도 당연히 엉덩이 쪽을 뚫어져라 보았는데 나로서는 뭐가 뭔지 잘 알 수 없었고, 혹시 아들인가 싶은 뾰족한 무언가가 언뜻 보이는 것 같기도 했다. 혹시 저게 고추냐, 아들인 거냐고 물어보았더니 그는 무감정하게 아직 어려서 확실치 않다, 좀더 시간이 지나봐야 정확하게 알 수 있다고 대답했다. 나는 그때 잠정적으로 아들인가보다라고 생각했는데, 정욱연은 딸이라고 생각했던 모양이었다. 정욱연이 그렇게 생각했다면 딸이 맞을 것이다. 그게 무슨 대단한 비밀이라고 나에게는 말도 하지 않았는지, 요새 그의 마음속에는 뭐가 들어 있는지 야윈 가슴팍을 열어보고 싶을 지경이었다.

어쨌거나 뱃속의 아기가 딸이라는 건 좋은 소식이었다. 우리 집은 예로부터 딸이 귀했고, 아들들은 말썽을 부렸다. 게다가 요즘은 딸들이 득세하는 세상이었다. 어딜 가나 휴대폰 바탕화면에 애교 부리는 딸 사진을 넣어놓고 자랑하는 딸바보 아빠들이 우글우글했다. 김학원에게 '진짜로 딸'이라고 말해주면 더없이 기뻐할 것이다.

"그래도 아들이 든든하지 않은가?"

큰오빠 의견은 사뭇 보수적이었다. 아들들을 둘이나 두어서 얼마나 든든하시냐고 여쭤보면 임현명 여사는 입에서 불을 뿜을 것이다.

"아가씨, 그거 알아야 한다? 아들들이 속정이 있다? 큰오빠가 겉보기에는 무뚝뚝하고 사람이 좀 그래 보이지만, 알고 보면 얼마나 정이 많은데. 지난봄에 아가씨, 정원장이랑 사이 위태롭고 전부인 나타나

196

서 고민하고 그럴 적에, 나랑 큰오빠랑 얼마나 무릎 꿇고 눈물로 기도했는지 알아? 우리 아가씨가 새로 기업을 세우고자 하오니 우리 주께서 만 가지 허물을 덮으시고 그 기업을 반석 위에 세울 수 있도록, 다윗 같은 아들, 요셉 같은 아들로 기도에 응답해주시라고 눈물로 간구했다고. 아가씨, 그걸 알아야 해. 우리가 그때 그렇게 간절히 기도했더니, 금방 잉태로써 응답을 주셨잖아. 그런데 아가씨는 우리 아버지 놀라우신 은혜를 모르고 아직도 흑암 중을 헤매고 있으니, 우리가 백배 천배 기도의 힘으로 아가씨를 은혜로 인도하십사 하고 간구하고 또 간구하겠지만, 아버지."

큰오빠와 큰올케가 익숙하게 두 손을 모으고 고개를 조아렸다. 아니 분명히 나와 대화하고 있는 줄 알았는데, 그들은 어느새 기도를 하고 있었던가? 어쨌거나 큰올케의 소개로, 여기 또 한 분의 아버지 등장. 아버지라는 단어가 한숨과 매우 잘 어울리는 음향을 가졌다는 사실을 나는 문득 깨달았다. 김덕만 사장은 달려가서 정욱연을 패줬고 박진석 회장은 김학원을 감옥에 처넣어버렸는데, 세번째 아버지는 왠지 느낌이 좋다. 인간의 한숨과 저렇게 잘 어울리는 아버지가 포악할 리 없다.

"혜나야, 너 우리 말을 허투루 듣지 마라. 우리 말 틀리는 거 없다."

부부는 닮는다더니, 큰오빠 말투마저 큰올케랑 똑같아졌다.

"두말 말고 교회 다녀. 아버지께서 얼마나 기뻐하시겠니. 우리는 일요일마다 교회에서 뵈니까 확실히 친밀감이 두터워졌어. 그리고 너도 금방 느낄 거야. 아버지 하나님이 은혜로 채워주신다. 벌써 우리는 그 은혜를 넘치게 받고 있다."

그렇게 금방 효험이 나타나나? 어릴 때 살았던 신월동 집 근처에 무당집이 있었는데, 대문에 노란 부적이 붙어 있었다. 달팽이 등껍데기처럼 뱅글뱅글 말린 빨간 한자들이 한가득 써 있었는데, 문자속이 있었던 엄마는 비웃음을 가득 담아 그 글귀를 해석하곤 했다. '당대발복 금시발복 급급여율령.' 생전에 복이 터질 것이다, 당장에 복이 터질 것이다, 황제의 칙령처럼 급히 이루어질 것이다.

"큰오빠 말이 맞아, 아가씨. 내가 왜 진작에 이 좋은 은혜를 모르고 어리석게 살았을까 후회한다니까. 우리 아버지께서는 간구하지 않은 것조차 미리 예비하시고 베풀어주신다니까. 해찬이 해명이 문제만 해도 그래. 내가 그렇게 인간의 욕심으로 이루어보려고 애쓸 때에는 암흑 같고 길이 안 보이더니, 우리 아버지께 믿고 맡기니까 생각지도 못한 길이 열리잖아. 그걸 봐도 모르겠어? 두 눈으로 증거를 보면서도 안 믿는 이유가 뭐야? 왜 그렇게 어리석은 고집을 부려?"

해찬이와 해명이, 사랑하는 나의 두 조카들은 서류상 선교사 자녀로 입양되어 인도양에 접한 어느 도시의 국제학교에 다니게 되었다.

"다행히 해찬이가 그 집 아이들 중에 제일 나이가 많아. 가서 기죽지 않고 지낼 수 있겠지."

"여보, 그게 뭐가 좋다고 그래? 맏아들 노릇, 지겹지도 않아? 온갖 의무만 잔뜩 지고 좋은 소리는 하나도 못 듣는 게 맏아들인데, 그 사람들이 우리 해찬이한테 설마 맏아들 노릇 하라고 하지는 않겠지?"

큰오빠 부부는 세상에 존재하는 모든 것을 오염시키는 희한한 재주가 있었다.

나는 큰오빠 부부가 가르쳐준 방식대로, 한숨을 가득 싣고 말꼬리를 길게 늘이며 낮게 아버지를 불러보았다. 아버지. 초중고등대학교까지 모두 미션스쿨을 다니며 정신없이 졸기만 했을지언정 어쨌거나 채플시간마다 매주 한 번씩은 갈고닦았던 실력으로, 잊혔던 흑암기억의 창고 속에서 주기도문이 기다렸다는 듯 쏟아져나왔다. 한숨과 태초로부터 일체이신 나의 아버지시여, 이름이 거룩히 여김을 받으시오며.

"아가씨, 바로 그거야. 쉽잖아? 그걸 왜 안 해? 아버지, 아버지, 얼마나 쉽고 좋은 말이야? 아가씨, 제발 그렇게 좀 해봐, 응? 아직도 회장님, 회장님, 정떨어지게 회장님이 뭐야? 아버지, 아버지, 아니 아빠, 아빠, 요렇게 팔짱 끼고 응석 부리고 매달려야지. 이거 못 해? 아가씨, 이거 못 해? 아주 아가씨를 보면 속 터져 죽어버리겠어. 아가씨 어쩌면 그렇게 사람이 뻣뻣해?"

큰올케는 오빠의 팔뚝에 매달려 콧소리를 내고 볼을 비비적거리는 시범까지 보여가며 애교와 응석을 열연했다. 큰오빠도 큰올케를 응원했다.

"딸 좋다는 게 뭐냐. 딸이 실속은 하나도 없지만 애교 떨고 귀염 부리고 그러니까 딸이 좋다고들 하는 거 아니냐. 너 아버지께 다정한 딸 노릇을 하도록 노력해야지, 연세도 높으시고 외로운 분인데 그만한 효도도 못 하겠니? 아버지께 애교 떠는 게 돈 드는 일도 아닌데."

"아가씨는 어쩌면 그렇게 이기적이야? 아가씨는 정원장 낳았으니까 아버지께 잘 보이는 일 따위는 관심 없다 이거지? 오빠들은 생각도 안 해? 키워야 할 자식들이 줄줄이 딸린 불쌍한 오빠들은 생각도 안 해? 작은서방님은 벌써 감옥에 가 있고 큰오빠도 이제 벼랑 끝에 몰렸는데, 동생으로서 불쌍하지도 않아? 아가씨 혼자만 잘 먹고 잘살면 되는 거야? 정말 그럴 거야?"

"네 언니 말이 맞다. 너도 네 생각만 하지 말고 가족을 좀 생각해라. 해찬이 해명이가 아버지 은혜로 큰 비용 부담 없이 국제학교에 다니게 되었지만, 그래도 해외생활 뒷바라지하려면 돈이 꽤 든다. 너는 어차피 아이 낳으면 재단에 다니기도 힘들 것 아니야. 집에서 애나 키워야지. 네 남편이 돈도 잘 벌고. 그러니까 적당한 시기를 봐서 그 재단 이사 자리를 네 언니에게 넘겨라. 능력으로 보자면야 네 언니가 너보다 백배는 낫지, 암."

큰오빠 부부는 장소팔 고춘자처럼 손발이 척척 맞고, 아버지란 단어는 입에 짝짝 붙는다. 오늘 같으면 박회장 아니라 한창환이라도 마음껏 아버지라고 불러줄 수 있을 것 같다. 아버지, 나 미칠 것 같아요, 아버지.

"그래서 나더러 박회장을 아버지라고 부르라고? 세상에, 아버지라는 말이 그렇게 쉬워? 아무리 저렇게 되었다고 해도…… 아빠가 있는데."

"아주 그 이야기는 하지도 마! 그 양반 이야기를 듣기만 해도 내가 당장 혈압이 올라서 쓰러져버릴 것 같아!"

결국 큰올케가 참지 못하고 악을 썼다.

"낳기만 하면 부모야? 남이라고 해도 이러지는 않아! 세상에, 그 양반이 우리한테 뭐라고 하는지 알아? 큰오빠를 고소하겠대! 형사고소 당하기 싫으면 합의 보는 게 좋을 거라고, 자식을 협박한다고! 세상에, 변호사 통하지 않고서는 만나주지도 않아! 이러고도 그 양반이 아버지야? 우리가 지금 그 양반을 아버지라고 부르게 생겼어?"

큰오빠도 거들었다.

"혜나야, 너는 막내로 무책임하게 자라서 그렇지만 나는 맏아들이라서 생각이 다르다. 너만 생각하는 이기적인 마음을 버리고 가족 전체를 생각해라. 그 양반, 더이상 우리 가족이 아니다. 너 때문에 어머니 입장까지 곤란해질까봐 나는 그게 더 걱정이다. 무책임하게 시원이 낳아놓고서, 새로 얻은 여자하고도 벌써 깨진 모양이더라. 가산 탕진하고 어머니께 다시 기웃거리기라도 하면 어쩌려고 그러니? 너를 이용해서 그럴지도 모르잖니? 어머니를 위해서라도 그 양반하고는 연락을 끊어. 마음을 독하게 먹어야 해."

"아가씨 더이상 그 양반 이야기는 하지도 마! 얄팍한 정에 이끌리지 말고 그냥 우리가 시키는 대로 해! 교회 열심히 다니고 박회장님께 아버지라고 부르고 그 양반하고는 연락 끊어! 알았어?"

이제는 큰오빠 부부가 시키지 않아도, 사람의 말끝에 장단 잘 맞춘 아버지 소리쯤은 웬만한 삼십 년 개근 권사 못지않게 능숙하게 붙일 수 있다. 아버지, 하늘에 계신 우리 아버지. 북에서 내려온 또 한 명의 아버지. 망해버린, 눈물 젖은, 대책 없는 고집불통 미치광이 나의 아버지.

큰오빠와 큰올케의 얼굴이 법열에 달아올라 벌겋다. 나도 눈알이 뜨겁고 목젖이 깔깔하고 머리가 왕왕 울리고 가슴이 터질 것 같다. 세 아버지들이 지금 네시 방향 여덟시 방향 열두시 방향에서 각각 날아와 내 몸 안에서 삼위일체를 이루시는 중인가? 잘 모르겠다. 무언가가 내 안에서 미친 듯이 발광하고 뒤섞이고 폭발할 듯 부풀어오르고 있다. 이것은 필시 기적의 징조다. 세계의 기획부동산업자들이여, 이곳을 주목하라. 무조건 매입 추천. 여기는 대한민국, 당장이라도 내 엉덩이 밑에서 샘물이 솟구쳐 세상의 난치환자들을 치유할지도 모르는 미래의 성지, 또하나의 루르드, 청담동 칭의 VIP룸이다.

9

"이제 거기서 살게 되는 거야. 해마다 핼러윈 퍼레이드를 하게 될 거야. 외삼촌처럼 예쁜 집에서 살 거야. 좋지 않니?"

냉정하고 이성적으로 보였지만 사실 정희서는 직관의 인간이었다. 분석하고 판단하기에 앞서 먼저 느꼈다. 지진을 예감하는 카나리아처럼, 삶에 거대한 균열이 다가오고 있다는 사실을 희서는 엄마보다 먼저 감지했다. 초등학교 이학년의 어느 날이었다.

어린 희서에게 밴쿠버는 집집마다 깨끗한 잔디밭에 주황색 호박을 늘어놓은 예쁜 가을로 생각나는 도시였다. 어느 가을 외삼촌 집에 놀러갔을 때 마침 핼러윈 시즌이었다. 고양이 분장을 한 정희서와 해골 의상을 입은 정현서는 베개 커버를 벗겨 들고 마을을 돌았다. 사촌들과 몰려다니며 낯선 집의 문을 두드리고 사탕이나 초콜릿을 받았다. 영어학원에서 했던 핼러윈 파티하고는 전혀 달랐다. 한국에서 경험하지 못한 신나는 축제였다.

엄마는 이제 캐나다에서 살게 될 거라고 말했다. 앞으로 해마다 핼러윈 파티를 하게 될 거라고, 기쁘지 않느냐고 물었다. 희서는 물론 핼러윈 퍼레이드를 좋아했다. 해마다 할 수 있다면 기쁠 것 같았다.

하지만 그게 전부가 아니라는 걸 느낄 수 있었다.

그래서 희서는 무어라고 대답해야 할지 알 수 없었다.

정희서는 깡말라서 허약해 보였지만 보기보다 스포츠에 강했다. 몸싸움에 불리한 체격 조건인데도 격렬한 경기를 좋아했다. 라크로스 클럽에서 사 년째 뛰고 있었는데, 장갑과 헬멧으로 중무장을 하고 축구장만한 필드를 달리며 작은 그물망이 달린 스틱을 휘둘러 골을 넣는 경기였다. 그녀는 체력이 좋았고 스피드는 발군이었다. 이번 시즌 득점 오 위를 달리고 있었는데 두 골만 더 넣으면 공동 사 위까지 올라갈 수 있었다. 미드필더 중에서는 득점 일 위였다. 몸싸움이 적은 공격수로 포지션을 옮기는 게 어떠냐는 코치의 제안도 있었지만 희서는 많이 달리는 게 좋아서 미드필더로 남았다. 희서의 가장 친한 친구도 라크로스 클럽의 제이시였다. 오늘도 라크로스 게임이 끝난 후 제이시의 집에서 함께 저녁을 먹고 제이시의 아빠가 늦게 집에 데려다주기로 했다.

제이시의 엄마는 중국계 캐나다인이었다. 제이시의 사분의 일을 차지하는 중국계 혈통은 그녀의 외모에 거의 드러나지 않았지만 제이시네 가족의 저녁식탁에 앉아보면 아시안 분위기가 물씬 풍겼다. 이날의 메뉴는 깍지콩과 가자미 살을 센 불에 볶은 요리였다. 희서와 제이시는 서로의 엄마가 차려주는 음식들을 좋아했다. 제이시는 희서네 집에 갈 때마다 언제나 돼지불고기를 먹을 수 있기를 기대했다. 비빔밥도 미역국도 모두 좋아해서 언제나 두 그릇씩 먹었다.

제이시 가족과 함께한 저녁식사는 늘 그렇듯이 유쾌하고 따뜻했다. 오늘은 약간 차분한 편이었다. 제이시의 아빠 데이비드는 회색 머리칼의 독일계 캐나다인이었다. 덩치가 커다란 그는 능숙하게 젓가락질을 하면서 희서의 기분을 살폈다. 희서는 별다른 내색 없이 차분했다. 아내에게 듣기로, 희서의 엄마는 남편에게서 이혼 통보를 받고 며칠째 패닉이라고 했다. 데이비드는 희서와 그의 가족들을 좋아했다. 그림같이 예쁜 가족들이었다. 희서의 아빠가 연말에 왔을 때 저녁식사를 함께 한 적도 있었다. 영어가 서툴기는 했지만 섬세하고 지적인 사람이었다.

컴퓨터 비즈니스를 하는 데이비드는 재닛과의 결혼이 두번째였다. 대학 시절 만난 폴란드계 여자와 결혼해서 오 년을 함께 살다가 헤어졌다. 전처가 딸을 맡았고 데이비드는 재닛과 재혼해서 다시 두 아이를 낳았다. 재닛과 결혼한 뒤 진짜 가정이 무엇인지 깨달았다. 뜨겁거나 간절한 관계는 아니었지만 평화롭고 유쾌했다. 십팔 년 동안 즐겁게 살아왔고, 아마도 재닛과는 평생 함께 살 것이라고 생각했다.

희서의 엄마는 데이비드가 본 여자들 중에 가장 아름다운 여자였다. 유혹이나 욕망을 느꼈다는 뜻은 아니었다. 일부 아시안들은 대단히 섬세하고 선이 여린 아름다움을 가졌는데, 희서 엄마가 바로 그런 사람이었다. 인종이 달라서 그런지 다소 비현실적으로 느껴지는, 깨지기 쉬운 귀중품을 보는 것 같은 느낌이었다. 사람이 어떻게 그렇게 투명해 보일 수 있는지, 데이비드는 희서 엄마를 볼 때마다 늘 신기하게 생각했다.

그 아름다운 여자가 며칠째 패닉이라는 말을 듣고, 오래전에 자신이 겪었던 이혼의 아픔이 어렴풋이 떠오르기도 했다. 어린 딸을 전처에게 맡기고 짐을 싸서 나오면서 데이비드는 자신이 극한의 불행을 겪고 있다고 생각했다. 개인적으로는 극한이라고 생각할 만큼 힘들었지만 사실 아주 흔해빠진 불행이기도 했다. 이제 그들은 좋은 이웃으로서 예민한 시기의 희서에게 친절하게 대해주고 희서가 숨 막히는 분위기에서 빠져나오고 싶어할 때 작은 휴식처가 될 만한 공간을 제공하는 정도의 역할을 담당하게 되었다. 그런데 희서보다 오히려 제이시가 불안해했다.

"희서야, 한국에 안 가기로 했어?"

"응. 안 간다니까."

"그럼 필립스 엑시터에 간다는 건 또 무슨 이야기야?"

결국 제이시가 참지 못하고 물었다. 필립스 엑시터는 학비가 비싸기로, 재력가와 권력가의 자제들이 많기로, 학생들이 방학이면 개인용 제트기로 유럽에 가는 걸로 유명한 미국의 명문 사립 기숙학교였다. 희서가 피식 웃었다.

"그럴 리가 없잖아."

"그렇겠지. 혹시나 해서."

"나는 아무 데도 안 가."

희서의 대답은 모난 데 없이 심상했다. 다소 경솔했을 수도 있는 제이시의 질문에 재닛이 살짝 이마를 찌푸려 보였을 뿐이었는데, 제이시의 얼굴에 금세 발끈한 기색이 스쳤다. 틴에이저를 키운다는 것은 쉬운 일이 아니었다. 데이비드는 서둘러 대화에 끼어들었다.

"이따 아홉시쯤 데려다줄게. 네 엄마께도 그렇게 말씀드렸다."

"괜찮으시다면 오늘은 저녁만 먹고 잠깐 쉬었다가 일찍 가는 게 좋겠어요. 뉴저지에 사는 이모가 오셨어요. 오늘 제가 너무 늦게 가면 이모가 안 좋아하실 거예요. 이럴 땐 제가 엄마 곁에 있는 게 좋다고 생각하시니까요."

"네가 원한다면 더 있어도 좋아. 엄마도 그러라고 하셨고, 엄마 곁에는 형제들이 있으니까."

"엄마는 마음이 약해요. 제가 늦게 와도 좋다고 하셨겠지만, 마음과는 다른 말을 하셨을 거예요. 제가 별 도움이 되지는 않겠지만 일찍 가는 게 좋겠어요."

이 아이가 정말로 부모의 이혼을 겪고 있는 틴에이저일까 싶을 만큼 담담했다. 식사가 끝나고 희서는 제이시의 방으로 올라가지도 않았다. 재닛을 도와 식사 뒤처리를 거들고 일층 거실에 머물렀다. 희서는 속마음을 잘 드러내지 않는 아이였다.

데이비드는 희서에게 이렇게 말해주고 싶었다.

네 부모가 헤어지는 것은 너 때문이 아니다.
네 부모가 헤어지는 것을 네 힘으로 막을 수도 없다.
헤어지더라도 네 부모는 끝까지 너를 사랑할 것이다.

데이비드의 문화권에서 부모의 이혼을 겪는 아이들에게 흔히 해주는 말이었다. 데이비드가 이혼할 때 겨우 세 살이었던 그의 딸에게도 그는 그렇게 말했었다. 알아듣든 못 알아듣든 말했다. 아이에게 불필요한 죄책감이나 버림받은 느낌을 주지 않기 위한 서양식 주문과도 같은 것이었다. 지금 희서에게 꼭 필요한 말일 것 같았다. 오래된 습관과도 같아서, 이런 상황에서 저 주문을 외지 않으면 마음이 찜찜했다. 저 가족의 문화와 사고방식은 우리와 많이 다를 텐데, 똑같은 주문을 외워도 괜찮을까? 어린 아이인데도 이상하게 희서 앞에서는 긴장하게 되었다.

결국 희서를 데려다주는 차 안에서, 데이비드는 오래된 습관에 굴복해 그 주문을 외웠다. 다 같은 사람이니까. 우려했던 것처럼 희서가 발끈하거나 반박하거나 눈물을 흘리는 일은 일어나지 않았다. 룸미러 안에서 희서가 고개를 크게 끄덕이는 것이 보였다. 순순한 얼굴에 오히려 데이비드가 안도했다.

"고맙습니다. 듣고 싶었던 말이었어요. 다 알고 있는 거지만, 그래도 내가 알고 있는 것과 다른 사람에게서 듣는 건 다르네요. 엄마는 지금 정말 불행하고, 우리 마음도 불편하거든요. 제가 어떻게 하는 게 좋을지 생각하는 중이었어요. 아저씨 덕에 마음이 조금 편안해졌어요. 고맙습니다."

제이시의 집과 희서의 집은 자동차로 겨우 오 분 거리였다. 희서는 금방 차에서 내렸다. 현관을 향해 걸어가는 희서의 호리호리한 모습을 보면서, 데이비드는 세상에 뭐 저렇게 예쁜 아이가 다 있는가 생각했다. 저렇게 예쁜 아이들을 떼어놓고 살았던 그 아빠의 아픔도, 자신의 경험에 비추어볼 때 세월과 함께 많이 희석되었을 것이라고 생각했다. 데이비드는 차를 돌렸다.

집 안에는 환하게 불이 켜져 있었다. 이모와 외숙모들에게 둘러싸인 엄마는 며칠째 두 눈이 퉁퉁 부어 있었다. 희서는 친척들에게 가볍게 인사를 하고 엄마에게 최대한 다정하려 노력하며 몇 마디 말을 건넨 후 곧 자기 방으로 올라갔다. 사실 희서의 속마음은 데이비드에게 보여주었던 것처럼 차분하지 않았다.

지금 한국에서 벌어지고 있는 일에 대해, 엄마와 가족들은 모르는 게 없었다. 원무과장이라는 정통한 정보원이 있기 때문이었다. 그녀는 엄마의 사촌이었고 아빠의 스케줄을 관리하는 사람이었다. 지금이라도 마음만 먹으면 엄마는 언제든지 구글 캘린더를 통해 아빠의 스케줄표를 볼 수 있었다. 아빠는 그런 것에 도무지 거리낌이 없는 사람이었다.

아빠의 여자친구는 엄마도 아는 사람이라고 했다. 가정이나 직업이나 인물이나, 어디로 보나 평범한 사람이었다. 아이는 없었지만 결혼도 했고 주말부부이긴 해도 남편과 사이가 좋았다고 했다. 그녀가 나타나자마자 매가 병아리를 발견한 듯 쉽게 결단을 내린 쪽은 아빠였다. 그녀가 정신 차릴 틈도 없이 아빠는 행동에 들어갔다. 눈에 띄게 그녀의 일터에 들락거렸고 틈만 나면 저녁식사에 불러냈다. 아빠가 그러는 것도 처음이었지만 상대방이 어디로 보나 그저 평범할 뿐이라서 모두들 더 놀랐다.

아빠가 일단 마음을 먹은 이상, 모든 일은 번개처럼 진행되었다. 단 몇 달 사이에 그녀의 멀쩡하던 결혼생활은 끝장이 났다. 심지어 그녀는 아이도 가졌다. 그사이 아빠는 한 번 과로로 입원했는데, 그 일을 계기로 그녀와의 관계를 아예 수면 위로 끌어올렸다. 그녀는 희서와 현서가 살았던 아파트로 들어와 아빠와 함께 살았다. 이제 아빠는 여섯시 십오분이면 퇴근해서 임신한 그녀와 시간을 보냈다. 그리고 엄마에게 이혼 의사를 전달했다.

이제 와서 어쩌기엔 너무 늦었다는 예감도 있고 하여, 이모와 외숙모들의 관심사는 이 일을 어찌하느냐가 아니라 왜 그 여자일까에 더 모여 있었다. 더 조건이 좋은 사람도 많았을 텐데, 천지에 널린 싱글들을 다 놔두고 하필 기혼자인 그녀였을까? 이모와 외숙모들은 엄마의 눈치를 보아가며 그녀가 몇 번 등장한 TV 다큐멘터리도 보았고 원무과장이 보내준 사진에서 회식자리에 섞여 앉은 그녀의 모습도 보았다. 도무지 어디를 보아도 남자를, 특히 희서 애비 같은 사람을 그렇게 확 끌어당길 얼굴은 아니라고 했다. 희서 애비가 오래 혼자 살다보니 미쳤는가보다라고 이모와 외숙모들은 목소리를 낮추어 험담을 했다.

아빠의 선택에 의문을 가지지 않는 사람은 엄마뿐이었다. 엄마는 늘 그랬다. 아빠가 하는 일에 대해 아무것도 의심하지 않았다. 아빠가 사랑에 빠진 여자에 대해서도, 아빠가 내린 결정에 대해서도 마찬가지였다. 자신에게는 그걸 뒤집을 만한 힘이 없다고 생각했다. 불행하게도, 엄마의 사고방식에 의하면 아빠의 뜻을 거스를 수 있는 것은 아이들, 희서와 현서뿐이었다. 아빠의 반대를 무릅쓰고 캐나다에 온 것도 아이들 때문이었고 이제 이혼하겠다는 아빠를 말릴 수 있는 것도 아이들뿐이었다. 그래서 엄마는 퉁퉁 부은 눈으로 애처롭게 희서를 바라보았다.

평범한 캐나다 청소년으로 자라고 있는 희서에게 아직도 뿌리깊게 남아 있는 한국적 사고방식이 있다면, 그것은 자식들이 부모에 대해 가지는 부채의식이었다. 냉정한 희서였지만 그 굴레를 완전히 벗어던질 수는 없었다. 스스로도 자신이 이 면에서 친구들과 다르다는 것을 인식했고 그걸 짜증스럽게 생각했다. 엄마의 결혼생활을 망친 건 엄마 자신이었고 그 과정에 자신이 개입해서 일이 더 나아질 여지는 없다는 걸 누구보다도 잘 알았다.

하지만 아는 것과 느끼는 것은 다른 것이었다.

"이제 거기서 살게 되는 거야. 해마다 핼러윈을 하게 될 거야. 외삼
촌처럼, 마당이 있는 예쁜 집에서 살 거야. 좋지 않니?"

돌이킬 수 없을 만큼 비틀리고 꼬여버린 엄마와 아빠 사이를 생각
할 때마다, 아래층에서 며칠째 울고 있는 엄마를 생각할 때마다 희서
는 그날로 돌아갔다. 초록색 잔디 위에 놓인 주황색 호박과 베개 커버
에 가득 찬 사탕을 떠올렸는데도 기대에 부풀기는커녕 등골이 서늘했
던 그날이었다. 겨우 초등학교 이학년이었지만, 분명히 느낄 수 있었
다. 발을 디딘 땅이 균열되고 있었다. 그녀는 직관의 사람이었으므로
알기 이전에 먼저 느꼈다.

아래층에서 문소리가 났다. 동생 현서가 들어오는 소리였다. 이제
폭풍 같은 성장기에 돌입한 현서는 또래 친구들 중에서도 큰 편이었
다. 수영을 해서 어깨가 벌어졌고 키는 벌써 아빠를 넘어서는 중이었
다. 엄마와 아빠는 자그마한데 현서는 한없이 클 것 같았다.

"이모, 우리 엄마 밥 먹었어요? 또 안 먹었어요? 이모 위크엔드까
지 같이 있을 거죠? 엄마, 우리가 있잖아. 우리하고 즐겁게 지내면 되
잖아."

현서는 이미 옛날부터 한국말이 자연스럽지 않았다. 한국말을 해도
영어식 악센트가 날이 갈수록 강해졌다. 그래도 어른들한테는 꼭 한
국말을 해야 한다고 생각했다. 현서는 천성적으로 다정한 아이였다.
덩치가 한없이 커질 조짐을 보여도 여전히 강아지 같았다. 현서의 가
벼운 발걸음이 희서의 방문 앞에서 멈추었다. 노크 소리가 나고 동생

이 고개를 빠끔 들이밀었다.

"들어가도 돼?"

현서가 세 살 무렵부터 강력하게 교육받은 규칙이었다. 누나 방에 들어갈 때는 반드시 허락을 받아야 했다. 정희서는 세상에서 제일 까다롭고 쌀쌀한 누나였다.

희서에게는 아주 어릴 때부터 자신의 물건을 배치하는 자신만의 방식이 있었다. 희서가 아기였을 때 엄마가 그녀의 방에 예쁜 무당벌레 모양의 핸디형 청소기를 놓으려고 했는데 희서는 그 물건이 자신의 공간에 들어오는 것을 끝까지 거부했다. 무당벌레건 얼룩말이건, 청소기는 참을 수 없었다. 어느 날 병원 앞에 생긴 어린이용품점에서 튤립 모양 차양을 충동구매한 아빠가 말할 수 없이 흐뭇한 마음으로 그 커다란 꽃을 그녀의 침대 모서리에 달아놓았는데, 정희서는 다음날 그것을 아빠의 책상 모서리로 옮겨놓았다. 자신의 방식으로 정리한 공간에 타인이 마음대로 침범하고 손을 대는 것을, 희서는 참지 못했다. 그리고 가장 강력한 교육 대상은 동생 현서였다.

"들어와."

어릴 때부터 확실하게 교육해놓아서 현서는 더이상 누나를 귀찮게 하지 않았다. 남매는 우호적인 경원상태에서 평형을 이루었다. 현서 쪽에서는 좀더 친하기를 바랐지만 관계의 열쇠는 손위인 희서가 쥐고 있었다. 딱 이만큼이 희서가 원하는 거리였다. 현서하고는 가장 바람직한 거리에서 평형을 이루었고, 이제 희서에게 가장 강력한 거리유지 대상은 현서가 아니라 엄마였다.

"엄마가 언제쯤 괜찮아질까? 아무래도 오래갈 것 같지?"

해마다 연말이면 변함없이 보아왔던 아빠의 거리두기에 익숙해진 남매는 아빠의 이혼 통보에 별다른 충격을 받지 않았다. 가슴이 아프기는 했지만 언젠가는 닥쳐올 일이었다고 생각했다. 부모가 이혼한다고 해서 무슨 문제가 생기는 것도 아니었다. 크리스마스 휴가를 제외하면 생활이 달라질 것도 없었다. 오로지 엄마만이 문제였다.

"엄마한테 무슨 말을 해봤자 아무 소용도 없을 거야. 그렇지?"

"무슨 말을 하게?"

"엄마는 앞으로도 얼마든지 행복할 수 있다고. 엄마는 젊고 아름답고 좋은 사람이라고."

희서는 한국 책이나 영어 책이나 모두 다 열심히 읽었다. 현서와는 비교할 수 없이 훌륭한 한국어 실력을 유지하는 비결이기도 했다. 복수의 한국소설에 여러 번 등장했던 인상 깊은 한 이미지가 엄마의 인생과 묘하게 잘 겹쳤다. 남편이 독립운동을 하는 동안 아무 불평 없이 아이들을 키우고 시부모를 모시며 꿋꿋하게 살아가는 정절 깊은 여인의 이미지였다. 그 여인은 심지어 남편이 개화한 신여성과 살림을 차리더라도 자식과 시댁에 대한 의무를 다했다. 주변에서 어떤 훌륭하고 가치 있는 남성이 애절하게 탄원하더라도 끝까지 흔들리지 않고 남편만을 기다렸다. 그런 여인은 이제 한국의 현실에서도 드물어졌겠지만 적어도 그 이미지만은 한국 문화에서 아주 보편적으로 이해받는 코드인 것 같았다.

희서의 엄마가 딱 그런 사람이었다. 만주로 떠난 남편을 기다리는 정절 깊은 여인의 다소 우스꽝스러운 패러디였다. 만주로 떠난 쪽은 엄마였지만, 어쨌거나 엄마는 그런 사람이었다. 아빠를 기다리는 삶이 엄마의 인생이었다. 현서 말대로 엄마가 새로운 행복을 찾는다면 다행일 텐데, 엄마는 영원히 기다리는 고귀한 여인의 역할을 고수할 것 같은 예감이 들었다.

"아빠에게도 행복할 권리가 있지만, 그래도 나는 엄마가 불쌍해. 누나는 그렇지 않아?"

다정하고 부드러운 목소리까지, 현서는 너무 심하게 아빠를 닮았다. 그렇게 확실한 외모의 유사성에도 불구하고 사람들은 누구나 희서가 아빠를 닮았다고 말했다. 뛰어난 성적만을 두고 하는 이야기가 아니었다. 그 이유를 희서도 알 것 같았다. 그들이 캐나다로 온 뒤 아빠가 견지했던 차가운 거리두기가 아니더라도, 그들이 한국에 있었을 때, 아빠가 그들에게 한없이 사랑을 퍼부었던 시절의 어렴풋한 기억들을 더듬어보아도 그랬다.

아빠와 희서 사이에는 둘에게만 공유되는 예민함이 있었다. 아빠는 부드러운 웃음으로 꼼꼼하게 감추었지만 희서는 전혀 감출 생각이 없었던, 한없이 까다롭고 공격적이고 다치기 쉬운 일면이었다. 아빠의 얼굴과 목소리를 빼닮은 현서에게는 공유되지 않은 부분이었다. 희서와 현서를 모두 애지중지 소중하게 여겼지만, 아빠가 희서를 바라볼 때는 이루 말할 수 없는 애틋함이 섞였다. 선혈이 방금 멎은 상처를 바라보는 것 같은 눈빛이었다. 그래서 사람들은 누구나, 아빠가 큰딸을 더 예뻐한다고 말했다.

"엄마가 여기 온 건, 우리 때문이었겠지?"

"왜 그런 생각을 해? 난 전혀 아니라고 생각하는데?"

"언젠가 엄마가 이모랑 이야기하는 걸 들었어. 나 때문이었다고.

내가 수학을 못해서 왔다고. 나는 한국에서는 좋은 대학을 갈 수 없을 것 같았다고. 그때는 웃으면서 말했어. 그땐 엄마도 이렇게 될 줄 몰랐으니까. 이제는 아무도 그런 말을 하지 않아. 차라리 그때 듣지 않았다면 좋았을 텐데."

희서가 요즘 들어 자꾸만 핼러윈 베개 커버를 떠올리는 것처럼 현서도 두서없는 상념에 자꾸 사로잡히는 모양이었다. 혹시 내가 그때 핼러윈 파티를 해마다 하고 싶다고 정말로 고개를 끄덕였던 건 아니었을까 생각하던 속마음을 들킨 것처럼 움찔하면서 새삼스럽게 희서는 엄마를 향한 분노가 솟구쳤다.

"우리가 여기 왔을 때, 넌 초등학교 일학년이었어. 초등학교 일학년이 수학을 잘 못해서 좋은 대학에 가지 못한다는 게 도대체 무슨 뜻이야? 엄마는 네 첫 성적표를 보기도 전에 이미 비행기표를 끊었어. 엄마는 여기 오고 싶어서 온 거야."

현서의 유순한 얼굴에 환한 빛이 돌아왔다. 까다롭고 차가운 누나였지만 누나의 말은 언제나 옳았다. 현서는 누나에게 좀더 매달리고 싶어했다.

"누나, 그럼 엄마는 왜 그렇게 여기 오고 싶어했을까?"

희서는 입을 다물었다. 가슴에서 순간적으로 무언가가 폭발해서, 급히 입을 다물지 않으면 입 밖으로 연기가 새어나올 것 같았다. 현서는 유순한 아이였고 언제나 누나를 믿었다. 희서가 지금 이 순간 무엇을 말한다 해도 모두 믿을 것이다. 그 저항 없는 믿음이 엄마를 닮은 것 같아 보일 때 희서는 현서가 가장 짜증스러웠다.

엄마가 캐나다행을 결심하고 강행했을 당시, 남매는 그 이유를 생각하기에는 너무 어렸다. 희서는 엄마와 아빠의 그 대단했던 싸움의 아주 일부분만을 목격했을 뿐이었고, 희서가 나타나면 아빠는 언제나 말을 멈추었다. 하지만 아빠가 말하지 않더라도, 그 얼굴만 한번 보면 느낄 수 있는 거였다. 하얗게 질린 아빠의 얼굴만으로도, 희서는 발밑의 균열을 직감했다. 희서는 캐나다에 온 뒤 한 번도 핼러윈 퍼레이드에 섞이지 않았다. 만일 엄마가 '희서의 수학 때문'이라고 말했다면, 희서는 모든 수학 시험지를 백지로 제출하는 것으로 복수했을 것이다.

엄마는 아빠를 사랑했다. 희서가 아는 어떤 가족을 떠올려도 유례가 없을 만큼, 바보처럼 보일 만큼 엄마는 아빠를 사랑했다. 그러면서도 아빠를 떼어놓고 캐나다에 왔다. 그렇게 엄청난 결단을 내렸는데, 막상 그 이유는 콕 집어 말하기 힘들었다. 한국의 교육환경은 너무 각박하다고, 떠나야 한다고, 인간적이고 자유로운 환경에서 공부하며 영어를 모국어로 습득할 수 있는 환경에서 아이를 키워야 한다고, 자식을 좀더 쉽고 편하게 명문대학에 보낼 수 있다고 하는 말에 엄마는 저항 없이 매료되었다. 어느 집이나 남편들이 처음에는 반대하지만 시간이 흐르면 결국 포기하고 이해하고 종내에는 아내를 칭찬하게 된다는 말이 큰 힘이 되었다. 희서와 현서가 명문대학에 진학하면 결국 아빠의 입에서 칭찬이 나올 것이라고 믿고 기다렸다. 엄마는 아빠를 그토록 사랑한다면서 아빠를 전혀 모르는 사람처럼 생각하고 행동하고 심지어 안도하기까지 했다.

희서는 엄마를 미워했다. 사춘기의 들끓는 호르몬까지 가세해서, 스스로 그 크기를 어림하기 두려울 만큼 끔찍하게 엄마가 미웠다. 어린아이에 불과했던 자신조차 느낄 수 있을 만큼 뚜렷했던 균열의 조짐들을 모두 외면해버리고, 현서의 수학 성적 따위의 비열한 핑계를 대고, 이제 와서는 희서의 힘을 빌어 이혼을 피할 수 있기를 바라는 명청한 엄마가 끔찍이도 싫었다. 할 수만 있다면 몸속에 흐르고 있는 엄마의 피 절반을 뽑아내버리고 싶을 만큼, 다정하고 따뜻한 현서마저도 오로지 엄마를 닮았다는 이유로 미워 보일 만큼, 희서는 지긋지긋이 엄마를 미워했다.

지금은 그저 이런 들끓는 내심이 밖으로 새어나가지 않도록 입을 다무는 것만이 희서가 베풀 수 있는 유일한 인내요, 애정이었다. 엄마는 좋은 사람이다, 착한 사람이다, 엄마는 나쁜 사람이 아니라 그저 어리석었을 뿐이라고 생각하며 엄마를 이해하려 애썼다. 하지만 희서가 아무리 애를 써봐도 종내는 어리석음과 악함이 무엇이 다른가 하는 막다른 질문에 늘 부딪치곤 했다.

누나가 대답하지 않자 현서가 일어나서 방 안을 왔다갔다했다. 그 아이가 부주의하게 방 안에 있는 물건들을 건드릴까봐 희서는 마음이 불안했다. 현서는 이제 너무 컸다. 키는 아빠만했고 체격은 더 컸다. 강아지처럼 유순한 아이였는데 어느 날 소년이 되더니, 이제는 청년이 되어가고 있었다. 알프스 구조견처럼 커다랗고 유순한 현서가 슬퍼하는 모습이, 희서는 짜증스러웠다.

"난 여기 와서 좋았어. 난 여기서 사는 게 좋아. 내가 누나처럼 공부를 잘했다면 엄마는 여기 올 이유가 없었겠지. 우리는 한국에 계속 살았을 거야. 한국 아이들처럼 대치동 학원에 다니고. 누나는 거기서도 잘했을 거야. 엄마와 아빠가 이혼하는 일도 없었을 거야."

희서는 현서에게 차라리 엄마를 미워하라고 말하고 싶었다. 세상에서 제일 예쁜 엄마, 어린아이처럼 천진한 엄마, 누구도 원망할 줄 모르는 한없이 선량한 엄마를 미워하라고, 너 자신을 미워하는 것보다는 그게 낫다고 말하고 싶었다. 하지만 말하지 않았다. 엄마를 미워하는 건 자기 하나로 족했다. 자업자득이었지만 어쨌거나 엄마는 아빠를 잃었다. 이제 현서까지 잃는다면 그건 너무 가혹한 형벌일 테니까, 희서는 또 입을 다물었다. 하지만 현서가 아무도 미워하지 못하고 결국 자신을 미워할까봐 희서는 그게 걱정이었다.

"이제 아빠가 연말에도 안 오게 되면, 아빠를 다시 볼 일이 있을까?"

"왜? 아빠를 다시는 안 보고 싶다는 뜻이야?"

"아니, 그냥 우리가 언제쯤 아빠를 다시 보게 될지 생각해봤어. 어느 한쪽이 비행기를 타지 않으면 볼 수가 없잖아. 이제 아빠 집에 가면 그 여자가 늘 함께 있겠지? 기분이 이상할 것 같아."

현서의 유순한 마음속에 어떤 분노가 살아 있다면, 그것은 한때 그들의 집이었지만 이제 아빠와 그녀의 집이 되어버린 그 공간의 기억에서 유래했을 것이다. 아직은 남매가 캐나다에 뿌리를 내리기 이전, 오랜만에 집으로 돌아가서 아빠와 옛 친구들을 만난다는 기대에 들떠서 한국으로 돌아왔던 초등학교 여름방학의 기억이었다.

아빠는 공항으로 마중을 나오지 않았다. 저녁도 함께 먹지 않았다. 아빠는 그들이 일 년 동안 집을 비웠던 것을 까맣게 잊은 것 같았다. 그들이 늘 집에 있었고 앞으로도 영원히 그 집에서 자랄 것이라는 듯이, 아빠는 그들을 한 번씩 껴안아주고 병원으로 출근했다.

아빠가 함께하지 않아도, 오랜만에 한국을 방문한 세 식구가 할 일은 많았다. 친구와 친척 들을 만나고 쇼핑하고 먹고 싶던 음식들을 챙겨 먹고 놀이공원에 갔다. 사 주 동안 아빠만큼이나 그들도 바빴다. 텅 빈 집에서 쓸쓸하게 지내는 일은 일어나지 않았다. 하지만 아무리 바쁘게 지내도 거절감과 모욕감은 어쩔 수 없었다. 연말에 아빠가 밴쿠버를 방문했을 때 남매는 나름의 방법들을 동원해 그 감정들을 되갚아주려고 분투했다.

"아빠는 엄마 때문에 우리에게 더 냉정했을 거야. 우리 때문에 그런 게 아니고. 이제 아빠와 우리 사이에 엄마라는 존재가 공식적으로 삭제되면 오히려 아빠는 우리를 더 편안하게 대할 수 있지 않을까? 그동안은 엄마와 아빠, 남도 아니고 부부도 아니고 어정쩡했잖아."

"누나는 아빠한테 너그럽더라. 그래서 사람들이 누나랑 아빠랑 닮았다고 하나봐. 그래, 누나 말이 맞을지도 몰라. 아빠가 우리를 미워한 건 아니었을 거야. 엄마를 미워했던 거겠지. 그런데 나는 그걸 구분하기가 힘들었어. 사실은 지금도 좀 힘들어. 우리에게는 좀더 따뜻하게 대해줄 수도 있었을 텐데."

"우리에게는 좀더 따뜻하게. 엄마에게는 여전히 단호하게. 늘 같은 공간에 있는 세 사람 중 한 사람에게만 차갑게 선을 긋는 것이 너라면 과연 가능하겠어?"

"나라면 노력할 것 같아."

"그래? 어디 한번 노력해봐. 아빠가 우리와 뒷마당에서 에어로켓 기능개선 숙제를 함께 하고 있는데 엄마가 펌킨파이를 구워서 들고 나왔어. 네가 아빠라면 어떻게 할 거야?"

"한 조각 먹을 거야. 크림을 얹어달라고 해서."

"아빠랑 우리 셋이 함께 차고 지붕의 배수관에 쌓인 낙엽을 치우는데 소나기가 쏟아졌어. 셋 다 흠뻑 젖어서 들어왔더니 엄마가 아빠에게 제일 먼저 바스타월을 씌워줬어. 네가 아빠라면 어떻게 하지?"

"고맙다고 하지."

"그래? 잘하고 있어. 아빠는 농구 시즌 파이널게임에 와 있어. 너희 학교랑 센티넬 세컨더리 스쿨이랑 붙었는데 네가 버저 비터를 날려서 일 점 차이로 역전 우승했어. 모두들 정현서를 외치면서 날뛰고 있어. 아빠는 그럴 때 어떻게 하지?"

"그래그래! 내가 아빠라면 엄마랑 키스하고 껴안고 펄펄 뛰었을 거야. 엄마를 용서했을 거야. 벌써 오 년 전에 용서했을 거야. 화해의 표시로 낳은 캐나다 국적의 동생이 지금쯤 프리케이에 다닐 거야. 그럼 안 돼? 우리 주변을 봐! 많은 집들이 아무 문제 없이 잘 지내고 있어! 아빠는 한국에, 가족들은 여기에. 그게 무슨 큰 문제야? 엄마가 죽을 죄를 지은 것도 아니잖아?"

현서는 화가 나서 다시 방 안을 왔다갔다하기 시작했다. 희서도 화가 났다. 어떤 사람은 기러기 가족이 되어도 잘 살지만, 어떤 사람은 그러지 못한다. 어린 시절 가족에게 받은 상처가 많았던 아빠같은 사람에게 기러기 가족이란 악몽의 재연이나 다름없었을 것이다. 그걸 이해하지 못하는 엄마와 현서가 희서의 눈에는 아둔하고 이기적으로 보였다. 희서는 현서에게 이제 그만 나가라고 말하고 싶었다.

하지만 오늘마저 동생에게 쌀쌀하게 굴어서는 안 될 것 같았다. 현서는 엄마와 아빠의 이혼에 좀더 상처를 받은 것이다. 희서는 꾹 참고 책을 한 권 꺼냈다. 자신이 누나의 신경을 긁고 있다는 사실을 현서는 곧 알아차렸다. 현서는 모처럼 누나와 이런저런 이야기를 나누는 게 좋았다. 누나는 까다롭고 가차 없었지만, 언제나 현서에게 위로가 되는 건 엄마가 아니라 누나였다. 누나와 무슨 이야기를 하면 좋을까 곰곰 생각하다가, 현서는 중요한 일을 까먹을 뻔했다는 듯이 아, 하면서 손가락을 튕겼다.

"누나, 엄마가 누나한테는 필립스 엑시터에 가라고 하지 않았어?"

그 이름을 들으니까 희서의 가슴이 또 턱 막혔다. 엄마는 지금이라도 어떻게 아빠의 마음을 되돌릴 수 있을 것이라는 부질없는 희망에 어린아이처럼 매달렸다. 처음엔 당장 귀국해서 희서와 현서를 한국의 국제학교에 보내겠다고 하더니, 이제는 희서와 현서를 명문 기숙학교에 넣고 엄마만 귀국하는 걸로 말이 바뀌었다. 희서와 현서의 학교 문제만 해결되면 부부의 화해와 재결합은 자동으로 되는 일인 것 같았다. 그게 아닌 걸 이모와 외숙모들도 모두 알고 있었다. 실은 엄마도 알고 있을 것이다. 그럼에도 무언가 방법이 있는 것처럼 믿고 싶어서 저렇게 우스꽝스러운 묘안들을 생각해내는 것이다. 이웃들에게까지 그렇게 말했다니, 아까 제이시네 저녁식탁에서 얼마나 얼굴이 뜨거웠는지 모른다.

"엄마 생각이지. 우리가 무슨 짐짝이니? 엄마 스케줄에 맞춰서 이리 보내고 저리 보내게. 그 짜증나는 학교 이야기를 다시 꺼내기만 하면 정말 가만있지 않을 거야."

머리 위로 김이 솟는 희서와는 달리, 현서의 눈빛은 이 우환중에 드디어 좋은 소식을 찾아낸 것처럼 유쾌하게 반짝거렸다.

"알고 보니까 나는 아니었어. 나한테는 삼촌 집으로 가라고 하더라고. 삼촌 집에서 고등학교를 마치고 대학에 가래. 끝까지 돌봐주지 못해서 미안하다고, 자주 오겠다고 하더라고. 누나는 필립스 엑시터, 나는 이 동네 고등학교야. 아무래도 나는 누나하고는 다르니까."

남매는 드디어 함께 웃을 거리를 찾아냈다. 그들은 후련하게 깔깔거리고 웃었다. 현서는 희서의 침대에 쓰러져서 뒹굴었다. 아래층의 이모와 외숙모들이 난데없는 웃음소리에 놀랐을지 모르지만, 이 어두운 나날에 웃을 만한 건더기를 찾아낸 것은 두 십대 남매에게 무엇보다 통쾌했다.

"정말 우리 엄마는 아무도 못 말려. 엄마를 누가 말리겠어?"

성적이라면 상어처럼 물고 놓지 않는 희서는 최고 명문 기숙학교를 나와 아이비리그에 가는 것이 딱 제격이다. 하지만 현서는 지나치게 경쟁이 치열한 명문학교에 다니면 오히려 내신에 불리할 것이다. 그러니 급히 귀국하더라도 희서는 명문학교에, 현서는 경쟁이 덜 치열한 공립학교에 보내야 대학 진학에 유리하다. 현서는 아무래도 제 누나하고는 다르니까. 엄마의 대학입시 계산기는 이런 상황에서도 작동을 멈추는 법이 없었다. 남매는 그 점에 절망하면서도 또 한편 안심했다.

희서는 여태 괜히 웃었다는 듯 이마를 찌푸렸다.

"너 내 침대에서 그만 뒹굴어줄래? 어쨌거나 나는, 아빠한테 전화를 해봐야겠어. 지금 한국은 몇 시지? 아직 이른 시간이네. 어쨌든 지금은 엄마가 바보처럼 한국으로 가지 않게 붙잡아야 해. 너는 엄마한테 한국에 가지 말라고, 넌 엄마가 필요하다고 강아지처럼 매달리고, 나는 아빠에게 전화해서 우리를 사랑한다면 다시 생각해달라고 매달리는 거야. 내가 매달렸는데도 아빠가 거절했다는 걸 엄마에게 확인시켜야 하는 거야. 엄마가 아빠를 포기하려면 그런 절차가 꼭 필요해. 왜 자기 일에 우리를 꼭 끌어들이려고 하는지 모르겠어. 난 엄마의 그런 유치한 점이 못마땅해."

"누나, 아빠한테 전화할 거야? 엄마랑 이혼하지 말아달라고? 아빠한테 그런 이야기를 어떻게 하려고 그래?"

"하는 수 없잖아. 엄마가 나를 얼마나 간절한 눈으로 쳐다보는지, 너도 보지 않았어? 도저히 더이상 못 견디겠어. 얼른 해버리고 거절당하는 게 낫겠어."

"그런데 누나가 그러는 바람에 아빠가 정말로 포기하면 어쩌려고?"

받고 싶지 않았던 질문이었다. 아빠의 반응보다도, 희서 자신이 어느 쪽을 더 원하는지 생각하고 싶지 않았다. 아빠가 여자친구와 재혼해서 행복하게 사는 것? 자식의 말을 듣고 순순히 포기해서 현서가 대학에 갈 때까지 지금처럼 사는 것? 희서는 자기 마음을 종잡을 수 없었다. 아빠가 현서와 희서 남매 말고 다른 아기를 낳아 키우면서 새로운 가정을 꾸리는 것도 싫었다. 하지만 아빠가 자식의 행복을 위해 자신의 행복을 희생하고 살았노라고 주장하는 것도 싫었다. 그 월계관은 이미 엄마가 차지했고, 희서는 그게 매우 꼴 보기 싫었다.

아빠에게 어느 쪽 대답을 들어도 자신이 상처받으리라는 것을 희서는 알았다. 동시에 아빠 또한 희서에게 어떤 대답을 하든 또하나의 굴레가 될 것임을 깨달았다. 아까 데이비드가 주었던 세 가지 위로와는 정반대가 되는 유치한 해법을 갈망하는 엄마에 대한 분노가 다시 한번 끓어올랐다. 하지만 희서는 부모의 삶과 자식의 삶이 뗄 수 없을 만큼 복잡하게 얽혀 있다는 한국식 사고방식에서 완전히 벗어나지는 못했고, 엄마가 자신에게 걸고 있는 마지막 애달픈 기대에 대해서도 한 가닥 연민이 있었다. 어쨌거나 엄마의 결혼생활이 끝장나는 시기인 것이다. 그리고 무엇보다도, 희서는 직관의 사람이었다. 판단하기 이전에 느꼈다.

"아빠는 내 말 때문에 자기 생각을 바꾸지는 않을 거야. 그럴 사람이 아니잖아."

현서는 실망인지 안도인지 모를 한숨을 내쉬고 엄마 대신 사과라도 하듯 부드럽게 말했다.

"엄마가 유치하다는 건 맞는 말이야. 하지만 안됐잖아. 누나도 엄마를 좀 이해해줘. 난 괜찮아. 유치하면 좀 어때. 엄마한테 한국에 가지 말라고 매달리지 뭐. 그게 엄마한테 위안이 되기만 한다면."

현서는 엄마를 위로하러 아래층으로 내려가고, 희서는 외숙모들이 돌아가고 이모도 잠자리에 들어서 집 안이 조용해질 때까지 수학 문제를 풀면서 기다렸다. 깊은 밤. 한국 시간으로는 이른 아침일 것이었다. 아빠에게 이런 전화로 하루를 시작하게 하고 싶지는 않았지만, 어쩔 수 없었다. 희서는 전화기를 집어들고 버튼을 눌렀다.

"여보세요."

수화기 저쪽에서 아빠가 대답했다.

"희서야."

10

정욱연은 입술이 부르텄다. 희서의 전화를 받은 뒤 며칠 동안 죽도록 힘든 시간을 보내기는 했지만 한고비를 넘겼는지 조금 나아졌다. 여전히 말이 없었지만 그래도 묻는 말에 대답은 했다. 가끔 웃기도 했다. 내가 모든 불행의 원흉인 양 미워하던 단계는 다행히도 끝난 것 같았다. 그것만 해도 중대한 발전이라서 나는 무척 기쁘게 생각했다. 하지만 감정은 여전히 들쭉날쭉했는데, 엄마의 칠순잔치 삼아 호텔에서 가족모임을 하기로 했다는 이야기를 했더니 대뜸 이렇게 답했다.

"에잇, 정말."

아무리 우울증으로 눈에 뵈는 게 없다고 해도 이건 정말 심한 망발이었다. 김덕만 사장이 잘 쓰는 표현대로 '회를 뜰' 생각으로 나는 팔을 둥둥 걷어붙였는데, 실수를 깨달은 정욱연이 번개같이 수습에 나섰다.

"미안해, 혜나야. 어머니 이야기가 아니었어. 다른 생각을 하다가 그런 거야."

증거자료로 허겁지겁 휴대폰을 꺼내서 내밀었다. 요즘 그의 휴대폰 통화기록은 기껏해야 나와 병원 사람들뿐이었는데, 맨 위에 '정우진'이라는 낯선 이름이 올라와 있었다. 저녁 산책을 마치고 돌아와서 몹시 짜증스러운 표정으로 휴대폰을 노려보며 서재에 들어가 오랫동안 처박혀 있었는데 바로 '정우진'과 전화통화 때문이었던 모양이었다.

"셋째 형이야."

바쁜 일상을 핑계로 전화기를 꺼놓곤 하는 그의 오랜 습관이 바로 형들 때문이었다는 사실을, 나는 그와 함께 살게 된 뒤 새로이 알게 되었다. 지난 몇 달 동안 같이 살면서, 나는 그의 형들에게서 전화가 오는 순간을 두어 번 목격했다. 그가 형들의 전화를 받는 모습은 아주 희귀하고 재미있는 구경거리였다.

벨이 울리고 상대방을 확인하면 일단 이마에 짜증의 핵구름을 가득 피워올린다. '여보세요'라고 낮게 웅얼거릴 때도 있지만, 통화 버튼을 눌러준 것만으로도 평생 베풀 은혜를 다 베풀었다는 듯이 전화기를 귀에 대고도 아무 말도 하지 않는 것이 보통이었다. 상대방은 숨소리만으로 대답하는 그런 전화 매너에 익숙한지 무어라 무어라 용건을 말했다. 전체 통화의 길이가 얼마든 정욱연의 대사는 맨 마지막에 '알았어요'뿐이었다. 겨우 서너 글자짜리 짧은 답변이 그대로 경상도 억양인 것이 나는 죽도록 신기했다. 좀더 해야 할 말이 있으면 서재로 가서 문을 닫아버렸으므로 나는 그의 사랑스러운 사투리를 더이상 들을 수 없었다.

"형이랑 엄마 칠순이랑 무슨 상관인데?"

"큰형 환갑이라고 요즘 자꾸 전화해. 형 전화받고 짜증나 있다가 칠순 이야기 듣고 그만 실수한 거야."

그만하면 정상참작의 사유로 삼아주기로 했다. 모처럼 이야기를 붙여볼 만한 기회였다. 큰형 나이가 환갑이라는 말에 나는 깜짝 놀랐다. 생각해보니 셋째 형이 일곱 살 연상이라고 했다. 나는 재빨리 형들의 이름이 어떻게 되느냐고 물어보았다.

"태연, 명연, 우진, 욱연."

왜 셋째 형만 돌림자를 쓰지 않았을까?

"셋째 형은 되는 일이 없다고 이름을 우진으로 바꾸었어. 원래는 형연이었어."

태연, 명연, 형연, 욱연. 나는 황홀한 기분으로 네 개의 이름들을 입 안에 굴려보았다. 정욱연이 내가 생각하는 것을 정확하게 집어 말했다.

"이름들은 참 멀쩡하지."

약간 위험했지만, 아버지의 이름도 물어보았다. 정욱연의 얼굴에 신경질이 스쳐지나갔지만 순순히 대답했다. 어쨌거나 큰 실수를 한 뒤끝의 수습 국면인 것이었다. 그는 전해져내려오는 예법을 가볍게 무시하고 간단하게 대답했다.

"정원웅이었어."

알코올중독자, 가족 상습폭행자, 도박쟁이, 사기꾼, 바람둥이 정원 웅과 그의 네 아들들. 태연, 명연, 우진, 욱연. 가족 전과를 모두 합하면 오십 범은 가뿐하게 넘길 대단한 남자들. 생각만 해도 가슴이 뛰었다. 김덕만과 정원웅 두 미치광이들을 붙여놓았으면 재미있었을 것이다.

"환갑이 언제인데요?"

"안 갈 거야."

"누가 가자고 했어요? 언제 하느냐고 물어봤지. 어디예요? 대구? 서울?"

"안 갈 거야. 관심 끄세요."

속마음을 들켜서 아쉬웠다. 나는 정욱연의 형제들을 보고 싶었다. 보고 싶어서 미칠 것 같았다. 환갑이라니, 서로 오랫동안 내왕하지 않 던 사이에 얼마나 좋은 핑계인가. 단 한 명도 빠짐없이 볼 수 있는 얼 마나 좋은 기회인가.

"울 엄마 칠순은 가면서 형 환갑은 안 가면 이상하잖아요. 해마다 서로 생일 챙기는 것도 아니고, 환갑 정도 되는 잔치는 한번 갈 법도 하지 않아요? 이제 다들 나이도 들었는데, 큰 생일이나 결혼식 같은 경조사 정도는 챙기는 사이로 지내도 되잖아요. 그 정도는 당신도 괜찮잖아요."

정욱연은 상어 앞에서 코피를 흘린 듯한 얼굴이었다.

"괜찮지 않아. 내 행사에 형들을 부른 적 없어. 형들의 행사에 간 적도 없어. 결혼, 이혼, 입원, 수술, 개업, 입학, 졸업, 출산, 백일, 돌, 모두. 내가 큰형 환갑에 갈 거라고 생각하지 마."

"그럼 우리 엄마 칠순도 마지못해 가는 건가보네?"

"혜나야, 어머님 칠순은 나한테 중요한 행사야. 어머님 칠순에 가서 네 가족들이랑 열심히 친해질 거야. 내가 마음먹으면 뭐든지 열심히 하는 거, 알잖아. 하지만 어머님의 칠순이랑 형의 환갑은 전혀 달라. 그 일은 나에게 결정권이 있어. 그 사람들한테 관심 가지지 마. 정말이지 혜나야, 나는 그 사람들 감당 못 해. 이 이야기는 더이상 안 하면 좋겠다."

예비 장모의 칠순을 놓고 투덜투덜해버린 실수는 이 정도 대화를 했으면 만회가 되었다고 생각하는 것 같았다. 요즘 사춘기 소년처럼 감정 기복이 심한 정욱연을 붙들고 더 이야기하기는 어려웠다. 이대로 이 기회를 넘겨버리기는 아쉬워서 나는 다른 쪽을 생각해보았다. 요즘 들어 정욱연과 이만큼 도란도란 이야기를 하는 기회도 드물었고, 그의 부모와 형제들에 대해 이야기할 수 있는 기회는 정말이지 하늘에서 금동아줄이 내려오는 것처럼 귀한 일인 것이다.

"당신, 둘째 형이랑 제일 닮았죠?"

기분 나쁘긴 하지만 꼭 틀렸다고 말할 수는 없는 모양이었다. 나는 그의 침묵을 긍정으로 해석하고 신이 났다.

"그렇죠? 맞죠? 내가 어떻게 맞혔는지 알아요? 둘 다 제비잖아요!"

그는 테니스공을 꿀꺽 삼키는 사람처럼 힘들어 보였다.

"혜나야, 제발."

재치를 부리려고 하다가 상대방에게 상처를 주면 그것만큼 자괴감을 주는 일도 없었다. 나는 하루 종일 풀 죽어 지냈다.

임신 후기에 접어들자 내 몸은 폭풍같이 변했다. 내 딸은 내가 무언가를 먹으면 태동이 눈에 띄게 활발해졌다. 사탕이나 케이크처럼 단 음식을 먹으면 열광적으로 팔딱거렸다. 나를 닮은 모양이었다. 나도 결국 편지를 쓰기 시작했다. 이런 종류의 소식들, 내가 지하철 몇 호선에서 자리를 양보받았는지, 나에게 자리를 양보한 사람의 인상착의는 어땠는지, 요즘은 어떤 임신출산용품이 유행인지, 엽산과 철분제는 무슨 상표인지, 아이의 신장은 몇 센티미터인지, 내가 음식을 먹을 때 아이의 메뉴별 반응이 어떤지, 그 모든 소식을 굶주린 듯 탐욕스럽게 기다리는 한 남자가 있었다.

작은오빠는 내 딸을 아예 자기 딸이라고 생각하는 것 같았다. 요즘은 큰집도 천국 같은지 날마다 얼굴이 밝아지고 피부가 고와졌다. 키도 자라는 것 같았다. 키가 훌쩍 크고 잘생긴 작은오빠가 접견실에 들어서는 모습을 보면 심장이 죄어드는 것 같았다. 저렇게 멀쩡해가지고 저기 들어가 있다니. 오빠는 저기 나는 여기, 우리 사이에 아크릴벽이 있다니.

박회장은 작은오빠를 일 년쯤 있게 한 다음에 어떻게 꺼내줄 방도가 있는 것처럼 넌지시 언질을 주었고 작은오빠도 그곳 생활에 잘 적응한 것 같았지만 이제 한계에 다다른 건 나였다. 단 하루도, 일 분도 견디지 못할 것 같았다. 작은오빠를 아크릴벽 이쪽으로 빼내기 위해서라면 법무부에 폭탄 테러라도 할 것 같았다. 칠순, 엄마의 칠순이 다가오고 있었다.

엄마의 칠순을 지구상에서 가장 기뻐하고 축하할 사람은 작은오빠였다. 물론 그 기쁨의 에너지로 어마어마한 사고를 쳤을지도 모르지만, 어쨌든 오빠의 마음은 의심의 여지 없이 그랬다. 작은오빠는 엄마의 칠순을 기념해 칠십 일 전부터 날마다 편지를 한 통씩 썼는데 편지 말미에 꽃그림을 하나씩 그렸다. 엄마는 언제나 꽃처럼 아름다웠기 때문이었다. 나중에 출소하면 책으로 엮어서 엄마에게 헌정할 거라고 했다. 우리 삼 남매는 모두 미술에 재능이 있어서, 작은오빠의 꽃그림들도 하나같이 예뻤다. 박회장마저도 감동한 예쁜 편지와 그림 들이었다. 그건 누구에게 잘 보이기 위한 작전이 아니었다. 작은오빠의 진심이었다. 작은오빠는 그런 사람이었다. 김학원은 큰집에 가서 사고는 치지 못하고 예쁜 짓만 했다.

엄마의 칠순잔치에 작은오빠가 오지 못할 거라는 생각만으로도 나는 눈물이 앞을 가렸다. 엄마의 칠순잔치야말로 작은오빠가 평생 잊지 못할 축제일 것이다. 작은올케는 씩씩하게 두 아들을 키우고 있었다. 엄마는 박진석과 커플이 되었다. 나는 딸을 임신했다. 작은오빠가 거둔 인생의 기념비적 대성공들이 모두 한자리에 모이는 역사적인 사건이었다. 정욱연은 단지 나의 스폰서 겸 생물학적 정자기증자일 뿐이라고 간단하게 깎아내리고, 작은오빠는 그것이 자신을 위한 파티라고 생각했을 것이다. 온 마음을 다해 기뻐했을 것이다. 죽도록 행복해했을 것이다. 식구들이 한자리에 모여 엄마의 칠순을 축하하는 그 기쁘고 행복한 날, 작은오빠는 홀로 큰집에 앉아서 박회장의 돈을 날린 것을 반성해야 했다.

"얘는 빵을 제일 좋아하는 것 같아. 살살 녹는 딸기 생크림케이크. 돼지 모양 초콜릿크림빵. 까만 바닐라 씨앗이 콕콕 박힌 슈크림. 그런 걸 먹을 때 제일 좋아해. 뱃속에서 팔딱팔딱 뛰어. 나를 닮았으니까 당연히 빵을 좋아하는 거지. 그런데 취향이 아주 예민하고 까다롭더라고. 지난번에 돼지 모양 초콜릿크림빵을 먹었는데 저녁때라서 빵이 아주 조금 굳어 있었거든? 그랬더니 꼼짝도 안 하는 거야. 크림도 중요하지만 결이 닭살같이 촉촉하게 뜯어져야 한다는 걸 벌써 아는 거지. 얘는 정말 천재야."

사실 나의 딸내미는 슈퍼마켓에서 파는 싸구려 빵과자들, 식품첨가물이 잔뜩 들어갔든 유통기한이 지났든 당도가 높기만 하면 그저 팔딱거렸지만 나는 이런 종류의 거짓말을 하는 데는 추호의 거리낌도 없었다.

"임산부에게 굳은 빵을 팔다니 흉악범들이야! 그런 놈들이 여기 들어와 있어야 하는데! 내 조카에게 제발 그런 끔찍한 걸 먹이지 마! 제발 부탁이야! 하나를 먹여도 제대로 된 걸 먹이라고! 빵은 무조건 모나크 호텔이 최고야! 딴 데서 사지 좀 말라고! 아침 열시쯤 가면 제일 촉촉해! 너 돈 없어서 그러니? 내가 돈 보내줄까? 아무거나 먹이지 좀 말란 말이야!"

"모나크 호텔? 거기도 꽝이야. 지난번에 에그타르트 하나 사먹었다가 너무 기름져서 토할 뻔했어. 자꾸 빵만 당기는데 입맛에 딱 맞는 빵집이 없어. 파리에서 먹었던 그런 향긋하고 담백한 페이스트리를 만들 수 있는 빵집은 한국에 없을까? 속상해 죽겠어. 가까운 데에 믿을 만한 빵집이 하나 있으면 얼마나 좋을까. 빵집이 많기만 했지 실력 있는 덴 하나도 없어. 조금만 만들어서 그날그날 다 팔고 끝내는 그런 빵집. 빵마다 결이 다 살아 있고, 제일 좋은 재료로 장난감처럼 예쁘게 만드는 빵집. 호텔처럼 비양심적으로 비싸지 않고 가격도 예쁜 빵집, 달지 않고 담백해서 아기들도 얼마든지 마음 놓고 먹일 수 있는 그런 빵집."

김학원이 어려울 것 없이 훌떡 넘어갔다.

"김혜나! 너 걱정하지 말고 조금만 기다려! 오빠가 나가서 만들어줄게! 오빠 실력 알지? 정말 큰일이야! 먹거리를 믿지 못하는 세상에 살아야 한다니! 내 아이들이 먹을 빵인데 직접 만들어야지!"

나는 작은오빠의 잘생긴 얼굴 위에 파티시에의 흰 모자를 씌워보았다. 썩 잘 어울렸다. 작은오빠는 손재주가 좋았다. 요리도 잘했다. 미각도 예민했다. 눈도 높았다. 재료비를 아낀다는 건 그의 사전에 있을 수 없었다. 조금만 가르치면 김학원 빵집은 예술품을 만들어낼 것이다. 과연 밑지지 않고 장사를 하느냐가 관건인데, 사실 얼마를 밑지건 큰 상관은 없었다. 김학원이 금융사고만 안 치면 빵집으로 십 년을 밑진다 해도 남는 장사였다. 내 딸이 빵을 좋아해야 할 텐데. 희서처럼 까다롭고 빼빼 마른 아이로 태어나서 삼촌이 만든 빵만 먹겠다고 앙탈을 대판 부려준다면 만사는 오케이였다.

"그럼 우리, 나중에 둘이서 빵집이나 하나 차릴까? 오빠, 제빵 기술 배울래? 난 만드는 건 못 해. 알잖아, 내 요리 실력. 정욱연은 내가 냄비만 쳐다봐도 도망가. 대신 파는 건 잘할 수 있을 것 같아. 내가 꼬셔서 안 넘어가는 사람은 없거든. 아침에 조금만 만들어서 오후 네시 정도면 다 팔아버리지 뭐. 오빠는 빵 만들고 나는 팔고. 그거 어때?"

작은오빠는 칠순잔치에 참석 못 하는 슬픔쯤은 저 푸른 하늘로 가볍게 날려보냈다. 김학원이 만들고 김혜나가 파는 오누이의 예쁜 빵집이라니. 결이 촉촉하게 살아 있는 빵을 만들어 세 아이들을 먹이다니. 빵에 대한 꿈만 먹고도 형기 내내 배부를 얼굴이었다. 저 인간이 빵집에 싫증을 내면 그다음엔 뭘 시키나. 그때쯤은 딸내미가 좀 컸을 테니 양재를 가르쳐서 원피스를 짓게 하나? 김학원 부티크? 일단은 빵집으로 오 년만 버텨주기를. 내 딸에게 삼촌이 만든 빵을 먹여 키우고 길지 않은 인생의 무려 오 년을 무사고로 틀어막을 수 있다면, 오누이 빵집은 리비아 대수로에 버금가는 대성공이라고 말해도 괜찮을 것이다.

칠순잔칫날, 정욱연은 오랜만에 깔끔한 슈트를 입었다. 소년처럼 해사한 얼굴은 아니었지만 여전히 겉보기엔 봐줄 만했다. 입술이 부르튼 것은 어쩔 수 없었지만, 아빠와 희서에게 연타석으로 두들겨맞고 안팎으로 피멍이 든 사연을 생각하면 준수한 편이었다.

"우리 식구들, 이제 좀 알죠? 김학원이 없다고 방심하면 안 돼요. 모두 다 이상하거든요. 오늘은 누가 잔치를 망칠지 맞춰봐요. 우리는 이런 행사를 곱게 넘기는 일이 없거든요. 아빠가 일본에 갔으니 다행이긴 한데, 현재 가장 유력한 후보는 큰오빠예요. 요새 사업이 잘 안 풀려서 상태가 특히 안 좋더라고. 분명히 이상한 소리를 할 거야. 당신이랑 큰오빠랑 동갑인 거 알죠? 분명히 형님 소리를 들어야 직성이 풀릴 거야. 잘할 수 있어요?"

오만 가지 걱정을 늘어놓으면서, 나는 임부복 원피스 두 개를 놓고 고민중이었다. 하나는 부드러우면서도 은은한 광택이 감도는 회색 옷감에 리본이나 프릴 같은 잡동사니를 달지 않았는데도 부른 배가 강조되지 않는 세련된 명품옷이었다. 다른 하나는 옷 한 벌에 노아의 방주를 통째 옮겨놓은 듯한 컬러풀한 디자인이었다. 얼룩말의 줄무늬는 오렌지핑크와 짙은 초록이었고 메롱 하고 혀를 내민 사자의 황금빛 갈기털에는 열대과일이 주렁주렁 매달려 있었다. 개성 넘치는 원피스가 무척 마음에 들었지만 아무래도 호텔급의 예의를 차리려면 점잖은 디자인이 나을지 함께 고민하기를 청하려다가 나는 정욱연의 얼굴에 스쳐지나간 놀라는 표정을 그만 포착하고 말았다. 못 보고 넘어가도 괜찮을 걸 결코 놓치지 않는 게 내 고질병이었다. 정욱연은 이내 깔끔하게 표정을 세탁했지만 이미 늦었다.

"지금 내 배 보고 놀라는 거죠?"

정욱연이 웃음으로 얼버무렸다. 여자들의 마음을 녹이고 화해를 청하는 데 실패해본 일이 없는 바로 그 쑥스러운 얼굴이었다. 하지만 오늘은 통하지 않았다.

"그동안 내 배가 얼마나 나왔는지 한 번도 제대로 본 적도 없는 거죠? 내가 왜 여기 있는지 생각해본 일도 없죠? 나 혼자서 잘 먹고 잘 놀고 잘 사니까 그냥 내버려두고 나한테는 아무 신경도 안 썼죠?"

그는 차마 부인하지 못했다. 사실 정욱연에게 화를 낼 생각은 없었다. 내가 다 이해해줄 생각이었다. 하지만 처음이자 마지막이 될 내 인생의 가장 신비로운 기간이 흘러가는 것을, 그는 까맣게 잊고 살았다. 그래도 꾹꾹 잘 참아왔는데, 막상 그의 상태가 손톱만큼 나아지는 조짐이 보이자 억눌러왔던 내 쪽의 서운했던 감정들이 갑작스럽게 되튀겨나왔다.

"이럴 거면 왜 처음에 시작했어요? 왜 하필이면 날 데려왔어요? 당신 좋다는 여자들이야 언제나 많았잖아요? 내가 얼빠져서 새벽에 원장실로 쳐들어갔어도, 돌려보냈으면 되잖아요? 얼마든지 그럴 수 있었잖아요? 그랬으면 나는 성민이랑 멀쩡하게 잘 살았을 텐데, 왜 나를 여기까지 오게 했어요? 나는 아이 가질 생각도 없었는데 왜 당신 마음대로 사고쳤어요? 그래 놓고 왜 나한테 이렇게 섭섭하게 해요? 내가 당신한테 무슨 잘못했어요? 나한테 이래도 되는 거예요?"

어럽쇼, 성민이까지 나와버렸네. 심했다. 나는 번개같이 유턴했다.

"다 알아요! 뻔하지! 당신도 나 사랑했으니까 그런 거죠! 나 붙잡고 싶어서 안달났던 판에 내가 제 발로 걸어오니까 얼씨구나 했죠? 내가 모를 줄 알아요? 다 알아요! 안 섭섭해요! 그러니까 걱정 말고 오늘 칠순잔치에서나 예쁘게 해요! 알았어요?"

퍼부어놓고 나는 재빨리 화장실로 도망갔다. 거기서 소리내지 않고 조금 울었다. 나는 정욱연에게 화내고 싶지 않았다. 그에게는 도무지 화가 나지 않았다.

그의 응석을 받아주고 싶었다.

그가 생트집을 잡고 어이없는 분풀이를 하고 오래오래 토라지고 이

기적인 요구를 하고 말도 안 되는 주장을 끝까지 박박 우기도록 내버려두고 싶었다. 하나도 밉지 않았다.

다 들어주고 싶었다. 내 앞에서는 어린아이로 돌아가게 해주고 싶었다. 그가 타고난 예민하고 까다로운 기질을 마음껏 폭발시키게 해주고 싶었다. 그가 인생에서 한 번도 시도해볼 엄두를 내보지 못했던 만용과 무례, 폭발과 뻔뻔함 들, 우울과 무능과 대책 없음을 모두 허용해주고 싶었다. 나는 그런 모든 것들에 아주 익숙했다.

그런데, 나는 코끼리가 아니었다.

그게 문제였다.

나의 임신기간은 이 년이 아니라 십 개월에 불과했다. 그 믿어지지 않는 기적이 가뭇없이 흘러가 벌써 끝물이었다. 내 인생에 다시 돌아오지 않을 신비한 변화들, 느낌들, 축복들. 하루하루 내 몸에 각인시키고 되새기고 싶은 기적들, 기쁨들. 기다리지 않고 사라져갈 시한부의 아름다움들, 의미들을.

이 세상에서 가장 예민하고 섬세한 남자, 세상의 모든 아픔과 슬픔을 꼭꼭 씹어 삼키는 남자, 모든 것의 가장 깊은 심연에 감춰진 미묘하고 알아차리기 힘든 숨은 의미들, 다양한 표현들과 그 이면들까지 낱낱이 포착해낼 줄 아는 나의 사랑스러운 셰에라자드.

그와 함께 나누고 싶었다.

내가 그와 함께 꼭 하고 싶었던 가장 중요한 두 가지가 같은 시간대에 겹쳐 일어났다. 어느 한쪽을 하기 위해서는 다른 쪽을 희생해야만 했다. 얄궂은 일이었다. 그것이 안타까웠다. 나는 진심으로 내가 코끼리라면 좋겠다고 생각했다. 그가 아무리 성깔을 부리고 팔딱거려봤자 코를 말았다 풀었다 하면서 그저 여유롭게 들어주고, 아이는 뱃속에서 이 년쯤 오래오래 키우니까 시간도 넉넉하고 하나도 급할 것 없는 느긋한 코끼리 말이다.

그를 위해 코끼리가 되고 싶어하는 여자가 있다는 것을, 그는 알까?

나는 울었던 흔적을 깔끔하게 은폐하고 화장실에서 나왔다. 그는 화장실 앞에서 나를 기다리고 있었다. 아빠에게 두들겨맞고도 괜찮았는데, 희서의 전화를 받고 며칠 끙끙 앓더니 입술이 부르텄다. 희서는 알고 있을까? 내 뱃속의 아기가 딸이라는 사실을 정욱연이 오랫동안 감추었다는 것을? 그에게는 이제 곧 두번째 딸이 태어나겠지만 그가 만났던 첫번째 아이, 섬세하고 까다로워서 그대로 완벽했던 그의 첫번째 우주, 산다는 것의 의미를 새롭게 알려준 그의 큰딸 희서의 의미는 영원히 희서만의 영역으로 남아 있을 것이다. 그 아이에게 그 이야기를 해주고 싶었다. 나는 손을 내밀어 그의 입술을 만졌다. 그가 얼굴을 살짝 찡그렸다.

"미안해, 혜나야. 내가 앞으로는 잘할게. 이러지 않을 거야. 섭섭하게 해서 미안해."

"괜찮아요. 육십 킬로그램만 넘으면 다 용서해줄게요."

"그래, 넘을게."

그거면 난 더 바랄 게 없었다. 난 벌써 칠십일 킬로그램이었다.

임현명 여사의 칠순잔치는 친척들을 부르지 않고 우리 직계가족만 모였다. 박회장이 젊은 시절 얼마나 악독하게 돈을 모았는지는 모르겠으나, 엄마를 에스코트해서 연회장에 들어서는 모습을 보니 이제 팔십

대의 노년에 이른 그는 뒤늦게 찾아온 사랑을 애지중지 아끼는 소심한 남자였다. 스스로 말했듯이, 평화로운 시대를 타고났다면 평범한 가장으로 살아가는 일을 좋아했을 남자인지도 모른다. 행운의 별자리를 타고난 임현명 여사는 언제나 아름답고 당당했다. 교회에 가네 마네 투닥투닥 다투어가면서, 그들이 평화롭게 늙어갈 수 있기를.

"어머니, 제가 욱연입니다. 늦게 인사드려서 죄송합니다."

정욱연이 엄마에게 첫인사를 건넸다.

"이보게, 혜나 배가 이만큼 부르도록 얼굴 한 번 안 보여주다니, 자네 이렇게 비싸게 굴어도 되는 건가? 좀 너무한 거 아니야?"

말은 그렇게 해도 엄마 볼이 벌써 발그레해지고 무심결에 머릿결을 가다듬는 것을 보면, 욱연 원장님의 매력은 여전히 건재하게 작동하는 것이 분명했다. 김덕만 사장의 표현대로 '느 에미가 딱 좋아할 낯바닥'이었다. 집에서 늘 둘이 있을 땐 모르겠더니 말끔하게 차려입고 여러 사람 속에 섞여 있는 모습을 보니 내가 봐도 군계일학, 새삼 눈이 부셨다.

"임여사가 둘째 사위를 참 잘 얻으셨소."

분명히 귓속말처럼 말했는데, 박회장의 귀가 좀 어두운 바람에 남들에게도 다 들렸다. 둘째 사위라는 말이 좀 웃겼지만 아무도 지적하지 않았다.

내가 '돈 이야기를 꺼내지 말 것, 캐나다에 있는 가족이나 이혼이나 재산 문제에 대해서 물어보지 말 것, 위반 시 상을 뒤엎어버리겠음'을 강력 전달했기 때문에 큰오빠는 정욱연에게 별다르게 할 말이 없었다. 그래서 큰오빠의 첫번째 질문은 이거였다.

"자네 키가 몇이야?"

정욱연은 순순히 대답했다.

"백칠십이 센티미터입니다, 형님."

그 정도면 무난한 출발이었다.

작은올케는 억지로 웃으며 나에게 흰 봉투를 내밀었다.

"작은오빠가 보내는 용돈이에요, 아가씨. 맛있는 거 사서 드시래요."

봉투에서는 오십만원짜리 송금환이 나왔다.

"아가씨가 임신을 했는데 오빠가 챙겨주지도 못한다고, 저한테 부쳤더라고요. 영치금은 직계가족한테밖에 송금이 안 된대요. 아가씨한테 꼭 줘야 한다고 신신당부하더라고요. 자기 영치금을 털어서 여동생 용돈을 주는 오빠가 세상에 어디 있겠어요? 제가 태진이 낳을 때도 안 그랬거든요. 늘 이런 식이라니까요. 저는 이제 하도 익숙해서 아무렇지도 않아요. 원장님은 각오 단단히 하셔야 할 거예요. 태욱이 아빠가 여동생 일이라면 하도 유별나게 굴어서 말이에요."

작은올케의 콧바람이 거셌다. 나는 순순히 고맙다고 말하고 봉투를 챙겨넣었다. 나는 작은오빠에게 삼백만원의 영치금을 주고 그중 오십만원을 돌려받았을 뿐이었지만, 그리고 만사가 이런 식이었지만, 작은올케 앞에서는 그저 조용히 있는 게 제일 나았다.

"학원이가 너랑 빵집을 하겠다는 건 무슨 소리야? 편지마다 빵집, 빵집, 학원이 머릿속에 온통 빵밖에 안 들었던데, 나는 또 불안하다. 학원이가 저렇게 들뜨면 꼭 사고를 치더라고. 너는 재단에 다니는 애가 무슨 빵집을 한다고 그러니? 학원이가 또 헛소리하는 거지? 그렇지?"

사람들의 시선이 나에게로 몰렸다.

"나중에 오빠 나오면 조그만 빵집 한번 같이 해보려고 하는데. 왜? 뭐가 이상해?"

작은올케가 버럭 화를 냈다.

"아가씨, 빵집이요? 태욱이 아빠가 빵집을 해요? 그게 지금 무슨 소리예요? 작은오빠가 사고를 좀 치기는 했다지만, 아가씨 너무 심한 거 아니에요? 아가씨도 이제 곧 엄마가 될 텐데, 우리 아이들 생각은 한 번이라도 해봤어요? 태욱이랑 태진이가 학교에서 빵집 아이라는 소리 들으면 좋겠어요?"

나는 작은올케가 왜 그렇게 빵집을 싫어하는지 이해할 수 없었다.

"왜요? 좋을 것 같지 않아요? 작은오빠는 요리도 잘하고 손재주도 있잖아요. 제빵사 자격증을 따고, 가능하다면 일본 같은 데서 좀더 공부를 시키면 분명히 잘할 거예요. 사고를 안 치는 것도 중요하지만, 오빠는 빵 만드는 일을 잘할 것 같거든요. 제 생각이 그렇게 이상해요?"

작은올케가 울음을 터뜨렸다.

"아가씨! 정말 너무해요! 작은오빠가 아가씨를 얼마나 소중하게 여기는데, 아가씨는 오빠를 제빵사로 만들겠다고요? 제빵사라니, 몸 써서 일하는 직업이잖아요! 작은오빠는 그런 일을 할 사람이 아니라고요! 작은오빠가 지금은 저렇게 되었지만, 똑똑한 사람이라고요! A대학교 경영학과를 나온 사람이라고요! 아직 나이도 젊고, 얼마든지 재기할 수 있다고요! 아가씨가 어떻게 오빠한데 그럴 수가 있어요? 정말 너무들 하세요. 태욱이 아빠가 사고를 좀 쳤기로서니, 다들 이런 식으로 대하시다니."

난처한 일이었다. 작은올케의 예상보다 거센 반대에 나는 더이상 무어라 말하기가 어려웠다. 그녀가 이혼이라도 하겠다고 나오면 큰일이었다. 작은오빠의 아내로 살면서 온갖 고난과 굴욕을 견뎌내고 있는 그녀가 그토록 싫어한다면, 나 혼자 밀어붙일 수는 없었다.

나름대로 좋은 점이 없지 않은 작은오빠의 인생이 저토록 꼬인 것의 출발점은 무엇이었을까? 나는 그것이 성적이라고 생각했다. 작은오빠는 성적이 너무 좋았다. 성적이 좋으면 많은 것이 용서되는 한국에서, 작은오빠는 지나치게 좋은 성적을 받는 바람에 인생을 망쳤다. 성적이 좋은 사람은 의대, 법대, 경영대 안에서 행복을 찾아야만 했기 때문이다.

작은올케가 모욕적으로 받아들였지만, 작은오빠는 몸을 쓸 때 더욱 빛나는 사람이었다. 작고 품질 좋은 물건을 생산하는 자영업에 적합한 사람이었다. 음식점을 차리더라도 그저 카운터나 돌보는 경영자로는 성공할 수 없을 것이다. 작은오빠는 애정이 깊은 사람이었다. 자신이 만지는 물건, 자신이 대하는 사람들에게 애정을 쏟아붓는 것이 작은오빠의 특기이자 최고의 장점이었다. 작은 '다찌'에서 손님들의 취향을 일일이 기억하고 정성껏 초밥을 만들어주는 초밥 전문 요리사에, 김학원보다 더 적합한 사람을 나는 떠올릴 수 없었다. 동물을 좋아하니까 수의사도 괜찮았을 것이다. 헤어 디자이너로 일해도 감각이 있었을 것이다.

공부하지 않아도 기막히게 나와준 성적, 그놈의 성적이 원수였다. 그 성적을 가지고 수의대에 갈 수는 없었다. 점수가 삼십 점이나 남았기 때문이다. 그 성적을 가지고 요리사, 파티시에, 헤어 디자이너가 될 수는 없었다. 그런 전공은 전문대에서나 다루기 때문이다.

경영이야말로 작은오빠에게 최악의 선택이었다. 무슨 일을 했어도 금융인이나 경영자보다는 나았을 것이다. 작은오빠는 돈에 대한 감각이 상실된 종류의 희귀병을 앓는 환자였다. 그런 사람이 경영학과에 가서 금융인이 되었다. 도대체 어디에 쓰이는지 알 수 없는 크기의 돈을 다루는 그 일에는 작은오빠의 애정이 담길 대상이 없었다. 흥청망청 남아도는 대입고사 점수 때문에 작은오빠는 A대 경영학과에 갔고, 게임을 하듯 미친 숫자들을 가지고 놀았고, 미치광이 김학원이라는 악명을 얻었다. 하지만 작은오빠는 미치광이가 아니다. 그는 아이들과 동물들과 가족들을 사랑하는 애정 깊은 사람이다.

"얘! 네가 무슨 학원이랑 빵집을 한다고 그래! 너는 이제 아이도 낳을 거고, 재단에서 하는 일도 있는데 어떻게 빵집을 하겠다고 그러니?"

엄마도 마뜩잖은 반응을 보였다. 박회장도 그리 좋아하지 않았다.

"김이사, 그럼 재단은 어쩌려고? 학원군이랑 빵집을 하겠다면 재단은 그만두겠다는 소리인가?"

작은올케가 울어버리는 바람에 나는 내 머릿속으로 생각했던 계획들의 가치와 현실성에 갑자기 자신이 없어졌다. 나는 기가 폭삭 죽어서 조그맣게 대답했다.

"재단 일을 열심히 하고 있습니다만, 제가 적임자라고 생각하지는 않습니다. 작은오빠가 나올 때까지는 재단에서 열심히 일하겠지만, 궁극적으로는 저보다 그 일을 더 잘할 수 있는 사람에게 그 일을 맡기는 게 좋겠다고 생각했습니다."

"나는 김이사의 능력을 믿고 그 일을 맡긴 거야. 다른 사람에게 그 일을 맡길 생각은 해본 일이 없어. 그 일을 더 잘할 수 있는 사람이라니, 김이사가 생각해둔 사람이 있는 건가?"

그 순간 큰오빠와 큰올케의 눈에서 너무 강렬한 섬광이 뿜어져나와서, 나는 하마터면 시력을 잃을 뻔했다.

"최영해씨를…… 생각하고 있습니다……"

"최영해? 그게 누구였더라?"

"황해재단에서 사무직원으로 일하는 탈북 여성입니다."

온 가족이 얼어붙었다. 나는 울고 싶어졌지만 최대한 꿋꿋하려고 노력했다.

"괜히 드리는 말씀이 아닙니다. 최영해씨는 능력 있는 사람입니다. 한국에 와서는 인정을 못 받고 단순 사무직으로 일하고 있지만 정말로 굉장히 야무지고 똑똑한 사람입니다. 탈북자들 사이에서도 신망이 있고요, 경험도 많고요. 그 사람이라면 황해재단이 탈북자들에게 진짜 도움이 될 수 있도록 방향을 잡을 수 있을 거예요. 회장님께서 평생 이룩하신 재산으로 황해재단을 만드셨는데, 그 돈과 조직이 정말 탈북자들에게 도움이 되도록 해야 하지 않겠어요. 제가 일하는 것보다 최영해씨가 재단에서 책임 있는 역할을 맡아서 일하는 게 백배는 더 의미 있고 적합할 거라고 생각합니다. 저는 정말로 그렇게 생각하거든요……"

아무도 내 말에 대답하지 않았다. 내가 임신부만 아니었으면 모두 나에게 물컵을 던졌을 것 같은 얼굴들이었다.

"우리 혜나가 철이 없어서…… 막내로 오냐오냐하면서 자라서요…… 아버님께서 제발 언짢게 여기지 마셔야 할 텐데……"

큰오빠가 어렵사리 수습을 시도했지만 분위기는 이미 회복 불능이었다. 그다음부터 우리는 그림자 취급을 받았다. 정욱연마저도 나 때문에 그림자가 되었다. 아무도 우리에게 말을 걸지 않았다. 눈길조차 피했다. 자기들끼리만 이야기하고 자기들끼리만 먹고 마셨다. 정욱연이 아무 말 없이 식탁 밑으로 손을 내밀었다. 그 손이라도 없었으면 나는 울어버렸을 것이다.

엄마의 칠순잔치는 냉랭하게 끝났다. 작별인사를 할 때도 아무도 내 곁에 다가오려 하지 않았다. 늘 나에게 너그러운 박회장마저도 섭섭한 얼굴로 데면데면하게 인사를 했다. 나는 겨우겨우 눈물을 참았다. 식구들이 차례로 떠난 뒤, 나는 정욱연의 소매를 잡아끌었다.

"나 소원이 있어요. 들어줄래요?"

"뭔데? 말해봐."

"나 맥주 딱 한 잔만 마시게 해주면 안 돼요? 딱 한 잔만요."

그는 난처한 얼굴이었다.

"독일 여자들은 임신해도 맥주 다 마신대요. 수유에 좋다고 애 낳고도 매일 마신대요. 독일 여자들 애 잘 낳잖아요. 독일 사람들 다 똑똑하잖아요. 겨우 맥주 한 잔 가지고 뭘 그래요. 고위험 산모라는 말도 지겨워. 난 원래 위험해요. 사이코패스예요. 난 엄마 칠순을 다 망쳐버렸어요. 엄마는 우리를 쳐다보지도 않고 가버렸어요. 이런 날 겨우 맥주 한 잔도 안 돼요? 정말 치사하게 이러기예요?"

나는 결국 훌쩍훌쩍 울기 시작했다. 그는 하는 수 없이 나를 데리고 라운지로 향했다. 사람들이 드문드문 앉아 있는 라운지에는 동유럽계 혈통인 듯한 금발머리 여가수가 노래를 부르고 있었다. 정욱연이 메뉴판을 열어보지도 않고 처음 듣는 낯선 이름의 맥주를 주문했다. 직업상 알아두는 저알코올 맥주인 모양이었다. 반년 만에 처음으로 보는 맥주였다. 나는 맛을 느낄 틈도 없이 한 모금을 삼켰다. 목을 타고 내려가는 알싸한 액체가 상처를 마취시켜주기를 바랐지만 뜻대로 되지 않았다.

"내가 망쳤어요. 엄마의 칠순잔치를 내가 망쳤다고요. 작은오빠도 감옥에 있는데. 오늘이라도 엄마가 마음껏 기분좋길 바랐는데. 나 때문에 망쳤어요. 다들 나한테 화가 났어요. 나한테 아무도 말을 걸지 않았다고요."

"망치긴 뭘 망쳐. 다들 배부르게 밥 먹고 집에 갔는데."

정욱연은 괘씸하게도 대수롭지 않다는 투였다.

"왜 이래요? 배부르게 밥 먹으면 다예요? 엄마가 화난 거 못 봤어요? 다들 나를 외계인처럼 쳐다봤다고요. 내가 임신부만 아니었으면 신발짝으로 때렸을 거예요."

그는 대답하지 않았다. 더 서러워서 흐느끼다가, 나는 문득 그가 보일 듯 말 듯 웃음을 깨물고 있다는 걸 눈치챘다. 그 사실을 깨닫자 갑자기 내 눈물은 가짜가 되었다. 그가 웃다니! 가슴이 두근거렸다.

"뭐가 그렇게 웃겨요? 내가 우리 엄마 칠순 말아먹은 게 그렇게 좋아요?"

계속 슬픈 척하고 싶었지만 내 목소리에는 이미 콧소리가 섞여 있었다. 기쁘게도 정욱연은 본격적으로 웃을 기세였다.

"나 정말 죽을 뻔했어. 그 분위기에서 웃을 수도 없고. 아, 너희 큰형이라는 사람 정말."

"큰오빠가 왜요?"

"분위기는 점점 험악해지는데, 그 사람은 점점 사팔눈이 되잖아."

나는 웃음을 참느라 이를 악물었다. 만삭이 가까워지니까 여러모로 힘든 점이 많았다. 그중에서도 배에 힘을 주면 오줌이 찔끔찔끔 쏟아질 것 같은 증세가 가장 견디기 힘들었다. 금발머리 여가수는 혼신의 힘을 다해 노래를 부르고 있었다. 엄마의 칠순도 망쳐놨는데 그녀의 노래까지 망칠 수는 없었다. 흥분하면 가운데로 모이는 큰오빠의 사팔눈 앞에서도 웃음을 참아냈다니, 정욱연은 정말이지 무시무시한 남자였다. 그의 인내심은 아무도 흉내조차 낼 수 없었다. 우리가 웃음을 참아낸 덕분에 금발머리 여가수는 무사히 노래를 마칠 수 있었다. 드문드문 앉아 있던 사람들이 느슨하게 박수를 쳤다. 나도 눈물을 닦으며 박수를 보냈다.

소파에 앉으니 테이블이 좀 멀었다. 배가 많이 나와서 손을 내밀기가 힘들었다. 나는 겨우겨우 맥주잔을 잡아서 다시 한 모금을 마셨다. 쌉쌀하고 싸르르한 그 느낌이 좋았다. 성인이 되어서 가장 좋은 점을 꼽으라면 나는 어느 무엇보다도 맥주를 꼽을 것이었다. 이 좋은 것을 거의 일 년이나 마시지 못하고 살아야 하다니, 임신은 가혹한 일이었다. 정욱연이 내 손에서 맥주잔을 받아서 다시 테이블에 올려놓았다.

"그럼 김학원 빵집은요? 작은오빠가 제빵사가 되는 게 그렇게 끔찍한 일인가? 몸 쓰는 직업이라니, 그런 생각은 한 번도 안 해봤는데. 작은올케가 너무 화를 내서 깜짝 놀랐어요."

"몸 쓰는 직업인 거야 의사나 제빵사나 똑같은데, 그게 뭐 나쁜가. 프랜차이즈 빵집 말고, 학원이가 직접 빵을 만들면 좋을 것 같아. 너희 집 식구들은 제멋대로라서 남들이 시키는 대로 살지 못하잖아. 그런데 너랑 학원이랑 붙어다니는 걸 수진씨가 싫어한다면 그건 다른 이야기지. 시누이랑 남편이랑 너무 달라붙어 있으면 좀 기분 나쁠 것 같은데?"

"내가 작은오빠랑 빵집 하는 거, 혹시 당신도 싫어요? 솔직하게 말해봐요. 작은올케는 싫어하잖아요. 성민이도 내가 작은오빠랑 붙어다니는 거, 싫어했어요. 당신도 혹시 기분 나쁜데 말 안하는 거예요?"

"내가 싫어하는 것 같아?"

물론 전혀 그렇게 보이지 않았다. 하지만 때로 그가 그러듯이, 나도 그에게 하나하나 말로 확인하고 싶을 때가 있었다.

"당신 속을 내가 어떻게 알아요? 말을 해봐요."

그는 경계심을 다 버리지는 않고, 하지만 이 정도 응석쯤은 받아줄 만하다는 얼굴로 선선히 답했다.

"아주 옛날부터 학원이가 끔찍이 사랑하는 동생이 있다는 걸 알고 있었어. 서클 사람들이라면 누구나 다 아는 유명한 이야기였어. 나야 세상에 그런 남매가 있다는 게 신기할 따름이었지. 부럽기도 하고. 작년에 학원이가 갑자기 찾아와서 네 사진을 보여주었을 때, 그때부터 난 예감이 있었어. 처음엔 아주 미약한 느낌이었지만, 직관의 힘이라는 건 강하니까. 그다음부터는 그 예감을 확인해갔을 뿐이지."

"뭐야, 내가 누구건 김학원의 동생이기만 하면 되는 거였어요?"

"여동생이어야지."

그러니까 나는 성별만 여자면 되는 운명이었던 것이다.

"똑바로 말해요. 언제부터 날 사랑했어요? 많고많은 여자들 중에, 왜 나였어요?"

나의 상심과 그의 관용을 믿고, 나는 그의 턱밑에 고개를 바짝 들이댔다. 좋은 밤이었다. 맥주는 시원했고 음악은 아름다웠고 우리는 아주 오랜만에 이렇게 가까이 붙어앉았다. 아주 여러 번, 나는 어떻게 우리가 여기까지 왔을까 생각했다. 나는 그를 보자마자 매혹되었지만, 그는 수많은 여자들을 거절하는 것에도 이력이 붙었던 남자였다. 그러나 그는 나를 거절하지 않았다. 거절하긴! 여기까지 모든 일을 엄청난 속도로 몰아왔던 것은 바로 그였다. 그 시작이 언제였는지, 무엇 때문이었는지, 나는 늘 궁금하게 생각했다. 오늘은 좋은 밤이었다. 그런 이야기를 하기에 딱 좋은 밤이었다.

그는 처음으로 나를 자신의 아파트에 초대했던 그날처럼 망설이는 얼굴이 되었다가, 말없이 재킷을 벗었다. 그는 왼팔 셔츠 소매를 걷어올리고 팔꿈치가 접히는 안쪽의 부드러운 살, 톡 튀어나온 푸른 정맥을 나에게 보여주었다. 오래된 바늘 자국들이 몇 개, 어두운 멍처럼 남아 있었다. 우리는 뽑기에 열중한 골목길의 초등학생들처럼 머리를 모으고 그의 팔뚝을 곰곰 들여다보았다. 나는 그의 연한 피부를 손가락으로 쓸어보았다.

"난 일하는 게 힘들다고 생각해본 적이 한 번도 없었어. 억지로 한 일이 아니었어. 공부건 일이건, 나한테는 언제나 구명대 같은 거였어. 너는 야간분만이라면 치를 떨지만, 나는 지금 다시 하라고 해도 얼마든지 즐겁게 할 수 있어. 원래 좋은 체질을 타고난 것 같아. 나는 언제나 쉽게 잠들고 쉽게 깨는 체질이거든. 밤에 자다가 일어난다고 해서 크게 피곤하지 않았어. 일이 끝나고 다시 푹 자면 되니까. 오히려 사람들이 나를 걱정하고, 내가 굉장한 일이라도 하는 것처럼 생각하는 게 기분좋았어. 나한테는 하나도 힘들지 않은 일이 남들에게는 대단하다고 하니까 내가 뭐라도 된 것 같잖아."

세상에는 그런 사람도 있다고 한다. 일이 즐거운 사람. 자다 깨도 힘들지 않은 사람. 지금이라도 다시 야간분만을 시작하고 싶은 사람.

"그런데 언젠가부터 잠을 못 자기 시작했어. 잠을 못 자면 집중력이 뚝 떨어지니까, 진짜 고비가 찾아왔다는 걸 금방 느낄 수 있었어. 이전에 몇 번 그런 일이 있었는데, 그때마다 일하는 양을 늘렸어. 몸이 피곤하면 더 쉽게 잠드니까. 그런데 그때는 그걸로도 되지 않더라고. 처음에는 몇 번 수면제를 먹다가, 곧 마취제를 주사하기 시작했어. 그쪽이 뒤끝이 깔끔하니까. 그렇게 해서 일단 이전처럼 유지할 수 있었지만 머리가 복잡해졌지. 갑자기 왜 이렇게 되었을까? 자꾸 주사를 쓰면 그 결과가 어떨 거라는 게 뻔하니까, 내가 생각해도 큰일이었지. 일로 덮어지지 않는 문제를 만난 건 그때가 처음이었어."

나는 철학자처럼 곰곰 생각에 잠겨서 팔뚝 소매를 걷어올리는 정욱연을 생각했다. 이유가 뭘까? 왜 요즘 잠이 안 오는 걸까? 그는 곰곰 생각하면서 자신의 혈관에 바늘을 찔러넣었을 것이다.

"병원 직원들은 꽤 알았을 거야. 아무래도 흔적이 남으니까. 자기들끼리 수군거렸을 텐데, 나한테 대놓고 말하지는 못하더라고. 어쨌거나 약물은 진짜 해결책을 찾을 때까지 일시적인 방편이었고, 오래 끌 생각은 아니었어. 아마 내가 혼자 사는 데 지쳐서 이러나보다, 이제 여자친구를 만들어야겠다고 생각하던 참이었어. 그리고 그 무렵에 학원이가 왔고."

여자친구를 만들어서 힘든 일을 하면 다시 잠이 잘 올지도 모른다고 그는 생각했다. 아주 일리 있는 생각이었다. 나는 그가 잠을 이루지 못하고 뒤척이는 모습을 본 적이 한 번도 없었다. 그는 언제나 눕자마자 곯아떨어지고 아침엔 가볍게 일어났다.

"그런데 네가, 보육실에 온 지 며칠 되지도 않았는데, 나보고 일중독이라고, 일을 줄이라고 하더라고."

그랬었다. 그는 왠지 미약한 직관을 느꼈던 보육실의 김혜나와 힘든 일을 해보면 어떨까 생각하는 중이었는데 나는 난데없이 일을 줄이라는 소리를 했다고 한다.

"태어나서 그렇게 기분 나쁜 소리는 처음 듣는 것 같았어."

"왜요? 그런 소리 처음 들은 것도 아니잖아요. 당신을 보면 누구나 그렇게 말했잖아요. 선생님 일중독이세요, 일 좀 줄이세요, 그런 말 안 하는 사람이 누가 있었어요? 누구나 다 하는 소리인데 왜 기분이 나빠요?"

"네 표정이 좀 그랬어."

"내 표정? 내 표정이 어땠다고 그래요?"

"웃음기 하나 없이, 정말 한심하다는 듯이, 그것도 몰랐느냐는 듯이 면박을 주더라고. 같은 말을 하더라도 다른 사람들은 그러지 않았어. 나에 대한 존경심을 가지고 말했지. 나를 믿었어. 혜나야, 난 살면서 별별 힘든 일을 다 겪었지만, 사람들한테 그런 대접을 받은 적은 한 번도 없었어. 너처럼 그렇게, 나를 멍청이 취급하면서 말하는 사람은 처음 봤다고. 내가 당황해서, 나는 정말로 좋아서 하는 일이다, 하나도 힘들지 않다고 설명했는데, 너는 내 말을 하나도 믿지 않았어. 웃기시네, 그런 얼굴이었어. 넌 뭘 생각하든 얼굴에 그대로 다 나타나니까."

"난 그때 당신이 거짓말을 한다고 생각했어요."

"난 그때 내가 거짓말을 하고 있는 줄 몰랐어."

여기저기서 느슨한 박수 소리가 들렸다. 뽑기에 열중한 골목길의 초등학생들처럼 머리를 모으고 다른 세상으로 떠나 있던 우리는 난데없는 박수 소리에 깜짝 놀랐다. 동유럽에서 온 미녀 가수가 노래를 마친 모양이었다.

"그걸 받아들이기가 힘들었어. 사실은 지금도 믿기 어려워. 일은 언제나 나를 돕고 보호하는 존재였는데, 언젠가부터 그게 나를 갉아먹고 있었다는 거. 나도 모르게 한계를 넘었다는 거. 내가 그렇게 감쪽같이 모를 수 있었다는 거. 아무래도 믿기지 않았어. 네가 잘못 생각하는 것 같았어. 그래서 너를 계속 저울질하면서도 결단을 내리지는 못했어. 나에게서 일을 빼앗으려는 여자와 사귀면 안 되니까."

무대에서 내려가려고 하던 여가수는 앙코르를 받아서 마지막 노래를 부르기 시작했다. 〈Killing me softly with his song〉이었다. 누구였을까, 이 노래를 주문한 사람은. 나는 언제나 이 달콤한 노래를 좋아했다. 로버타 플랙의 음색만큼은 아니었지만, 동유럽에서 온 여가수의 풍성한 음성하고도 잘 어울렸다. 그 노래의 가사는 이랬다. 나는 그가 노래를 잘한다고 들었어요. 그가 멋있다고 들었어요. 그래서 나는 그의 노래를 들으러 갔어요. 그는 손가락으로 내 고통을 어루만지네요. 그의 언어로 내 삶을 노래하네요. 그 노래로 나를 매혹시키네요. 내 인생 전부를, 그는 모두 이야기하네요.

"성민이와 함께 저녁을 먹었던 날, 너랑 성민이랑 둘이 나란히 앉아서 계속 툭탁거리는 거야. 그런데 도저히 그 꼴을 못 보겠더라고. 그날 결심했어. 안 되겠다. 미안하지만 쪼개놔야겠다. 나머지는 나중에 생각하자. 혜나야, 너는 그래서 원장실로 찾아온 거야. 넌 네 발로 찾아왔다고 생각했겠지만, 실은 내가 오라고 한 거나 다름없는 거야. 사람들은 중요한 건 말하지 않아도 다 아니까. 네가 오면 내가 문을 열어줄 거라는 것도, 나한테 네 마음대로 키스해도 된다는 것도, 넌 다 알았던 거야."

그날 새벽, 내가 원장실로 쳐들어갔던 것은 그런 이유였다고 했다. 어떤 식으로건 내가 찾아오기를 간절하게 바랐던 그의 마음은 수면 위를 달리는 파동처럼 그때 벌써 그의 몸을 벗어나 달릴 수 있는 모든 방향으로 달리고 있었다. 아름다운 밤이었다. 내가 엄마의 칠순을 축포처럼 빵 터뜨려버린 밤, 무언증에 걸렸던 나의 셰에라자드는 바로 그 밤에 돌아왔다. 라운지에는 듣기 좋은 음악이 흘렀고, 정욱연은 듣기 좋은 목소리로 나직나직 이야기했다. 이렇게 좋은 밤을 즐기지 않고 가버리다니, 나의 가족들이야말로 세상에서 가장 어리석은 외계인들이었다.

"내가 일을 줄인 뒤에 어떻게 되었는지, 봤지? 나는 제정신으로 살기 위해서 일이 꼭 필요했던 사람이야. 네 말처럼 내가 일하다 죽는다고 해도 하는 수 없다고 생각했을 거야. 하지만 너와 함께 있기 위해서는 다른 길이 없더라고. 너는 그 문제만은 도무지 타협이 없으니까.

네가 아니라면 다른 누구도, 나에게서 일을 빼앗지는 못했을 거야. 도대체 왜 너냐고? 사실, 이유라는 건 없어. 널 보면 그냥, 다른 건 아무것도 중요하지 않다는 생각이 들거든."

여가수의 노래가 끝났다. 이번에는 우리도 함께 손뼉을 쳤다. 아름다운 노래였다. 가수가 무대에서 내려가자 라운지는 갑자기 조용해졌다. 적당한 소음 뒤에 숨어서 이야기하던 우리는 갑자기 적나라한 침묵으로 끌려나와 머쓱해졌다. 그는 셔츠 소매를 내리고 단추를 채웠다. 나는 마법이 끝난 것을 알았다. 아쉬웠다.

그가 가볍게 일어서서 손을 내밀었다. 그의 손에 의지해서 일어서다가 딱 두 모금 마시고 그대로 남아버린 맥주에 그제야 눈이 갔다. 그의 잔은 손도 대지 않은 채 그대로 있었다. 그의 이야기에 빠져서 겨우겨우 허락받은 단 한 잔의 맥주를 까맣게 잊고 있었다. 그가 재빨리 나를 돌려세웠다. 나는 순순히 라운지를 나섰다.

"우리 식구들은 괜찮은데, 박회장님이 사실 마음에 걸려요. 우리 식구들이야 뭐 서로 뻔하거든요. 또라이 짓 하는 거 놀랍지도 않거든요. 하지만 박회장님은 정말 나를 딸처럼 생각하셨는데, 내가 황해재단을 가볍게 여긴다고 생각했을 거예요. 그건 아닌데. 더 가치 있게 만들고 싶어서 그런 건데. 오늘 섭섭하셨을 거예요. 실망시키고 싶지 않았는데."

"그게 진정한 자식 노릇 아니야? 자식이 부모 말 듣는 거 봤어?"

들고 보니 또 그의 말이 맞는 것 같았다. 알고 보니 나는 박회장에게도 진짜 자식 노릇을 하는 중이었다. 나중에 박회장을 만나면 원래 자식은 이런 거라고 대판 우겨줘야겠다. 나는 마음이 가벼워졌다. 우리는 손을 잡고 호텔 로비로 천천히 걸어갔다.

"에이, 나 맥주 거의 못 마셨는데. 다른 소원 하나만 더 들어주면 안 되나?"

그가 긴 한숨을 쉬었다.

"혜나씨, 이제 그만. 이제 됐잖아. 내가 오늘 별소리 다 했는데."

하지만 나는 남자들의 이런 사소한 저항 따위에는 눈 하나 깜짝하지 않았다. 이런 정도 엄살에 마음이 물러져서는 평생 승리자로 살아갈 수가 없는 것이다.

"치사하게, 딱 하나라는데 그래요! 내가 불쌍하지도 않아요? 아빠는 도망가고 엄마한테는 미움받고, 나한테 남은 건 당신밖에 없는데, 불쌍하지도 않아요? 그까짓 소원 하나 못 들어줘요?"

주차 도우미에게 자동차 키를 넘겨받으며 정욱연이 항복했다.

"뭔데? 말해봐."

"칠순잔치는 잘했으니까, 환갑잔치에 가게 해주면 안 돼요?"

뜻밖에 정욱연이 환하게 웃었다. 조금의 심술도 섞이지 않은, 정말 즐거워서 웃는 얼굴이었다. 그를 처음 만났던 날, 그렇게 눈부시게 웃으며 카페로 들어서던 그날이 생각날 지경이었다. 이건 아닌데, 이렇게 순순할 리가 없는데 하고 나는 생각했다.

"혜나야, 농담이거나 거짓말이라고 생각할지도 모르겠는데, 그 환갑잔치는 취소되었거든? 진짜야. 실망스럽겠지만, 우리 형들이 하는 일이 원래 그래. 다른 소원을 말해볼래?"

11

정태연은 두 번 이혼한 남자였다. 첫번째와 두번째 결혼에서 자식을 각각 둘씩 낳았고 열일곱 살 어린 여자와 사 년 동거하면서 낳은 막내가 아직 초등학생이었다. 사이사이 사소하고 짧은 관계를 맺었던 건 셀 수도 없었다. 분식집을 운영하던 마지막 여자와 팔 개월을 살다가 깨진 것이 바로 작년이었다.

정태연은 이즈막에 평생 안 하던 몸 고생을 몰아서 했는데 알고 보니 '날삼재'라고 했다. 갑자기 숨이 가쁘고 가슴 통증이 심해서 폐암이거나 심장병인가보다 겁을 먹고 병원에 갔더니 기흉이라는 병명이 나왔다. 큰 병은 아니라니 다행이었지만 이제 늙는가보다 하는 우울한 자의식은 피할 수 없었다. 그러더니 곧바로 길고 질긴 감기 끝에 급성신장염에 걸렸다. 잘 먹고 푹 쉬는 것이 중요한 병이라고 했다. 잘 관리하지 않으면 만성신장염으로 발전할 수 있으니 조심하라고 했다. 요새 건강식이라는 현미밥에 나물 같은 걸 오히려 피하고 흰쌀밥에 계란찜처럼 최대한 부드럽고 소화하기 쉬운 음식을 규칙적으로 먹어야 한다고 했다. 혼자서 몸조리를 해보려고 했는데, 자꾸만 싸울 일이 생기고 자꾸만 술 마실 일이 생겨서 쉽게 낫지 않았다. 아무래도 곁에서 돌봐줄 사람이 필요했다.

그러는 바람에 정태연은 바람나서 나갔다가 아파서 들어오는 대한민국 표준 나쁜 남자의 완성태를 달성하게 되었다. 다행히 두 마누라들은 아무도 재혼하지 않고 혼자 살고 있었다. 그래도 병수발은 조강지처 아닌가 하고 첫번째 마누라에게 돌아갔다. 다 큰 자식들이 기겁

하면서 재결합을 결사반대했지만 마누라는 아파서 돌아온 인간이 불쌍했는지 그래도 수월하게 받아준 편이었다. 정태연도 이번에는 온갖 성질 다 죽이고 그저 마누라가 시키는 대로 비위 맞춰가면서 조신하게 엎어져 지냈다.

조강지처 덕분에 당장 조석 끼니는 해결이 되었는데, 아무래도 돈이 문제였다. 정태연은 오래전부터 쇠락한 부도심에 철물점 하나 차려놓고 철물보다는 동네 온갖 소송과 개발사업에 고개를 들이밀어 소소한 이권을 챙기는 것으로 생계를 유지해왔는데 몸이 아프고 나니 그나마 불규칙하던 수입도 뚝 끊겼다. 아무래도 약값도 들지 본마누라에게 용돈까지 타서 쓸 염치는 없지 해서 돈 생각이 간절했다.

가만 보니까 마누라들은 정태연보다 형편이 훨씬 나아 보였다. 자식들이 이제 장성해서 다만 얼마라도 제 어미에게 보태주는 것 같았고, 아이들이 어릴 때부터 막냇동생이 제 형수들에게 매달 얼마씩 보내주던 돈이 있었다. 넉넉하지는 않았지만 한 번도 끊긴 일 없는 돈줄이었다. 급전이 필요하면 마누라들은 막내시동생에게 등록금 핑계, 병원비 핑계를 대서 돈을 곧잘 얻어 쓰는 눈치였다. 야박하고 모질기가 이를 데 없는 놈은 정작 제 형은 챙기지 않으면서 형수들에게는 가끔씩 돈 구경을 시켰다. 치솟는 모멸감을 눌러가면서 한참 어린 막냇동생에게 아프고 아쉬운 사정을 하소연해보았는데, 대답은 멀쩡하니 알았다고 해놓고서 날마다 아무리 통장을 정리해봐도 찍히는 게 없었다.

나중에 알고 보니까 동생은 그 코딱지만한 돈을 제 형수에게 부친 것으로 밝혀졌다. 그런데 의뭉스런 마누라가 돈만 챙기고 막내시동생이 돈 부쳤더란 소리를 뚝 떼어먹은 게 문제였다. 아무튼 정태연은 그런 사정은 몰랐고 막막했고 화가 났고 수중에 고린 동전 한 푼 없었다. 그렇다고 조석 수발해주는 큰마누라에게 포시랍게 굴 수는 없어서 그는 둘째 마누라를 찾아갔다. 내가 사정이 이만저만하게 되었는데, 너는 사실 이제 아이들도 다 자랐는데 여전히 내 동생한테 용돈을 받고 있지 않느냐, 그건 내 동생이 부치는 돈이니까 나에게도 권리가 있지 않겠느냐, 당분간 절반만 뚝 떼서 나에게 주면 다만 약값 얼마라도 보태 쓰지 않겠느냐고 딴에는 좋게 말을 했는데, 어머나, 생각 밖으로 싸움이 커지고 말았다.

큰형이 아팠다고 하지, 그 김에 큰형수와 재결합도 했다고 하지, 명연과 우진 두 동생들은 이번에 모처럼 환갑잔치를 열어서 난장판이 된 가족관계도 재정비하고 분위기도 일신해보자고 공들여 잔치를 추진했으나, 일은 계획대로 돌아가지 않았다. 첫째 부인과 둘째 부인이 낳은 네 명의 자식들이 번갈아 정태연을 찾아와 얼굴을 들이밀고 네가 사람이냐고 악다구니를 썼다. 말이 환갑이지 요새 세상에는 새파란 젊은이나 다름없는데 벌써 자식들에게 이리 모진 소리를 듣는 처지가 되었는가 기가 막혔다. 두 마누라들도 질세라 지난 인생이 억울하다고 앞다투어 퍼부어댔다. 누구 인생은 안 억울한 줄 아는 모양이었다.

그런 사연으로, 정태연은 조강지처와 재결합 일 년을 채우지 못하고 다시 헤어져버렸다. 날삼재땜 한번 제대로 한 셈 쳤다. 환갑잔치는 허공중으로 날아가버리고 말았다. 꺼내지 않으니만 못했던 환갑이었다. 흰쌀밥에 계란찜이야 혼자서도 얼마든지 해먹을 수 있었는데 왜 큰마누라에게 돌아갔던 걸까, 아프다보니 마음이 약해졌던 걸까 하고 정태연은 우울하게 곱씹었다. 마누라와 자식 들은 아예 없는 셈 치는 게 낫더라는 게 정태연의 육십갑자 살아본 요즘 소회였다.

그러므로 정태연은 요즘 막냇동생에 대해서 기분이 썩 좋지는 않았다. 돈도 많으면서 형이 아프다는데 고작 이백만원을, 그것도 제 형수한테 보낸 놈이었다. 결국 큰마누라가 한입에 삼킨 그 돈이 사단이 되어 네 자식 두 마누라에게 고루고루 욕만 퍼먹고 묵은 상처만 고루고루 헤집으면서, 노인네 되어가는 육십 대문짝을 활짝 열게 되었다.

그런데 태연, 명연, 우진 삼 형제가 모두 신기해하는 일이 일어났다. 평생 단 한 번도 먼저 연락한 적이 없는, 심지어 결혼식에도 아버지와 형제들을 부르지 않은, 조카들 결혼식에도 한 번도 오지 않은, 찔러도 피 한 방울 나지 않을 천하의 모질고 독한 막냇동생 욱연이 형들에게 먼저 전화를 해서 저녁을 함께 먹자고 청한 것이었다. 물론 정욱연은 나에게 들볶이고 등을 떠밀리다 죽지 못해 한 일이었다.

"혜나야, 이건 네가 원해서 하는 일이야. 나는 가기만 할 거야. 거기 가서 내가 어떻게 행동하든, 내버려둬. 부드럽게 행동하라느니 좋게 말하라느니 하지 말라고."

그는 특유의 단호하고 타협 없는 어조로, 이번에 인사만 하고 나면 다시는 이런 생떼를 쓰지 않겠다, 앞으로도 모든 가족행사에 불참할 것이며 우리의 행사에 형제들을 부르지도 않겠다, 형들에게 이름과 나이를 제외한 일체의 개인정보를 누설하지 않을 것이며 밤 열시에는 순순히 자리에서 일어서겠다는 맹세를 하라고 했다. 나는 대답하지 않고 슬리퍼를 발끝에서 까닥거리며 왼쪽 상방 사십오 도 부근쯤을 고깝게 쳐다보았다. 정욱연은 내 얼굴을 돌려서 그의 눈을 똑바로 보게 하고 맹세를 하지 않으면 일일 진료 건수를 이십 퍼센트 늘리겠다고 했다. 더러웠지만 나는 결국 시키는 대로 맹세를 했다.

그의 형제들은 모두 수도권 서남부 일대에 흩어져 살고 있었다. 약속 장소는 부천의 한 고깃집이었다. 언제나 형제들과 정욱연의 연결고리 역할을 하는 정우진이 장소를 정했다고 했다. 십층 건물에 다닥다닥 붙어 있는 수십 개의 간판 중에 '고기천국'이라는 간판을 어렵사리 찾아냈다.

"너는 오늘 인간성의 끝을 보게 될 거야."

음식점의 문을 열면서, 정욱연이 굳은 표정으로 말했다.

넓은 고깃집이었다. 손님은 절반쯤 차 있었다. 나는 두방망이질치는 가슴을 안고 그를 따라 들어갔다. 앉은뱅이 탁자에 앉아 있던 삼형제가 우리를 향해 고개를 돌렸다.

"욱연이 왔나."

세 마리의 그레이하운드처럼 깡마른 사내들이 자리에서 일어났다. 안경을 쓰지 않았다뿐이지, 조금 동그란, 조금 뾰족한, 조금 실팍한 세 명의 정욱연이 나를 바라보고 있었다. 나는 그들을 한번 보고 다시 정욱연을 쳐다보았다. 깊은 눈매와 뾰족한 코, 얇고 단정한 입술이 믿을 수 없이 똑같았다. 숨이 막혔다. 네 명의 정욱연이라니. 요술램프의 지니가 나를 위해 원더랜드를 선물한 것 같았다.

"제수씨, 반갑습니다."

제일 먼저 손을 내민 남자가 정태연이었다. 형제들 중 제일 많이 근육이 붙은 체형이었다. 앞머리선이 훤하게 올라간 것을, 염색을 하지 않고 아예 머리를 시원하게 쳐버린 스티브 잡스 스타일로 극복했다. 이목구비가 또렷하고 두상이 예뻐서 오히려 젊어 보였다. 환갑이라는 게 믿어지지 않았다.

"제수씨 임신하셨네요. 욱연이 절마가 말을 안 해서 몰랐습니다. 축하합니다."

조금 뾰족한 남자가 정명연이었다. 백팔십 센티미터가 살짝 넘는 듯, 사 형제 중에선 키가 제일 컸다. 그만큼 마르고 키가 크면 허술해 보이기 십상인데, 쇠꼬챙이처럼 빳빳해 보였다. 날카로운 인상이었다.

"우리 제수씨, 예쁘시네요! 우리 재미있지요? 진짜로 많이 닮았지요?"

가장 선이 부드럽고 둥그스름하게 생긴 남자가 셋째 형 정우진이었다. 성격도 제일 유쾌해 보였다. 나는 너무 좋아서 입을 다물 수가 없었다. 정욱연은 인사조차 하지 않고 입을 다물고 있었다. 인사는커녕 형들과 눈길이나 제대로 마주쳤는지 알 수 없었다. 인간성의 끝을 본다는 건 저쪽이 아니라 이쪽 이야기였다는 걸 나는 그제야 알아차렸다.

내 배가 불러 있고 원피스를 입은 것까지 감안하여 일행은 의자가 있는 테이블로 자리를 옮겼다. 나는 체면을 생각하지 않고 네 남자들을 이리저리 뜯어보았다. 그들의 같은 점과 다른 점 들이 모두 나를 매혹시켰다. 외모는 모두 놀랍도록 비슷했지만 막내 정욱연만은 확연히 분위기가 달랐다. 어린 시절부터 그들을 갈라놓았던 것은 나이 차이보다도 기품의 차이였을 거라고 나는 생각했다. 물리적으로 가장 다른 건 목소리였다. 정욱연의 경우엔 알아차리기 힘들 정도로 미세한 탁음이 섞인 부드러운 음성이었지만 태연과 명연은 각각 탁음이 조금씩 더 강했고 우진은 노래를 잘할 것 같은 맑은 목소리였다. 사용하는 어휘는 서울식 표준어였지만 경상도 억양은 확연히 남아 있었다. 키는 정욱연이 제일 작았다.

사람의 마음이란 몸을 덮고 있는 얇은 막을 뚫고 쉽사리 뛰쳐나가는 성질이 있었다. 말하지 않아도, 새로 만난 나의 시아주버니들은 내 눈에서 팡팡 터지고 있는 불꽃놀이가 무엇을 의미하는지 쉽게 알아차렸다. 다소 뻣뻣하게 우리를 기다리던 삼 형제는 내가 등장한 이후 표정이 완연하게 부드러워졌다.

"제수씨는 어데, 직장 다니십니까?"

"예, 황해재단에 다니고 있어요."

"혜나야."

정욱연이 타고난 반사신경으로 나를 제지했지만 나는 이미 대답한 뒤였다. 개인정보를 누출하지 말라는 조항에 이것도 해당된다는 걸 뒤늦게 알아차렸다. 분위기는 어색해졌고 나는 그의 눈치를 보았다. 그는 입을 꾹 다물고 아무 말도 하지 않았다. 막내의 까탈에 익숙한 형들은 어색해진 분위기를 재빨리 수습했다.

"절마는 신경쓰지 마시고, 우리끼리 재미있게 노십시다. 제수씨, 절마가 오늘 세 마디 하는가 안 하는가 함 세보세요. 안 할 깁니다."

"그래도 오늘은 제수씨가 왔으니까 세 마디는 하지 않겠나."

"아닐 기라예. 욱연이가 언제 제수씨 있다고 말하는 놈인가예."

나를 보고 마음이 편해졌는지 삼 형제의 경상도 사투리가 좀더 화끈해졌다. 정욱연의 흥 하는 표정은 변화가 없었다. 나의 셰에라자드는 형들 앞에서 말을 하지 않는 모양이었다. 나는 형들의 의견에 완벽하게 동의했다. 오늘은 형들과 재미있게 놀면 된다. 내가 그에게 어떤 행동을 강요하지 않듯, 나도 오늘은 그의 형들과 함께 마음껏 즐거울 권리가 있었다. 옆에서 벌어지는 침묵 시위 따위는 아주 깔끔하게 무시할 생각이었다.

"욱연이가 평생 수절할 줄 알았더니, 이래 예쁜 제수씨를 얻었네. 마 잘했다. 어예 내동 혼자 살기고. 이번엔 성깔 죽이고 잘 살아라이."

"형, 욱연이 걱정은 하지 마세요. 욱연이가 즈 각시한테는 성깔 안 지겨요. 다들 욱연이한테 배우이소. 절마가 즈 각시한테는 끔찍이 한다 아인교. 누구야, 누구야 이름 불러싸면서. 우리가 문제지. 우리는 장가를 도대체 몇 번을 가는 기고?"

"마 조용히 해라. 제수씨 앞에서 쪽팔리지도 않나."

그들은 킬킬거리며 각자 결혼 횟수를 계산했다. 정태연 이 회, 정명연 삼 회, 정우진 이 회, 각각 공식적인 결혼 횟수였다. 혼인신고를 하지 않은 동거관계가 또 정태연 일 회, 정명연 이 회, 정우진 이 회씩 사이사이 끼어들었고 일 년을 넘기지 않은 짧은 관계는 아무도 세볼 생각조차 하지 않았다. 어떻게든 일 회로 끝내보려 노력했던 정욱연이 이제 이 회를 향해 달려가고 있었다. 형제들은 정욱연이 드디어 일부종사 대열에서 이탈한 걸 아주 흐뭇하게 여겼다.

"욱연이도 결국 장가 두 번 가네. 정가네 핏줄이 어데 가겠노."

"우리가 문제가 많다. 우리가 아주 못된 성질이 있다 아입니까. 제수씨, 우리가요, 마음만 먹으면 아주 잘해주거든요. 살래살래 꼬리쳐 가면서, 샐샐 웃어싸면서 이래이래 하면 여자들이 다 넘어가거든요.

욱연이도 그래 하지요? 맘만 먹으면 살살 녹지요? 근데 문제는, 우리가 성깔이 더러워. 그기 아버지 닮아서 그래. 백번 잘해주면 뭐하노. 재랄 한번 지기면 끝인데. 그래갖고 어예 길게 가겠노."

"우리가 생각해도, 어예 그럴까. 안 그래야 오래가는데. 재랄이 한번 나면 와 눈에 비는 게 없을까. 아주 지랄병이다, 그자? 어예 하면 좋노."

오래가지는 못해도 일단 여자의 마음을 사로잡는 것까지는 한 번도 힘들었던 적이 없는 형제들이었다. 말썽꾸러기 남자들이 허심탄회하게 자아비판을 하는 모습이 여자들에게 얼마나 사랑스러워 보이는지 잘 아는 남자들이었다. 오늘 컨디션 좋은 삼 형제는 그야말로 살살 녹았다. 눈웃음을 살살 치면서 신세를 한탄하는 삼 형제의 모습에 나는 넋이 빠졌다. 나는 그저 공룡의 무더기뼈를 발견한 고생물학자 같은 기분이었다.

"욱연이는 그래 안 합니다. 제수씨는 걱정 놓으셔도 돼요. 욱연이는 우리 넷 중에 제일 낫거든요."

새신랑을 배려한 정우진의 말에 태연과 명연은 그리 동의하지 않았다. 쌀쌀맞은 막냇동생에 대해 고까운 것이 많은 형들이었다.

"절마가 낫긴 뭐 낫노. 알고 보면 절마가 제일 지독해. 제수씨도 마음고생 좀 할 깁니다. 찔러도 피 한 방울 안 나올 놈이라요. 앉은 자리에 풀도 안 날 놈이다. 제수씨는 벌써 얼라 가졌는데 어예 하겠습니까. 참고 일단 살아보이소."

"우리 셋 다 합쳐도 절마 지독한 거 못 따라갈걸? 어릴 때 죽도록 맞아도 끝까지 잘못했다 소리 안 하던 놈 아이가."

두 형들은 정욱연이 어릴 때 더 많이 패주지 못한 것을 후회하는 것 같았다. 정욱연은 태어나서 지금까지 똑같은 모습이었던 것처럼 묵비권으로 일관했다. 아무래도 세 마디도 안 하고 돌아갈 것 같았다.

"욱연이 니, 그 목사집 딸애한테 어예 했노? 니 그 집에서 밥 얻어묵고 지낼 때는 살래살래 좋아 지내다가, 서울로 내빼고 나서 짤랐제? 욱연이 니가 그 교회에 오 년 있었나? 왔다갔다한 거 치면 오 년 넘었제? 그래 오래 있었으니 정 많이 들었을 기라, 으이?"

정욱연에게 고까운 것이 제일 많은 정명연은 오늘 정욱연을 그냥 보내지 않을 작정인 것 같았다. 정욱연은 대답하지 않고 큰숨을 들이쉬었다. 눈길은 감자 샐러드에만 꽂아넣고 있었다. 정우진이 막냇동생을 변호했다.

"형, 그 딸애가 혼자 좋다고 난리친 거 그게 어디 욱연이 잘못인가? 지 혼자 좋다 한다고 장가들어요? 형 같으면 그랬겠어?"

"절마가 지 손해볼 짓은 절대로 안 한다 이 말이제. 그 딸애가 욱연이한테 채이고 죽는다고 울고불고 난리를 쳤거든. 지 생각엔 지 부모가 욱연이 어릴 때부터 거두었으니까 시집가겠다 했겠지만, 욱연이 절마가 얼마나 약빠른 놈인데. 절마가 시골 목사 딸한테 장가를 갈 턱이 있나. 고르고골라서 서울에서도 젤로 부잣집 딸한테 장가가지 않더나."

정욱연은 감자 샐러드 속에 살길이 있는 것처럼 꿋꿋하게 버티고 있었다. 하지만 정명연은 공격을 멈추지 않았다.

"제수씨도 아예 없는 집 딸은 아닐걸요? 절마가 그런 거는 기본적으로 다 따지거든요?"

정욱연이 드디어 눈물겹게 테니스공을 삼키기 시작했다.

"어데 재단에 다닌다 캤어요? 그 재단이라 카는 게 제수씨 아버지 거예요? 그러니까 돈이 많은 집안인갑다, 그자?"

정욱연의 얼굴에 김학원의 뇌를 가진 삼 형제들이었다. 나는 우리가 처음 만났던 날, 내가 정욱연 앞에서 엎어져 울었던 그날을 떠올렸다. 나는 학원이 같은 형이 셋이거든요. 그가 처음 만난 나에게 손을 내밀어 어깨를 토닥였던 것을 나는 이제야 완벽하게 이해했다. 나 역시 지금 그의 어깨를 토닥이고 싶었다. 괜찮다고, 다 이해한다고, 벌써 백만 번씩 겪어봐서 정말 아무렇지도 않다고 진심으로 이야기해주고 싶었다.

그나마 성격이 제일 부드러워 보이는 정우진이 황급히 분위기를 수습했다.

"제수씨, 형들 하는 소리 다 뻴소립니다. 욱연이가 지금 뭐가 아쉬워서 돈 보고 장가를 가겠어요. 지가 좋아서 가는 기라예. 절마가 우리한테 제수씨 인사시킬 놈도 아니거든요. 시키는 대로 하는 걸 보면 지금 제 속에 제수씨가 억수로 좋은 기라예. 제수씨한테는 잘할 겁니다. 우리 셋이 없는 재주를 욱연이가 많이 가졌는데, 마누라한테 잘하는 게 제일 큰 재주라. 희한하지요. 어데서 본 것도 아닌데 어예 잘하더라 말이지요. 절마는 그거를 어데서 배웠을까."

"차라리 안 보는 게 나았는가보다. 욱연이는 고마 어머니 안 계실 때 컸잖아. 아버지가 어머니 때려패는 것도 몰랐잖아."

"고마 테레비 보면서 크는 게 나았는가보다. 테레비에서는 말도 조근조근하니 잘하잖아. 식구들끼리 니 그래 하면 안 된데이, 내가 요번에만 참는데이, 요래 좋게 이야기하잖아. 그런 걸 보고 배웠으니까 우리보다 나은가보다. 그렇지 않고서야, 배울 데가 어데 있었겠노."

"맞다, 테레비 본 게 나았나보다. 욱연이가 테레비 보고 자라서 그나마 사람이 되었나보다."

딴은 진지한 삼 형제의 궁리였다. 뭐라 떠들어쌓아도 얼음장처럼 표정이 없는 정욱연의 눈치를 보면서 정태연이 짐짓 정명연을 나무랐다.

"내도 할 말은 없지만 명연이 니도 욱연이한테 그러면 안 된다. 욱연이가 저래 입 닫고 있는 것도 다 그럴 만해서 그런 기다. 형들이 언제 한번 형 노릇을 해봤어야지. 만날 사고치고, 밤낮으로 형수들이랑 조카들이랑 쪼르르 따라가서 울고불고. 욱연이가 그거 엄청 틀어막았다 아이가."

"다 챙겨준 것도 아이라예. 어쩌다 지 맘이 쪼깬 풀리면 해주고, 아니면 말고. 절마가 누구 말 듣는 거 봤습니까. 지 맘대로 살제."

"야, 니 같으면 다 하겠나. 형수들이 좀 많나 어데. 내 둘, 니 셋, 우진이는 몇이가? 조카들까지 툭하면 쫓아가서 손 벌리고, 그거 뒷바라지를 어예 다 하겠나? 양심이 있어야 말이제."

"그거는 큰형 말이 맞습니다. 욱연이가 짜게 굴었다 해도 큰돈 드는 일은 결국 다 맡았거든요. 욱연이나 하니까 그 감당을 했지요. 욱연이가 돈 그만이 못 벌었으면 우리도 피똥 쌌을 깁니다."

돈 문제에 있어서는 막냇동생 앞에서 입이 열 개라도 할 말이 없는 삼 형제는 일제히 그간 신세를 말로 갚기 시작했다.

"욱연이가 돈 억시게 벌었다. 대단하지. 한 푼 없어가 밥 얻어먹고 살던 처지에서 저만치 되기가 어데 쉽나. 이제 재벌이다, 재벌."

"욱연이 테레비 나온 거 봤지요. 유명하다 아닙니까. 보니까 대단하더라. 장안에 있는 사람들 다 욱연이 병원에 줄서서 애 놓고. 존경한다 해쌓고."

"그래 열심히 살았으니까 돈을 벌제. 보니까 자빠지가 입원도 하데. 얼마나 일을 했으면 자빠지겠노. 인제는 내 죽겠다 하고 일 고만한다데."

"잘 생각했다. 이제 돈도 많은데 머하러 그래 살기고. 인제 돈 좀쓰고 편하게 살아라."

정욱연은 테니스공을 한 박스쯤 삼킨 표정이었다. 이래가지고 과연열시까지 버틸 수 있을지 불안했다.

"욱연이가 돈 많이 모을 줄, 진작부터 알았다. 절마는 쪼맨했을 때부터도 우리하고 달랐거든."

"그것도 신기하지요. 돈 모으는 걸 어데서 배웠을까. 그것도 테레비 보면서 배웠는가."

"맞다. 테레비 보면 그런 것도 나오더라. 돈 모으세요, 돈 아끼세요, 그런 것도 테레비에서 가르치더라."

"절마는 한번 들어가면 안 나온다 아닙니까. 지독시리 움켜쥐고 있거든. 우리는 가진 거를 다 써버려야 하는데, 절마는 절대로 안 쓰거든. 그래 하다 결국 우리한테 내놓거든."

"절마가 알고 보면 바보라. 그거를 써버려야 우리한테 안 뺏기는데, 그걸 모르고 지독시리 쥐고 있거든요. 언제 가봐도 늘 몇 푼 쥐고 있거든요. 몇 대 툭툭 치면 지가 그걸 안 내놓고 배깁니까. 욱연이 덕분에 어릴 때 급한 불 많이 껐다."

266

삼 형제는 막내동생을 벗겨먹던 어린 시절의 추억으로 유쾌하게 뛰어들었다. 정욱연보다 일곱 살, 열 살, 열세 살 더 많은 세 형들이었다. 정욱연이 동네 조무래기들에게 수학을 가르쳐서 푼돈을 벌기 시작했을 때 그들은 이미 이십대를 넘나드는 청년들이었을 것이다. 군대도, 아니 장가도 갈 법한 청년들이 까까머리 소년의 돈을 빼앗았다는 게 더 신기했다.

"너무하신 거 아니에요? 욱연씨보다 나이도 그렇게 많으면서! 욱연씨가 중학생이었을 때 벌써 어른이 다 되었을 텐데 한 푼 주지는 못할망정 그걸 뺏어갔어요?"

나는 그들에게 화를 낼 생각이 전혀 없었지만 정욱연을 생각해서 짐짓 항의하는 척했다. 삼 형제는 조금도 기분 나빠하지 않았다.

"우리 제수씨 화났데이! 죄송합니데이. 느그들 제수씨한테 어서 잘못했다 캐라. 느그들 욱연이 돈 왜 뺏어묵었노."

"우리는 어릴 땐 안 그랬어요. 우리는 욱연이 대학 가고 나서 그랬지. 덩치가 이만해서 얼라한테 코 묻은 돈 달라고 어예 갑니까. 어릴 땐 우진이가 갔지. 우진이 니 맞제? 니가 욱연이 돈 뺏아묵었제?"

"제수씨, 내가 죽일놈이라예. 갈 때마다 일마는 돈이 있는데 어예 합니까. 그래도 내도 양심이 좀 있다. 내는 욱연이한테 서 푼 뺏어가면 또 가끔 한 푼은 쥐여주었어요. 욱연이 니 맞제? 내가 용돈 준 적도 있었다, 맞제? 형님들은 그래 해본 일 있나? 욱연이 어떻게 사는지 딜다본 적이나 있나? 내는 그래도 마음이 씨여서 가끔 딜다봤다 말이다. 간 김에 욱연이 돈 있거든 좀 받아오고."

도무지 우열을 가리기가 힘든, 셋을 합쳐도 일 인분이 안 나올 형들이었다. 형들과 달라도 너무 다른 동생이, 그들이 생각하기에도 신기한 모양이었다.

"욱연이가 난놈이제. 혼자 공부해가 저만큼 일어섰다 아이가. 욱연이 독하데이. 그 환경에서 어째 공부가 됐을까. 니들은 그기 되드나."

"욱연이는 다 혼자 했다 아입니까. 누가 공부하라고 채근을 해보길 했나, 누가 돈을 대줘서 마음 편히 학교를 다니기를 했나. 절마는 혼자 공부했다 아닙니까."

"누가 시킨 것도 아니고 우리가 뽄을 보인 것도 아닌데 공부하는 건 또 어데서 배웠을까. 그것도 테레비 보면서 배웠는가?"

형들에 의하면 그는 TV에서 가정생활과 경제관념과 면학 의지까지 인생에 필요한 자양분을 모두 섭취했다. 까까머리 정욱연이 인생을 통째 독학했던 그 TV를 다시 재연할 수만 있다면, 김학원이 늘 부르짖는 지구 대박 히트상품은 따놓은 당상이다.

"내 중학교 드갈 때 어머니 집 나갔거든. 어머니 집 나가고 고마 딱 공부할 생각이 없어졌다, 이 말이다."

"니 중학교 때가. 그라모 내는 그때 고등학교 갈 때가. 내는 그때 공부 버얼써 놨다."

"내는 그때 국민학교 몇 학년이었나 기억도 안 난다. 아무튼 어머니 나가신 담부터는 우리가 고마 쫄나란히 인생 조진 기다."

유쾌하던 형제들이 어두워졌다. 신장염을 앓은 뒤끝이라 참고만 있었던 정태연이 결국 술잔을 훌쩍 비웠다.

"잘 가신 기라. 어머니도 살아야제. 어예 끝까지 그래 살 기고. 진작 갔어야 하는데 어머니가 무른 사람이라. 도망갔다가 아버지가 빌면 고마 돌아오고, 또 도망갔다가 붙잡혀와서 뚜디리맞고. 그래 불쌍하게 살았다. 백번 도망가야제. 내는 어머니한테 원망 없다. 어머니도 그만하면 할 만큼 했다."

"형이야 고등학교 갈 때까지 어머니 계셨으면 할 말 없제. 우린 뭐가 되노. 중학생 국민학생 남아가꼬 아버지한테 죽도록 뚜디리맞고. 우린 참 불쌍하게 자랐다."

"내는 어머니 얼굴도 잘 기억 안 난다. 생각이 나긴 하는데 희미하다. 어머니도 참 독하셨지요. 자식들을 넷이나 두고 나갔는데, 한 번도 얼굴을 안 비쳤어요. 한 번도 아버지 몰래 만난 적도 없어. 나는 그게 좀 섭섭해. 아버지 몰래 좀 딜다보지도 않았을까. 아버지 같은 사람한테 우릴 맡겨놓고 죽는지 사는지 궁금하지도 않았을까."

그들은 어머니의 얼굴도 모르는 막내 정욱연에 대해서는 생각이 닿지 않는 모양이었다.

"느들은 그런 소리가 입에서 나오나. 어머니가 무슨 수로 느들을 만나러 올 기고. 왔다가 아버지한테 붙잡히면 또 어예 되겠노. 어머니는 아버지한테 들킬까봐 부러 꼭꼭 숨어 산 기제. 들키면 아버지가 그때는 진짜로 사고를 안 쳤겠나. 내는 어머니가 이해가 된다."

그래도 어머니에 대해 추억과 이해가 가장 많은 정태연이 어머니의 역성을 들었다. 나는 평소 궁금했던 것을 물어보았다.

"셋째 아주버님이랑 욱연씨 사이에는 왜 그렇게 터울이 많이 졌어요? 그사이에 형제가 더 있었어요?"

"아니라예. 그사이에 어머니가 한 일 년 도망갔다가 붙잡혀 왔어요. 안 그래도 갈갈하던 아버지가 그때 아주 병중이 된 기라. 아들 서

이 있으니까 더 낳을 생각이 없었는데, 아무래도 어린애가 있어야 도망을 못 간다 싶어서 욱연이 낳고, 그 밑으로도 금방 하나를 더 낳았지요. 근데 어머니도 작심을 단단히 한 거지요. 막냉이 낳고 백일도 안 돼서 도망을 간 기라예. 욱연이만 불쌍하게 된 거지요."

그제야 삼 형제의 눈길이 정욱연에게 향했다.

"어머니 가실 때 욱연이가 몇 살이었노?"

"세 살? 절마는 그때 세 살이었는갑다."

"맞다. 내가 열 살 무렵이었으니까 그랬을 기다."

"아버지가 욱연이 죽이지 않은 게 다행이다. 아버지가 그때 어머니 물건 다 불사지르고 그러다가 집 태워먹고 굉장했거든. 아이고, 무시라. 우리는 다 어예 살았는공."

정욱연은 맨 처음에 나에게 한 번 경고한 이후로 다시는 입을 열지 않았다. 먹지도, 마시지도, 말하지도 않고 버텼다.

"욱연아, 니가 딴 사람은 몰라도 어머니는 용서해라. 자기 목숨은 건져야 어예 하겠노. 돌아가실 때도 눈도 못 감고 돌아가셨다. 어머니는 미워하지 마라. 불쌍한 양반이다."

정태연의 말에 나는 귀가 번쩍 띄었다. 형제들이 어머니의 행방을 알고 있었다는 소리는 처음이었다.

"어머니 임종을 지키셨어요? 그동안 어머니와 연락을 하셨던 거예요?"

"아버지 돌아가시고 나서 연락했지요. 외가붙이한테 찾아가서 아버지 돌아가셨다고 하니까 갈쳐주데요. 재가해서 창녕 어데서 살고 계시데요. 홀애비한테 재가해서 그 집 자식들 키워주면서 사셨다 하데요. 병들어서 누워 계셨는데, 그래도 기억은 하시데요. 말년에 일 년쯤은 찾아 뵈었지요."

나는 정욱연을 쳐다보았다. 그는 표정에 변화가 없었다.

"어머니가 삼 년 전에 돌아가셨지요. 절마는 끝까지 안 갔지요. 그러니까 독한 놈이라 안 합니까. 어머니가 병드셨다, 오래 못 사신다 해도 끝까지 안 보데요. 낳아놓기만 하고 간 게 무슨 엄마냐, 이거겠지요. 어머니도 면목이 없으셨는지 굳이 안 찾으시데요. 우리 삼 형제만 가서 몇 번 뵈었고, 욱연이는 장례식도 안 갔지요."

칠 년 전 그의 아내와 아이들이 캐나다로 떠났다. 오 년 전 그의 아버지가 돌아가셨다. 그 무렵 평생 얼굴조차 모르던 그의 어머니를 찾았고, 삼 년 전 그 어머니도 돌아가셨다.

"여동생은요? 어머니가 데려가신 막내 여동생은요?"

"어머니가 재가하실 때 누구네 집으로 보내셨다 하데요. 어데로 보냈는지 말을 안 하시데요. 찾아볼라 했는데 안 찾아지더라. 우리도 모릅니다. 어데서 살고 있겠거니 하지요."

정욱연이 그렇게 미워했던 갓난아기 여동생은 엄마의 얼굴을 알까? 똑같이 생긴 네 오빠들의 존재를 알까?

"욱연아, 니 그거는 잘못한 기라. 낳아놓기만 했어도 어머닌데. 돌아가실 땐 갔어야지. 니는 그거 나중에 후회할 기라. 어머니가 니 생각 하셨을 긴데."

"니가 어머니를 봤으면 마음이 달라졌을 기라. 어머니가 고생을 많이 해가지고 꼬챙이같이 빼빼 말랐더라. 젊을 땐 안 그랬거든. 동그란 얼굴이었는데."

"내도 깜짝 놀랐어요. 희미하게 기억나던 얼굴이랑 전혀 다르게 생겼더라고. 하나도 모르는 얼굴이더라고요. 처음엔 이 사람이 정말로 어머니가 맞는가 했다니까요. 니도 그걸 봤으면 마음이 좀 달랐을 긴데."

정욱연은 성가셔 죽겠다는 얼굴이었다.

"내는 어머니 얼굴 알지도 못하거든요."

정욱연이 처음으로 입을 연 순간이었다. 완벽한 정씨 형제들의 말씨였다. 나는 하마터면 손뼉을 칠 뻔했다.

"니는 진짜로 기억이 하나도 안 나나? 그렇겠다. 세 살이었으면 욱연이는 어머니 기억이 안 나겠다. 내도 기억이 희미한데."

"욱연이는 어머니를 본 적이 없제. 아버지가 다 태워버려가지고 사진 한 장도 안 남았제."

"우리는 죄 아버지만 닮아가, 어머니를 닮았다 할 사람이 없네. 욱연이 니 외가 식구들도 하나도 모르나? 뵈줄 사람이 이래 아무도 없나?"

"욱연아, 어머니가 예쁜 얼굴이었다. 미인은 아니었어도 귀염성 있게 생긴 얼굴이었다. 잘 웃고 복 있게 생겼었다. 내는 지금도 어머니 같이 생긴 얼굴 좋아한다. 성격도 좋고, 아버지만 안 만났으면 참 잘 사셨을 거라."

삼 형제는 각자 망막에 떠오른 어머니의 영상을 정욱연에게 보여주지 못하는 것을 몹시 안타까워했다. 정욱연은 어머니의 얼굴 따위 필요 없다는 듯 짜증스러운 얼굴이었다. 시간이 이만큼 흘렀으면 이제 일어설 때가 되지 않았느냐는 텔레파시를 나에게 끊임없이 보내고 있었다.

"여 좀 봐라. 제수씨가 어머니를 닮았네."

정태연의 말에 여덟 개의 눈동자가 나를 향했다. 똑같이 생긴 네 남자의 눈길에, 내 얼굴이 화끈 달아올랐다.

"맞네! 아이고, 우리 제수씨가 처음 들어올 때부터 어쩐지 참 낯이 익다 했더니만 우리 어머니를 닮았구나. 참 신기하다."

"요짝에, 요짝 볼에 한짝만 보조개 생기는 거, 그것도 어머니랑 똑같지요?"

"욱연이가 우리 제수씨를 보고 홀딱 반했겠구나. 우리는 그거를 알겠다, 그자? 제수씨가 요래 생겨가지고 샐샐 웃고 잘해주고 그랬으면 우리 욱연이가 아주 다 죽었겠다, 그자?"

삼 형제는 내 얼굴을 향해 무수히 손가락질을 하며 각자의 발견에 흥분했다. 정욱연은 찌푸린 얼굴로 나를 곰곰 뜯어보았다. 정태연이 한 손을 들어서 동생들의 호들갑을 제지했다.

"아무래도 어머니가 욱연이한테 제수씨를 보내주신 것 같다."

갑자기 모두 숙연해졌다.

"임종도 안 지키는 막냉이가 불쌍하고 미안해서, 어머니가 제수씨를 찾아서 보내셨는갑다. 욱연이 새로 장가가서 행복하게 잘 살라고, 어머니가 제일 자기 닮은 사람을 찾아서 보내주셨는갑다."

그랬던 건가?

삼 년 전 임종의 자리에서, 그 노인은 나를 정욱연에게 보내기로 결심했던 건가?

그래서 우리는 그때부터 갑자기 바빠졌던 건가?

아빠는 바람나서 집을 나가고, 성민이는 오창으로 발령이 나고, 나는 정 산부인과 보육실에 취직을 하고, 우리는 사랑에 빠지고, 작은오빠는 교도소에 가고, 그는 미니 다큐멘터리를 찍고, 얼결에 병원 일을 정리하고, 나는 덜컥 아이가 생기고, 각자 어렵사리 이혼서류에 도장을 찍고.

여기까지 오게 된 건가?

모두 그 할머니의 집념이었나?

나는 원래 어릴 때부터 원혼이나 심령, 저주나 운명 같은 이야기라면 사족을 못 쓰는 체질이었다. 나는 나를 위해 쓰인 사랑의 신화에 완전히 넋이 나갔다. 이 이야기를 들려주면 작은오빠도 기절할 것이다. 우리는 이런 귀신 이야기라면 똑같이 사족을 못 쓰기 때문이다. 정욱연에게 까불어봤자 질 수밖에 없는 자신의 서글픈 운명도 좀더 순순히 수긍할지도 모른다. 아무래도 귀신이 밀어주는 사람이 좀더 강하기 때문이다.

나는 그레이하운드처럼 깡마른 이 네 형제가 너무나 좋았다. 이루 말할 수 없이 좋았다. 원조 깡패 정태연, 퇴물 제비 정명연, 되는 일 없는 정우진과 나의 사랑하는 정욱연, 이 귀여운 형제들에게 뭐라도 해주고 싶었다. 내가 가진 것을 다 준다 해도 하나도 아깝지 않을 것 같았다. 이제 돌아갈 때가 되었다는 텔레파시를 끊임없이 던지고 있는 정욱연과 한 약속을 지켜야 하겠지만, 열시가 되려면 아직 십 분이나 남아 있었다. 그들이 나에게 준 커다란 선물처럼, 나도 그들에게 잊을 수 없는 선물을 주고 싶었다.

그래서 나는 고깃집 한쪽에 마련된 무대에 할 일 없이 서 있던 노래방 기계를 찾아냈다.

"혜나야, 가자."

정욱연의 얼굴이 백지장같이 질렸지만, 나에게는 약속한 시간이 충분히 남아 있었으므로 내가 지금 하려는 일은 그에게 했던 맹세를 위반하는 게 절대로 아니었다. 나는 벽시계와 눈웃음과 왼쪽 볼에만 있는 보조개와 검지손가락 하나를 효과적으로 활용해서 그 사실을 그에게 확인시켰다. 나는 당당하게 마이크를 확인하고 노래책을 뒤져서 번호를 눌렀다.

배가 터질 듯이 부른 상태이긴 했지만 신체적으로 나쁜 조건은 결코 아니었다. 내가 추는 춤은 격렬하거나 위험하지 않고, 내 팔다리는 짤막하지만 아주 부드러우면서도 유연했다. 펭귄처럼 배가 부르고 동글동글해져서 작은 움직임만으로도 극한의 귀여움을 표현할 수 있는, 어찌 보면 호조건이었다.

나는 두 다리를 어깨너비로 벌리고 오른손 검지를 하늘에 포인팅했다. 오늘밤 나의 댄스는 고전 중의 고전이라 할 수 있는 영화 〈토요일 밤의 열기〉의 오마주였다. 이 고전적인 도입부만 보아도 김학원은 당장 그 위대한 영화를 떠올렸을 것이다. 나는 굽슬굽슬한 머리칼이 매혹적으로 늘어뜨려지도록 살짝 고개를 옆으로 기울였다. 고기를 굽던 사람들이 하나둘씩 나에게 눈길을 주기 시작했다.

다소 음산한 전주가 깔렸다. 나는 분당회전수 5rpm의 느린 박자로 엉덩이를 돌리며 서서히 관심을 고조시켰다. 신경쇠약에 걸린 산부인과 의사와 고위험 임신부도 얼마든지 소화할 수 있는 안전한 동작이었다. 네 마리 그레이하운드같이 매혹적인 형제들에게 내가 오늘 들려주려 하는 노래는 도입부가 다소 음산한 편이었지만, 곧 이어질 유쾌한 멜로디나 꿋꿋한 가사는 이 멋진 파티의 주제가로 손색이 없었고 댄스곡으로도 그만이었다. 이 노래에 꽂혀서 되지도 않는 영어 가사를 외워가며 평생 안 하던 열심을 부린 것도 이날의 무대를 준비하라고 할머니 귀신이 시킨 일일지도 모른다. 나는 노래를 시작했다.

내가 어릴 때 엄마는 이렇게 말했지
우린 모두 슈퍼스타로 태어났단다
엄마는 나를 예쁘게 꾸며주고
거울 앞에 세웠지
너는 누구를 사랑해도 상관없어
왜냐하면 신이 너를 완벽하게 만드셨으니까

컨디션이 좋았다. 영어가 입에서 술술 흘러나왔다. 음산하게 시작했던 노래는 차츰 경쾌한 리듬을 타기 시작했다. 몸을 고생시켜서 스테이지를 휘어잡으려 한다면 당신은 하수다. 그래서는 강남 나이트의 모든 매니저들과 반말을 틀 수 없다. 내 안에 터질 것처럼 큰 기쁨과 자신감을 채우기만 하면 그다음부터 모든 것은 저절로 이루어진다. 내 안에 있는 것들은 얇은 피부를 쉽게 투과해서 달릴 수 있는 모든 방향으로 달린다. 당당한 눈빛, 경쾌한 손가락의 움직임, 분명하게 박자만 끊어주는 스텝, 흥겨운 어깨 바운스, 한쪽에만 있는 보조개. 겨우 이 정도 사소한 것들만으로도 여왕이 되는 데에는 부족함이 없다.

나는 내 방식대로 아름다워
왜냐하면 신은 실수를 하지 않으니까
나는 잘하고 있어
나는 이렇게 태어났어
후회 뒤로 숨지 마
너 자신을 사랑하면 다 되는 거야
나는 잘하고 있어
나는 이렇게 태어났어

아, 한 가지 아쉬운 것이 있다. 서울남부교도소에서 서른 권째 제빵 관련 서적을 탐독하고 있는 나의 작은오빠 김학원. 그가 이 무대에 함께 있었으면 좋았을 것이다. 그는 이 밤을 미치도록 즐겼을 것이다. 김학원이 옆에서 존 트라볼타의 화려하고 경쾌한 댄스를 함께해주었다면 고위험 임산부가 소화하지 못하는 파워와 볼거리까지 완벽하게 구비되었을 것이다. 하지만 그것은 김학원이 있어서 좋은 점의 아주 표면적인 일부분에 불과하다. 진짜 김학원의 좋은 점은 그까짓 파워와 볼거리가 아니었다. 그의 안에는 나를 향한 열광과 숭배가 가득 차 있다. 그것 역시 얇은 피부를 쉽게 투과해서 달릴 수 있는 모든 방향으로 달린다. 그것이 바로 내가 쉽게 여왕의 권위로 공간을 채우는 숨은 비결이다. 이 유쾌하고 아름다운 밤, 오로지 그 결핍만이 절실했다.

그러나 나는 한 가지 중요한 사실을 잊고 있었다.

정욱연에게는 김학원 같은 형이 셋이었다.

그들은 내가 도입부에서 보여준 그 기념비적인 포즈를 각자 모두 천만 번씩 소화해본 사람들이었고 이 순간 자신들이 무엇을 해야 하는지 완벽하게 알았다. 나는 곧 깡마른 그레이하운드 같은 세 명의 존 트라볼타들에게 둘러싸였다. 그들은 여왕이 원하는 거라면 무엇이든 다 할 열정으로 가득 찬 충성스러운 신하들이었다. 김학원보다 나으면 나았지 부족함이 없었다. 그들의 숭배와 열광에 힘입어, 나는 드디어 완벽한 여왕으로 등극했다.

너 자신을 믿어
네 친구들을 사랑해
너의 진실을 즐겨봐
이 불안한 세상에서
나는 나여야 해, 내 젊음을 사랑해
다른 연인은 죄가 아니야
그를 믿어봐
나는 내 삶과 이 음악을 사랑해
그리고 사랑에는 믿음이 필요해

고기를 굽던 사람들이 하나둘씩 일어났다. 그들은 휘파람을 불고 박수를 쳤다. 고깃집 주인은 우리의 난리법석을 말리지 않았다. 우리는 워낙 화끈한 볼거리였으니까 말이다. 그는 나에게 탬버린을 던져주었다. 나는 그의 표정만 보고도 우리가 반말을 트는 사이가 될 것을 알았다. 나는 그 물건을 공중에서 멋지게 받았다. 춤추는 사람들 사이에 나의 스핑크스, 나의 타지마할, 나의 사랑스런 셰에라자드만 홀로 앉아 있었다.

바보가 되지 말고 여왕이 돼
네가 망하든 홍하든
네가 흑인이든 백인이든 멕시컨이든
레바논인이든 동양인이든
무력하고 외롭고 따돌림당하고 힘들어도
삶을 즐기고 너 자신을 사랑해
너는 그렇게 태어났으니까
너는 그렇게 태어났으니까

나를 여기까지 데려오기 위해 삼 년 동안 엄청나게 많은 일을 벌였던 그 집념의 할머니는 오늘밤 나의 무대에 만족했을까? 임종조차 지키지 않았던 막내아들의 짝으로 나를 흡족하게 여겼을까? 나는 그냥 노래를 부르고 리듬을 탈 뿐이었다. 나는 내 백댄서들과, 내 노래와, 내 남자와, 내 사랑의 위대한 전설이 마음에 들어서 미칠 것 같았다. 내 안을 가득 채운 모든 것들은 나의 테두리를 쉽게 뛰어넘어 달릴 수 있는 모든 방향으로 달렸을 것이다. 나는 내 안에 있었던 것들로 넓은 고깃집을 가득 채웠다.

오늘이야말로 울기에 가장 좋은 날이었다. 너무나 기뻐서, 모든 것이 믿을 수 없이 완벽해서 끝없이 눈물이 치솟았다. 영어는 모국어처럼 입에서 술술 쏟아졌고 백댄서들과 손발이 척척 맞았고 내 남자는 눈부시게 아름다웠다. 우리가 걸어왔던 그 먼먼 길들은 오늘밤을 위해 걸을 가치가 있었다. 할머니 귀신은 현명했다. 정욱연과 나는 반드시 만나야만 했다. 만나자마자 사랑에 빠질 운명이었다. 나는 눈물로 이 고깃집을 채우라고 해도 자신이 있었다.

노래가 끝났다. 사람들이 환호했다.

정욱연이 자리에서 일어나 나에게 다가왔다.

우리는 해일에서 구조된 사람들처럼 껴안았다.

작가의 말

『사랑이 달리다』를 읽은 한 지인이 말했다.

"엄마는 박회장이랑 잘되고, 혜나는 정욱연이랑 잘되고, 성민이랑 순조롭게 이혼하고, 복지재단 이사 되고, 이런 순진한 해피엔딩은 소설적으로 이상하지 않아? 내 생각엔 여행 간 박회장이 '황열병'으로 급사하는 수준의 격변이 있어야 소설의 균형이 맞을 것 같은데?"

『사랑이 달리다』를 쓰기 시작할 때 내 머릿속에 있었던 장면은 단 두 개였다. 술 취한 학원을 끌고 법원으로 가는 택시 안, 그리고 욱연의 빈소.

몇 년 전 어느 날, 나는 욱연의 부음을 들었다. 혼잡한 압구정역에서 무릎이 꺾였다. 예리한 지인의 견해에 부합하는 '황열병', 소설 전체의 균형을 맞춰줄 삶의 격변, 황해재단 이사 따위 사소한 횡재로는 도저히 메꿀 수 없는 혜나의 거대한 손실, 그것은 바로 욱연의 죽음이었다. 욱연의 죽음에서 시작했던 소설이었다. 뒤늦게 성장을 시작한 혜나가 겨우 한고비를 넘겼다고 생각할 무렵, 욱연은 작별인사도 없이 그녀의 곁을 떠날 예정이었다.

다행히 혜나는 내 의견을 무시하는 가장 좋은 방법을 알고 있었다. 그녀는 내 계획 따위엔 눈 하나 깜짝하지 않고 제멋대로 내달렸다. 그녀가 욱연의 영결식장과는 전혀 다른 방향으로 달려가는 걸 알았지만, 나는 그녀를 불러세울 수도 없었다. 그녀는 내 목소리보다 빨리 달렸으니까. 혜나가 욱연을 사랑하는 방식, 그것이 바로 『사랑이 채우다』이다. 슬픔과 이별로 가득한 인생이라도 살아야 한다고, 내가 당신 곁에 머물겠다고 혜나는 욱연에게 속삭인다. 혜나가 욱연을 위해 춤추고 노래하면서 이 긴 이야기는 끝이 난다.

그래서 이 소설은, 내가 지금까지 썼던 소설 중에 유일하게 사망자가 발생하지 않았다. 그뿐 아니라 한발 더 나아가 소설이 끝난 이후의 생명까지도 보장하기로 했다. 이 소설의 모든 등장인물은 구십 세 이전에 죽지 않을 것이다. 혜나도 욱연도, 재수 없는 점괘를 들은 혜나의 아버지도 구십 세 넘도록 장수할 것이다. 질병도, 전쟁도, 범죄도, 사고도, 우울도, 약물도 모두 그들을 어찌하지 못할 것이다. 이 상상의 세계에서 사람들은 모두 구십 세가 넘을 때까지 팔팔하게 제 발로 걸어다니다가 잠드는 듯 이 세상을 떠난다. 그것이 이 세계에 적용되는 자연의 법칙이다. 지면관계상 자세하게 묘사하지는 않았지만, 알고 보면 이 소설 속 모든 장면의 거리에는 마음껏 여행을 다니고 뜨거운 사랑에 빠지는 팔팔한 구순 노인들이 활보하고 있었다.

한 인간에 불과한 내가 어떤 한 세계를 이렇게 마음껏 축복할 수 있는 지복에 감격하면서, 그 축복받은 세계의 바깥에 살아야만 하는 나 자신과 나의 사랑하는 사람들, 문학동네 식구들, 이 세상의 모든 아름다운 사람들이 구십 세까지 건강하기를 기원한다. 모든 상처가 아물고 모든 사랑이 이루어지기를, 아름다웠음에도 일찍 우리 곁을 떠나야만 했던 모든 이들의 소중한 기억이 빛바래지 않기를.

이 책을 읽는 모든 이의 삶과 사랑이 그러하기를,
두 손 모아 기원한다.

2013년 6월 사직동에서
심윤경

문학동네 장편소설
사랑이 채우다
ⓒ 심윤경 2013

1판 1쇄 2013년 7월 5일
1판 3쇄 2019년 11월 11일

지은이 심윤경
펴낸이 염현숙
책임편집 이경록 | 편집 정은진 백다흠 | 디자인 김이정 유현아
마케팅 정민호 박보람 나해진 최원석 우상욱
홍보 김희숙 김상만 오혜림 지문희 우상희
제작 강신은 김동욱 임현식 | 제작처 영신사

펴낸곳 (주)문학동네
출판등록 1993년 10월 22일 제406-2003-000045호
주소 10881 경기도 파주시 회동길 210
전자우편 editor@munhak.com | 대표전화 031) 955-8888 | 팩스 031) 955-8855
문의전화 031) 955-3576(마케팅) 031) 955-8864(편집)
문학동네카페 http://cafe.naver.com/mhdn

ISBN 978-89-546-2189-2 03810

www.munhak.com